KB112399

쓰고 달콤한 직업

쓰고 달콤한 직업

천운영 산문

소설가의 모험, 돈키호테의 식탁

마음산책

쓰고 달콤한 직업

소설가의 모험, 돈키호테의 식탁

1판 1쇄 발행 2021년 3월 20일
1판 2쇄 발행 2021년 8월 1일

지은이 | 천운영
펴낸이 | 정은숙
펴낸곳 | 마음산책

편집 | 권한라 · 성혜현 · 김수경 · 이복규   디자인 | 최정윤 · 오세라
마케팅 | 권혁준 · 권지원 · 김은비   경영지원 | 박지혜

등록 | 2000년 7월 28일(제13-653호)
주소 | (우 04043) 서울시 마포구 잔다리로 3안길 20
전화 | 대표 362-1452 편집 362-1451   팩스 | 362-1455
홈페이지 | www.maumsan.com
블로그 | blog.naver.com/maumsanchaek
트위터 | twitter.com/maumsanchaek
페이스북 | facebook.com/maumsan
인스타그램 | instagram.com/maumsanchaek
전자우편 | maum@maumsan.com

ISBN 978-89-6090-667-9 03810

* 책값은 뒤표지에 있습니다.

내가 입고 잔 앞치마는 어떤 복장이 아니라,
긴장한 내 몸의 일부였다.

마지막 날의 계란프라이

'돈키호테의 식탁'의 마지막 날, 문을 열던 날보다 훨씬 많은 사람들이 왔다. 수산시장에서 대방어 한 마리를 통째로 사서 회를 떴고, 냉장실, 냉동실을 탈탈 털어 파에야와 닭다리 무화과 찜을 몇 솥 앉히고 하몽을 싹싹 긁어 썰었다. 단골손님이었던 한 커플은 스페인 만두 엠파나다를 구워 가지고 왔다. 바에 나란히 앉아 소곤소곤 연애를 하더니 결혼을 하고도 가만가만 찾아오던 이들이었다. 화사했던 시절의 장소를 잃게 되었다고 끝내 눈물을 보였다.

그들이 즐겨 앉던 바에는, 사장님이 미쳤어요 폐업 전야 창고 대 방출, 벼룩시장이 펼쳐졌다. 요리를 담아내던 접시와 도마와 냄비들, 스페인에서 공수해온 향신료나 꿀이나 잼 같은 것들, 장식품과 책과 와인과 그 밖에 크고 작은 것들. 소설가 친구들이 가격표를 붙이고 흥정을 하고 돈을 받고 포장을 하고, 거스름돈은 없습니다 물건으로 가져가세요, 수완 좋은 장사꾼으로 변신. 개업 전 추위에 떨며 유리컵 라벨을 떼고 메뉴판을 만들고 옷걸이를 사다 나르던 잡무 처리반 멤버 그대로였다.

벼룩시장의 접시 하나를 간직하기 위해 먼 곳에서 달려온 단골손님도 있었다. 올 때마다 매번 어찌나 맛있게 먹고 어찌나 행복해하며 나가던지, 보는 것만으로도 덩달아 행복해져서 요리할 맛이 나던, 단골손님이라기보다는 초콜릿이나 비타민 같던 존재들. 늘 트리오로 붙어 다녔는데 다른 두 사람은 마침 일이 있어 오지 못해 무척 아쉬워했노라 말을 전했다.

식탁의 또 다른 단골 트리오는 건너편 디저트집 사람들로, 남으면 싸 기겠다니 4인분의 파에야와 메뉴 두어 가지를 더 시키곤 했는데, 단 한 번도 음식을 남겨본 적이 없는 진정 위대하고 유쾌한 삼인방. 그들의 얼굴에 웃음과 미소 외에 다른 표정은 단 한 번도 본 적 없다. 연남동에서 번 돈은 연남동에서 쓰겠다며, 영업을 마치자마자 골목의 다른 업장들을 순회하며 웃음을 퍼뜨리고 다니던 유쾌 바이러스들이다.

그 골목에 개업식 떡인 양 대방어회 접시가 돌았고, 영업 중에 앞치마 차림으로 그냥 한번 들러봤다가 와인 한잔 마시고 가고, 생맥주 기계를 집에 들여놓고 마음껏 따라 먹어보고 싶었다던 친구는 자신이 만들어낸 맥주 거품에 감동하며 생맥주 타워 자리를 사수하고, 멀리 부산에서부터 온 제자들이 결혼식 피로연인 듯 서빙을 보고, 선배 작가의 딸과 그녀의 남자 친구와 친구의 친구와, 잠깐 들른 사람들과 죽치고 앉은 사람들과 무언가를 전해주러 온 사람들과, 간만의 인사와 건배와 노래와 기념 촬영이 이어지는 밤.

축제와도 같았다. 축제였다.

무엇을 축하하는지는 알지 못했다.

마지막까지 남은 멤버는, 내 오랜 벗과 제2주방장 명자 씨와 매니저 재권 씨. 명자 씨가 주방을 나와 식탁에 맘 편히 앉아 술잔을 기울인 때는, 가족이 방문했을 때를 제외하고 처음이었다. 명자 씨는, 이 집에서 제일 비싼 술을 대령하라며 귀여운 호기를 부리면서 연신 와인 잔을 부딪쳤고, 그리하여 비로소 나는 술 취한 엄마를 부축해 집으로 가 침대에 눕히는 일을 처음으로 해보게 되었다. 내가 자리를 비울 때마다 명자 씨는 어릴 적 나의 치부들을 아낌없이 풀어놓았고, 맹랑한, 얼토당토않는, '겁대가리' 없는 등등의 단어들을 미루어 무슨 얘기를 들려주는지 짐작이 가고도 남았다.

무뚝뚝해 보이지만 속 깊고 정 많은 재권 씨는 내 또 다른 뒷배였다. 어쩌다, 아니 종종, 종종보다는 조금 자주, 찾아온 친구들과 함께 술을 마시는 날에는, 미처 치우지 못한 주방 마무리를 조용히 해치우고 당나귀와 간판을 들여놓은 다음, 혹여 내가 찾아 헤맬까 열쇠와 지갑과 가방 등을 보이는 데 챙겨놓고 가던 레알 매니저. 미술을 전공하고 그라피티와 힙합 가사를 쓰는 속 깊은 힙합 청년. 언젠가는 그의 공연을 볼 수 있게 되기를.

우리는 쉽게 자리를 뜨지 못했다. 이제 그만 가야지라는 말을 반복하다가 새벽녘에야 일어났다. 먹던 자리는 그대로 놔두고. 주방 마감이니 내일의 소스니 집어치우고, 술 취한 손님처럼 빠이빠이 손을 흔들며 식탁을 나섰다. 그 와중에도 나는, 술자리의 마무리는 계란프라이지 하며, 내 오랜 벗에게 계란을 부치게 만들었다. 노른자는 왜 터뜨렸느냐 타박까지 하면서.

그렇다. 모든 게 계란프라이 때문이었다.

마지막 순간의 계란프라이.

그 애 이름은 민. 가끔 내 성을 붙여 천민이라 부르기도 하던 반려견. 첫 책이 나왔을 때 데려온 아이니 15년을 함께 산 셈. 죽음을 염두에 두지 않았다. 늙은 태가 났지만 아직 멀었다 믿었다. 자꾸 구석으로 숨어들어 잠만 자는 걸 보면서도 의심하지 않았다. 며칠 곡기를 끊고 잠만 자던 그 애가 쌩쌩하게 일어나, 내가 비벼준 계란프라이 사료를 맛있게 먹어 치우는 걸 보면서 더욱 그리 믿었다. 내 손가락에 묻은 노른자까지 싹싹 핥는 걸 보며, 왜 아픈 척하고 그래, 구박했다. 믿고 외출을 했다. 아침에 나가 저녁에 들어갔다. 문을 열자 여느 때처럼 현관으로 나와 나를 맞았다. 꼬리가 아니라 엉덩이를 격하게 흔들며, 반겼다. 그리고 쓰러졌다. 경련이 있었고 몇 번의 헐떡임 끝에 숨을 거두었다. 현관 앞에서. 무너졌다.

기다렸구나. 내가 오기를.

기를 쓰고 버텼구나. 죽지 않으려고.

살아냈구나. 내 품에서 죽으려고.

온 힘을 끌어내 죽지 않았구나. 주검으로 맞지 않으려고.

내가 무서울까봐. 내가 힘들까봐. 내가 아플까봐.

죽음에 임박해서도 그리 맛있게 먹어줬구나. 내가 미안해할까봐.

혼자 무서웠겠구나. 혼자 힘들었겠구나. 혼자 아팠겠구나.

그걸 혼자 다 해냈구나.

그 애를 보내고 꼬박 일주일을 앓아누워 있었다. 마지막까지 최선을 다하지 않은 내가 원망스러웠다. 이랬더라면 저랬더라면 후회가 밀려왔다. 마지막으로 맛있게 먹던 모습이 떠올랐다. 사무치게 고마웠다. 마지막 가는 길에 좋아하는 밥이라도 먹일 수 있게 해줘서. 먹어줘서 고마워. 그 애 이불을 덮어쓴 채 그 애인 양 속삭였다. 뜨거운 계란프라이를 차가운 사료에 비빌 때 나는 들큼하게 비린 냄새가 휙 몰아쳤다. 달군 팬에 톡톡 계란을 깨 넣는 순간 어느새 발밑에 딱 와 붙어 앉던 그 애의 감촉도. 자리를 털고 일어났다. 그리고 결심했다. 식당을 차려야겠다고. 밥을 먹여야겠다고.

죄책감을 지우기 위해서였다. 내가 살기 위해서였다. 누군가에게 무언가를 해 먹이지 않고서는 살 수가 없었다. 누군가 맛있게 먹는 모습을 보아야만 했다. 그것이 식당일 필요는 없었겠지만, 내 눈앞에는 그 길만 보였다. 그렇게 시작된 일이었다.

제발 내가 한 음식을 먹어줘, 응? 간절한 마음으로.

마지막 날의 계란프라이를 비비는 마음으로 음식을 만들었다.

식탁을 정리하면서 가장 먼저 챙긴 물건은 예약 일정을 적은 스프링 노트였다. 별것 아닌 음식을 먹겠다고 찾아와준 사람들. 나를 살게 해준 사람들. 고맙고 고마웠다. 매번 마지막 계란프라이의 마음으로 음식을 만들었다 장담할 수는 없다. 때때로 지쳤고 힘들고 아팠다. 가게 문을 열었다가 다시 닫고 명자 씨와 의원 침대에 나란히 누워 링거를 맞은 적도 있었다. 꾀가 나기도 했다. 이렇게 하면 돈을 벌겠구나, 이렇게 하면 재료비를 아끼겠구나. 더 꾀가 생기기 전에 그만두어야 했다.

식탁에서는 비정기적으로 작가와의 만남을 진행했다. 동료 작가와 독자들을 위해 음식을 준비하는 것도 의미 있었지만, 주방에 숨어서 동료 작가의 영업 비밀을 훔쳐 듣는 일도 즐거운 경험이었다. 만 원의 참가비를 받았는데, 때때로 만 원에 어떤 메뉴를 주는 것이냐 확인하는 전화가 걸려오기도 했다. 그 만 원은 음식에 대한 것이 아니라 작가와의 시간에 대한 것인데, 그게 그리

아까우시냐 쏘아주고 싶었지만, 식당을 하면서 익힌 친절함으로, 몇 가지 음식에 샹그리아나 맥주까지 드린다 설명해주었다. 그 사람이 왔는지 그래서 본전 생각이 났는지는 알 수 없었다.

두 차례 강연도 진행했다. 프란츠 김동연 대표의 악보 읽기와 김인환 선생의 『시경』 강의. 특히 김인환 선생의 『시경』 강의는 두고두고 가슴 벅찬 시간이었다. 공고가 나간 지 반나절 만에 모집 인원을 넘어섰고, 대기자로 올려줄 수 있는지 문의가 빗발쳤다. 문의 전화가 어찌나 많이 오던지 좀 매몰차게 응대했던 분들께 죄송했다는 말씀 뒤늦게 전해본다. 선생의 강의를 다시 들을 수만 있다면 식탁을 다시 차려도 좋겠다.

에디터 안지선 씨와 함께 한 달에 한 번 인터뷰를 진행했다. 내가 상을 차리고 음식을 먹으며 음식과 삶에 대해 이야기를 나눴다. 곧 100세가 될 현직 패션 디자이너 노라노와의 만남은 오래도록 기억에 남는다. 그 생생함. 그 사랑스러움. 아침에 눈을 떴을 때, 할 일이 있다는 것, 그게 바로 살아 있는 거라고, 그녀는 말했다. 작가가 식당이라니, 건달도 이런 건달이 어디 있어, 건달은 건달을 알아본다니까. 그런 말도 했다. 그 말이 참 든든했다.

돈키호테의 식탁이 아니었다면 이 모든 애틋한 경험들은 결코 하지 못했을 것이다.

식당을 하는 동안 소설은 쓰지 못했다. 소설은 내게 틈내서 쓸 수 있는 작업이 결코 아니라는 걸 알았다. 소설을 쓰는 대신 틈 틈이 신문 칼럼을 썼다. 경험한 바대로, 날 것 그대로, 기록하듯 글을 썼다. 반성문 같기도 연서 같기도 춘몽 같기도.

스페인에서 요리를 배우고 식당 자리를 알아보고 공사를 진행하고 식당을 열기까지 2년. 식당 일만큼은 절대로 못 한다던 엄마 명자 씨와 함께 2년간 식탁을 차렸고, 식탁을 접은 지 또 2년이 흘렀다. 다른 길을 걸어갔으니 돌아오는 길도 그만큼 멀다 생각했다. 아니었다. 나는 같은 길을 걷고 있을 뿐이었다. 그러고 보니 그 애가 간 지도 벌써 6년이구나. 시간이 그리 흘렀는데 나는 아직 그 애의 유골함을 머리맡에 두고 자고, 여전히 그 애 꿈을 꾼다. 어느 해변에서 신나게 뛰어노는 꿈. 화사하게 기분 좋은 꿈. 종종 돈키호테의 식탁 주방에서 앞치마를 입고 요리를 하는 꿈도 꾼다. 그 시절 뭐가 그리 힘들었는지 전혀 기억나지 않는다. 그저 행복한 기억만 오롯하다. 사랑받았다. 따뜻했다. 사랑했다. 행복했다.

먹어줘서 고마워. 이 말을 꼭 하고 싶었다.

2021년 3월
천운영

차 례

책머리에 | 마지막 날의 계란프라이 6

1

나와 산초와 잿빛 당나귀   23

엄마의 정육점 단골 비법   27

'겁대가리' 없는 년의 개업식   32

영자의 전성시대   37

우리들의 앞치마   44

칼 가는 오후   50

일수 명함을 집어 들며   60

봄날의 고양이들   65

교도소에서 온 편지   70

꽃보다 예쁜 명자 씨   75

사촌이 땅을 사면   81

내 꿈의 주인은   87

돼지의 보복   92

소설 쓰기와 사람 쓰기의 사이에서   97

2

요로코롬 문어 삶기   105

멸치가 오고 있다   112

내 사랑 오징어   116

이스파라거스와 파슬리   121

이 계란 요리가 특별히 귀한 이유   126

파에야는 왜 안 됩니까?   131

파는 좀 더 우쭐해질 필요가 있다   136

알멘드라의 추억   139

3

쓰레기 전쟁　　　　　　　　　　　147

짜장면을 맛있게 먹으려면　　　　　153

번데기와 다시다 반 스푼　　　　　157

구두장이처럼　　　　　　　　　　162

돈키호테의 죽음　　　　　　　　　167

특별한 계란의 복잡한 맛　　　　　172

멜로디언을 부는 밤　　　　　　　177

마지막 영업일의 2인 식사권　　　182

4

4

유현준을 건축가로 만든   191
일요일 오후의 김치죽

배우 문소리는   205
무얼 먹고 사는가

슈거·카페인·리퀴드·클라우드   220
편도·햄버거·뮤지션·이이언

멸치식초절임과   237
승효상의 알리오올리오

노라노와 함께한 매혹의 식탁   252

정지영이라는 캐릭터 혹은 브랜드   268

소설가 김훈을 이루는 맛   284

글을 쓰는 일에 대해 생각했다.
글이 주는 힘에 대해서도.
내 어깨를 두드려준 누군가의 편지를 생각했다.
내가 계속 소설을 써야 하는 이유를 일깨워준 사람들.

1

나와 산초와
잿빛 당나귀

 스페인에서 당나귀 인형을 하나 사왔다. 세계연극축제가 열리는 알마그로에서였다. 짚으로 엮어 만든 것치고는 제법 섬세했다. 길고 뾰족하게 솟은 귀, 빗자루처럼 납작하게 결을 고른 갈퀴, 쾌활하게 뻗은 꼬리까지. 요즈음의 다른 당나귀 캐릭터처럼 귀여운 척 유난 떨지 않으면서도, 너무 투박하지도 않게 섬세한 면까지. 그냥 마음에 쏙 들었다. 한눈에 반했다고나 할까, 뭔가 통했다고나 할까, 보는 순간 너는 이제부터 나와 함께 가야겠다 마음먹었달까, 망설임도 없이 흥정도 없이 냉큼 돈을 지불했다. 여행의 마지막 날이었다.

 지푸라기 당나귀를 옆에 끼고 당당히 숙소로 돌아왔지만, 생각보다 크기가 커서 여행용 가방에 들어가지가 않았다. 가방에 들어가려면 꼬리든 귀든 잘라내야 할 판이었다. 하필이면 다음 날이 출국일, 이걸 어쩌나, 뭐에 씌어서 이런 지푸라기 인형을 사왔나, 짐도 이미 차고 넘치는데, 후회가 밀려왔다. 수를 낸 사람은 여행을 함께한 만화가 계영 언니였다. 지푸라기 당나귀가 식탁의 마스코트가 될 거라고 독려하던 사람도 바로 그였다. 다음 날 아침 일찍 중국 상점에 가 이민 가방을 사서 공항으로 갔다. 인적이 드문 구석에서 짐 가방을 풀어헤치고 넣었다 빼기를 반복해 포장을 마친 것도 역시 계영 언니. 우리는 가까스로 수속 마감 시간에 늦지 않을 수 있었다. 나름 긴박했던 당나귀 수송 작전. 집에 와 풀어놓고 보니 어쩐지 죽은 민이와 닮은 듯도 했다. 어쩐지 통하는 느낌이더라니.

나는 사실 당나귀가 무섭고 싫었다. 당나귀에 대한 최초의 이미지는 피노키오로부터 왔다. 그렇게 말썽을 피우고 못된 짓만 골라 하고 할아버지 속을 썩이더니, 기어이 당나귀가 되어버린 피노키오. 당나귀란 형벌의 다른 이름이었다. 잘못하면 당나귀가 된다. 당나귀가 된다는 건 일생을 짐을 지고 일을 해야 한다는 것이다. 당나귀가 되지 않으려면 어른 말 잘 들어라. 그런 교훈을 주입하는 당나귀가 참으로 싫었다.

제 꾀에 제가 넘어가는 소금 장수의 당나귀, 팔랑귀를 가진 어리석은 부자의 어깨에 매달린 채 팔려가는 당나귀, 어디다 알리지도 못하고 속으로 끙끙 앓게 만든 임금님 귀 당나귀 귀 같은 것. 배고프고 목마른 당나귀가 양쪽에 놓인 물과 건초 사이에서 결정을 내리지 못하는 바람에 결국 죽게 된다는 뷔리당의 당나귀는 물론이고, 의리는 있지만 멍청하고 수다스러운 만화 캐릭터까지. 실제로 마주한 당나귀는 똥주머니를 찬 채 딸랑딸랑 방울 소리를 내며 호객을 하는 관광지의 당나귀뿐이다. 내가 직접 올라타지는 않겠지만, 눈을 질끈 감고 외면하고 싶은 존재였다. 산초를 만나기 전까지는 그랬다.

산초가 타고 다니던 당나귀의 이름은 루시오. 잿빛 혹은 회색이라는 뜻. 그저 다른 모든 당나귀의 하나로 취급하고 싶지 않았던 산초는 그의 당나귀를 가리킬 때 늘 루시오라 불렀다. 검둥이나 누렁이, 흰둥이처럼 말이다. 그러니까 산초의 당나귀는 잿빛이. 잿빛이는 돈키호테의 말 로시난테와 함께 주인 잘못 만나 별의별 고초를 다 겪는다. 배곯고 나자빠지고 구덩이에 빠지고 양떼에게 몰리고 고깔모자를 뒤집어쓰고. 그 와중에도 산초에 대한 의리는 변함이 없었는데, 둘시네아의 마법을 풀기 위해 3천 대의 매질을 할 때 그 옆을 지킨 것도 잿빛이며, 사람 키의 세 배가 넘는 깊은 구덩이로 떨어졌을 때 산초를 받아낸 것도 잿빛이었다. 산초 역시 자신보다는 잿빛의 안위가 우선이었는데, 잿빛이를 위한 건초와 잠자리를 먼저 챙기고 난 후에야 자신의 자리를 보았으며, 구덩이에 빠져 밤을 지새울 때조차 자루에 든 마지막 빵은 잿빛에게 양보했다. 그때 잿빛에게 '빵이 있으면 고생도 할 만하다'고 말하던 산초의 진심은, 네가 옆에 있어 고생도 할 만하다는 뜻이었을 것이다.

당나귀와 산초의 신의와 우정이라니. 산초의 말에 의하면, 그의 당나귀 잿빛이는 돈키호테의 여윈 말 로시난테와는 비교도 안 되는 멋진 외모에, 마음을 나눈 동료이자 친구이고 온갖 고생과 가난을 함께해온 동반자이며, 제 눈을 반짝이게 만드는 빛이고, 그저 한 마리 회색 당나귀가 아닌, 내 보물, 내 목숨, 내 안식, 내 선물, 내 사랑, 나의 루시오란다.

마지막 여행지에서 지푸라기 당나귀 인형에 마음을 빼앗긴 것은 그 때문이었을 것이다. 돈키호테에게 산초가 있고, 산초에게는 루시오가 있듯, 나에게도 지푸라기 당나귀가 있다. 그것이 나를 보호하리라. 실제로 알마그로에서 데리고 온 지푸라기 당나귀는 식당을 하는 동안 오늘도 즐겁게 모험 중이라 알리는 팻말을 대신했으며, 한밤중에 내 속엣말을 들어주는 묵묵한 친구 역할을 해주었다. 안식이고 위안이었던 나의 든든한 동반자 지푸라기 당나귀. 식당을 접고 난 후에도 제일 먼저 챙겨 소중히 집으로 옮겨왔다. 아직 모험은 끝나지 않았으므로. 그런데 이런, 아직까지도 내 당나귀에게 이름을 지어주지 않았으니. 어디서 응앙응앙 당나귀 우는 소리가 들리는 듯도 하다.

엄마의 정육점
단골 비법

엄마는 이사를 가면 우선 정육점부터 찾았다. 그리고 단골이 되었다. 단골이 되면 잡뼈나 자투리 고기, 내장 부속 등은 그냥 따라왔다. 얻은 고기라고 허투루 다루지 않고 최선을 다해 음식을 만들었다. 시골 곳곳에서 맨몸으로 상경한 공장 언니 오빠들의 하루 세끼 밥상을 책임지기 위해서였다. 후에 크게 성공하여 거래처 대표로 찾아온 공장 오빠가 엄마의 돼지고추장찌개 맛을 기억하며 눈물을 글썽이던 걸 보면, 엄마의 노력이 아주 헛된 것은 아닌 듯했다. 그의 고단했던 청년 시절을 견디게 한 것은, 배워 익혀야 할 기술이나 성공에 대한 예감이 아니라, 정성을 다해 끓인 한 그릇의 푸짐한 돼지찌개였는지도.

엄마가 정육점 단골이 되는 비법은 의외로 간단했다. 우선 고기를 통째로 받아 분해까지 하는 정육점을 찾아낸다. 한동안 거의 매일 가서 고기를 산다. 국거리로는 업진양지와 차돌양지를 섞어서, 불고기로 떡심 박힌 등심을, 찌개용으로는 껍질 있는 아롱사태를, 다양하게 특별하게 고른다. 여기서 중요한 팁 한 가지. 절대 젠체하거나 아는 체하면 안 된다. 언제나 겸손하게 주인에게 조언을 구하기. 그러다보면 어느새 주인이 먼저 엄마를 찾기 시작한다. 좋은 소가 들어왔어, 업진을 떼어놨으니 가져가. 이게 진짜 맛있는 부원데 사람들은 그걸 몰라. 이 맛 아는 사람이 임자지. 이거 봐봐, 물 먹인 소 같은데 어떻게 생각해? 정육점 주인에게 엄마는 장사하기 좋은 상대가 아니라, 훌륭한 고객이면서 단골 친구, 자신의 전문 영역을 알아봐주는 든든한 동료였다.

스페인 생활을 시작했을 때, 처음에는 물도 못 사 먹는 바보로 지냈다. 버스카드를 달라 하니 포스트카드를 내주고, 먹을 것 좀 사러 나가면 꼭 시에스타 문 닫는 시간이고, 커피에 우유 넣지 말라는 의사를 전달하기가 이렇게 어려워서야. 그런데 이게 정말 내가 주문한 바로 그 음식이야? 내가 이걸 시켰다고? 내가? 그래도 한국에서는 말 좀 하는 사람인데. 글과 말로 벌어먹고 사는 사람이 숟가락 주세요, 물 주세요도 제대로 못하고. 입은 뒀다 뭐에 쓰는 거냐. 그저 처먹으라고 뚫어놓은 입이 아니란 말이다. 난 정말 바보 멍충인가봐. 괜히 주눅이 들고 눈치가 보이고, 당장이라도 집으로 돌아가고 싶은 마음이 들더니 슬그머니 우울이 찾아왔다.

그 우울을 처치해준 건 다름 아닌 엄마의 정육점 단골 비법. 엄마가 정육점을 찾아가듯 나는 거의 매일 하몽 가게를 찾았다. 고기라면 나도 좀 안다 하는 사람이지만, 하몽은 종류며 가격이 천차만별이고, 내가 먹어본 치즈는 그야말로 새발의 피니, 일단 알만한 걸 사고 다음 날 모르는 걸 시도해보기로 했다. 그렇게 하몽 가게 드나들기를 얼마나 되었을까, 내가 거무죽죽한 햄을 가리키자 가게 주인이 네가 원하는 게 정말 그거 맞아? 묻는다. 나는 좀 겁에 질린 표정으로 고개만 까딱. 주인이 미심쩍은 표정으로 몇 조각을 썰어 내주며 뭐라 설명을 해주긴 했지만 다 알아들은 건 아니고. 아무튼 집에 와서 자세히 보니 양 피를 넣은 햄이다. 피비린내도 나고 좀 시큼하고 특유의 양 기름 누린내까지. 그래서 걱정했구나. 그렇게까지 걱정할 필요는 없었는데. 나 이래 봬도 선짓국이며 순대며 생간이며 천엽이며 못 먹는 게 없는 사람이라고. 못 먹어본 음식에 대한 모험심이라면 돈키호테 못지않은 사람이라고. 별미로 맛있게 먹었다.

다음 날 하몽 가게에 가자 주인이 유독 반갑게 나를 맞으며 물었다. 어제 그거 괜찮았어? 응 정말 맛있었어. 그래? 정말? 응 정말. 그럼 오늘은 이 '모르시야' 먹어볼래? 쌀을 넣은 것과 채소를 넣은 게 있는데, 뭐가 더 좋아? 모르시야, 앗 이건 순대다. 쌀이든 순대. 나의 사랑 순대가 스페인에도? 아, 순대다, 순대야.

순대에 대한 나의 사랑 혹은 충정은 거의 모태 신앙에 가깝다. 혹은 설화나 전설 같은 것. 어린 나이에 나를 임신한 엄마는 유독 입덧이 심했다 한다. 물만 먹어도 토하기를 몇 날 며칠, 이러다

딸내미 죽는 꼴 보겠다 싶은 할머니는 애를 떼어버리자 했단다. 엄마도 그럴 생각이 아주 없는 건 아니었단다. 그런데 어느 날 우연히 운명적으로 순대 한 접시를 먹게 되었고 그때부터 거짓말처럼 입덧이 사라진 것은 물론이고, 나를 낳을 때까지 수시로 순대를 먹고 힘을 냈다 하니, 순대가 아니었더라면 나는 이 세상에 없는 사람, 순대가 일으킨 마법, 순대의 신묘한 기적, 내 탄생에 얽힌 설화가 아니고 무엇이겠는가. 알을 까고 나온 인간보다, 마늘 먹고 인간 된 곰보다 신통방통하다! 배 속에서부터 순대의 맛을 알아버린, 순대의 자식이여! 받들어 모실 수밖에. 이도 나기 전에 순대를 찾을 수밖에. 포대기에 감겨 엄마 등 뒤에 매달린 채, 잇몸으로라도 순대를 물고 빨며 탐할 수밖에. 순대 한 토막 길게 잘라 손에 쥐어주면 만사 오케이. 이유식 대신 순대, 장난감 대신 순대, 뭔가 울음보가 터질라치면 순대. 배 속에서부터 울보였던 나를 다스리는 말씀이자 영혼의 양식 순대.

순대가 스페인에도 있단 말이지. 우울증이 대체 뭐냐, 순식간에 사라져버렸다. 그 후로 하몽 가게 주인은 내가 갈 때마다 한 가지씩 새로운 햄과 치즈를 추천해주었다. 천장에 주렁주렁 매달린 하몽은 보기만 해도 단침이 돌았다. 하몽을 손으로 가리키면 그 옆의 것이 더 맛있다며 맛보기로 건네주기도 했다. 칼을 슥슥 갈 때부터 애가 타고 눈길을 떼지 못하다가, 한 점 건네주기라도 하면 발을 동동 구르며 받아먹곤 했다. 종이처럼 얇게 썬 하몽

한 점 입에 넣으면 신음 소리가 절로 났다. 새로운 햄을 하나 맛볼 때마다 나는 새로운 단어를 익혔다. 부드럽다, 단단하다, 조금 단단하다. 얇게, 두껍게, 조금 많이, 조금 적게. 오늘 날씨 정말 덥지? 오늘 기분은 어때? 우리는 그렇게 단골 친구이자 사제지간이 되어갔다.

　정육점 주인이 건넨 한 점의 하몽. 배 속에서부터 맛을 익혀 잇몸으로 빨아먹던 한 토막의 순대. 내 우울증을 치료한 특급 처방. 그 한 조각을 입에 넣고 있으면 포대기에 감긴 아이처럼 마음이 편안해지는 것이었다. 여전히 엄마 등짝에 매달려 있는 것처럼 든든했다. 오래전 공장 오빠도 어쩌면 엄마의 음식을 약처럼 받아먹었을 것이다. 고향 생각이 날 때마다, 몸이 고되고 정신이 흐려질 때마다, 엄마가 정성껏 차려준 음식을 먹으며 하루하루.

'겁대가리' 없는 년의
개업식

　용기라는 말을 겁이 없다는 뜻으로 이해했다. 내가 스스로 용감하다고 여겼을 때 누군가 '겁대가리' 없는 년이라고 불렀으니까. 그 말을 처음 들은 건 초등학교 입학식 때였다. 그날 나는 참으로 용감한 아이였다. 가슴팍에는 초등학생의 상징 흰 손수건이, 등 뒤에는 이모에게 선물받은 부리부리 박사 책가방이 매달려 있었으니. 일곱 평생의 히어로 부리부리 박사의 갑옷. 모든 두려움을 없앨 방패. 세상의 모든 지혜와 용기를 끌어모으는 부적. 그 누구도 나를 막아설 수 없었다.

　입학식은 지루했을 것이다. 꽁꽁 언 한겨울의 운동장에서, 교장 선생님의 긴 축사와 당부 말씀이 이어졌을 것이고, 볼이 튼 아이들은 이것이 학교인가 실망했을 것이다. 율동 배우기 시간이 오기 전까지는 그랬을 것이다. 그 추운 입학식에 율동 배우기가 왜 있었어야 했는지는 알 수 없으나, 두어 차례의 시범을 보여준 후, 자신 있는 어린이들은 연단 위로 올라와 춤을 춰보라고 했다.

그 위로 제일 먼저 도착할 어린이 누구겠는가. 물론이다, 나다. 그 높은 곳에 올라가면 운동장 어딘가에 있을 엄마에게 나 여기 있다 알려도 주고, 그 참에 부리부리 박사 책가방 자랑도 하고, 어찌 그 기회를 놓치겠는가. 어린 송아지, 부뚜막에 올고 앉은 어린 송아지, 엉덩이가 뜨거운 어린 송아지. 노래를 부르며 춤을 추던 나는, 그야말로 엉덩이에 뿔난 송아지였다. 엉거주춤 씰룩씰룩 엉덩이를 흔들어댄 폭소 유발 어린이가 바로 나였다.

입학식을 마치고 간 중국집에서 엄마가 말했다. 겁대가리 없는 년. 남들은 유치원 가서 다 배워가지고 온 걸. 유치원도 못 다닌 년이 뭘 안다고 올라가, 올라가긴. 부끄러운 줄도 모르고. 아이고 이 겁대가리 없는 년아, 커서 뭐가 되려고 그러냐. 어디 숨고 싶은 심정이었다고 하면서도 엄마는 웃음을 멈추지 못했다. 그때 나는 혀를 차는 엄마가 속으로는 나를 무척 자랑스러워하고 있다 믿었다. 그러니 군만두를 추가로 시켜 내 앞에 놓아주었겠지. 그날 먹은 짜장면과 군만두는 용감한 어린이를 위한 포상 같은 것. 그 후로 나는 군만두를 머리에 떠올리며 계속 용기를 낼 수 있었다.

겁도 없이 식당을 차린 내 머릿속의 군만두는 무엇이었던가.

식당을 하겠다고 나섰을 때 정말 다양한 반응이 있었다. 미쳤구나 미쳤어. 그래 소설 써서는 돈이 안 되지, 소설만 쓰며 살 수 있게 한 몇 년 돈 좀 많이 벌어봐. 와 드디어 우리에게도 아지트가 생기는 거야? 식당 말고 와인 바는 어때? 네가 직접 요리를 하겠다고? 그냥 카페가 아니고? 선배가 식당을 차리면 내가 한 달 동안 설거지를 해주겠어, 라고 말한 후배까지. 그 후배 작가는 정말로 한 달은 아니지만 며칠간 설거지를 해주고 갔다. 어차피 꽃놀이패라며 일단 치리고 보라고 한 친구도 있었다. 식당 차려서 돈 벌면 좋고, 망하면 망한 얘기 소설로 쓰면 되고, 이러나저러나 꽃놀이패라고. 일단 식당을 차리면 모든 회식은 거기서 하겠노라 장담한 친구도 둘 있었다. 그중에 한 명은 식당 문을 닫기 전 두어 번 들렀고, 다른 한 명은 정말 모든 모임을 돈키호테에서 했다. 올 때마다 이 집에서 제일 비싼 술로 줘, 라는 말까지. 식당 차리는 걸 가장 반기고 응원하고 자주 와서 오래 있어준 사람. 만화가 천계영 작가다. 식당에 올 때마다 우리가 함께 옮겨온 당나귀의 상태를 점검하기도 하면서.

오해도 많이 받았다. 제일 마음 아팠던 오해는, 스폰서가 누구냐고 물어왔을 때다. 처음엔 그게 무슨 말인가 했다. 스폰서도 없이 그냥 무턱대고 식당을 차렸을 리 없지 않겠냐는 설명. 살고 있는 집 대출받아 했다는 말을 할까 말까 망설이다, 스폰서가 누구인지 상상을 부풀려가게 둘 수는 없어서, 아파트 대출을 받았노라 고백했다. 가게 보증금은 친구들 네 명이 각 얼마씩 투자를 했으며, 망하더라도 보증금은 돌려받게 되어 있으므로 손실은 없을 거라는 보충 설명까지. 그 얘기를 들은 친구가 혀를 차며 말했다. 너 참 겁대가리가 없구나. 그러다 아파트 날리면 어쩌려고. 용감한 거니 겁이 없는 거니. 내가 대답해줬다. 응 둘 다야.

　용감했던 것이 아니라 겁대가리가 없었다는 걸 아는 데까지는 그리 오래 걸리지 않았다. 몰라서 용감할 수 있었던 것이다. 아무것도 몰라 겁대가리를 상실했던 거다. 그렇지 않고서야 임시 오픈 시간도 거치지 않은 채 곧장 식당 문을 열지는 않았겠지. 오픈 전날에야 식자재가 배달되고 오븐을 돌려보는 일은 없었겠지. 그날 동료 작가들이 다 모여 누구는 와인 잔에 붙은 라벨을 떼고, 누군가는 냅킨을 접고 메뉴판을 만들고, 또 누군가는 옷걸이를 사러 나가고 모자란 청소 도구와 휴지걸이 같은 걸 구하느라 애를 먹진 않았겠지. 개업식에 올 수 없어서 잠깐 들러 인사를 하러 왔던 동료 작가는 스푼과 포크, 나이프에 딱 달라붙어 있던 라벨을 뜨거운 물에 불려 떼어내고 접착제 흔적을 다 지워내느라 꼬박 네 시간을 붙들려 있었다. 후배 작가의 설거지 약속을 기어이 이행하도록 만들었던 것은 식기세척기 사용법을 미처 익히지 못했던 탓. 그게 다 겁대가리 없이 준비도 없이 식당을 하겠다 나선 친구 덕분. 그러면서도 이런 경험 어디서 해보겠냐며 고마워하라는 인면수심까지. 이건 용감이 아니라 무모함, 겁대가리 상실이 아니라 어이상실.

그 우왕좌왕 갈팡질팡 난장판의 개업 전야를 뒤에서 가만히 지켜보던 엄마가 한마디 했다. 아이고 겁대가리 없는 년아, 어쩌자고 친구들까지 저 고생을 시키고 그러냐. 그 말에 나는, 그러게 말이야, 내가 왜 그랬을까, 그 말밖에는 달리 할 말이 없었다. 그리고 그때까지도 몰랐던 것이 있었으니, 그건 시작에 불과했다는 것.

영자의
전성시대

내 첫 번째 장래 희망은 버스 차장이었다. 당시 내 눈앞에 가장 멋진 존재가 바로 버스 차장이었으니까. 뒷문에 매달려 오라이를 외치던, 전대에 손을 넣었다 빼는 것만으로 에누리 없이 정확하게 거스름돈을 꺼내던, 내려야 할 곳을 지나쳐 그저 울고 있던 어린 나에게 버스표 두 장을 쥐어주며 건너편 정류장까지 데려다주던, 나의 영웅. 칸이 유난히 많던 묵직한 전대는 그 얼마나 위엄 있고 전문적이어 보이던지. 촤르르 착, 전대 속에서 벌어지던 마법과도 같은 기술과, 안 계시면 오라이, 버스를 움직이게 하던 궁극의 목소리를, 나는 정말이지 갖고 싶었다.

장차 버스 차장이 되기 위해 제일 먼저 한 일은 전대 기술을 익히는 것이었다. 동전도 없고 전대도 없으니 호주머니 속에 콩이나 과일 씨 같은 것을 넣어두고, 촤르르 착, 50원이요 30원이요. 동네를 휘젓고 다니며 버스비를 걷고 거스름돈을 내주곤 했다. 그다음은 조금 난이도가 높은 버스에 올라타기 기술. 이동을 시작한 버스 안쪽으로 사람들을 밀어 넣으면서 도움닫기, 차 문에 안정적으로 매달린 후 최종의 오라이. 그 기술을 연마하기에는 장롱만 한 게 없었다. 문짝 위쪽을 두 손으로 잡고 발을 굴러 이쪽에서 저쪽으로 날아올라, 비어져 나온 이불을 발로 꾹꾹 누르며, 오라이. 대문이며 방문이며 장롱이며 매달려 움직일 만한 문에는 다 올라타서, 목청 좋게 오라이. 그렇게 몇 개의 경첩을 망가뜨린 후, 나는 누구보다 멋진 버스 차장이 되리라 믿어 의심치 않았다.

그러던 중, 어쩌다 그 영화를 보게 되었는지는 알 수 없지만, 그 영화의 전체를 다 본 것도 아니었지만, 영화의 내용을 온전히 이해할 수도 없는 나이였지만, 우연히 보게 된 〈영자의 전성시대〉의 한 장면은 나를 극심한 공포로 밀어 넣기에 충분한 것이었다. 버스 차장이 버스에서 떨어질 수도 있구나. 팔을 잃을 수도 있구나. 죽고 싶겠구나. 결국 저렇게 되는구나.

원더우먼도 범접할 수 없었던 나의 실존하는 액션히어로 버스 차장. 그 추락과 몰락. 영화는 영화일 뿐, 영자는 영자일 뿐, 하지만 영자는 버스 차장, 버스 차장 영자의 끔찍한 이야기, 도대체 저건 무슨 세상이냐, 무섭고 복잡했다. 다만, 버스 차장은 내게 더 이상 영웅이 아니었고, 되고 싶거나 닮고 싶은 존재도 아니었으므로, 더 이상 기술 따위는 연마할 필요가 없어졌다는 것만은 명확했다. 잊어야 했다. 꿈을 버리는 것을 넘어서 버스 차장과의 완전한 결별. 외면하고 싶은 존재, 애초부터 없었던 존재. 버스 차장은 사라지고 촤르르 착, 오라이만 남겼다. 그것은 이른 아침의 새소리나 먼 데서 들려오는 풍금 소리 같은 것. 그저 기분 좋은 옛 추억 같은 것.

　사람들은 자주 물어온다. 어쩌다 이 일을 시작하게 되었느냐고. 처음에는 운명적인 이유들을 댔던 것 같다. 운명적인 계란프라이. 15년간 함께 살던 반려견이 죽었고, 늘 함께 있을 거라 여겨 무심하게 방치해두었던 순간들을 후회했고, 그러다 문득 생을 마감하기 직전 내가 내민 계란프라이를 맛있게 먹어주던 순간이 떠올랐고, 그렇게 마지막 힘을 끌어모아, 내가 조금이라도 덜 미안하도록 배려해준 심사가 눈물 나게 고마웠고, 그래서 불현듯 자리를 털고 일어나 사람들에게 밥을 차려줘야겠다고 결심했고, 이왕 밥을 차려줄 거 돈을 받고 차려주자, 그렇다면 식당을 하는 게 좋겠다. 그래 해보자. 대략 이런 과정이었다. 밥을 해 먹여야겠다는 결심이 꼭 식당을 차리겠다는 방향으로 도약할 필요는 없었지만, 그때는 그것이 내 눈앞에 펼쳐진 단 하나의 길이었다.

　시간이 지나면서 그 이유가 희미해졌다. 정말 계란프라이 때문이었을까. 대체 뭐에 씌어서 이 일을 시작한 걸까. 뭐에 홀려도 단단히 홀린 게지. 그게 아니고서야. 그래서 누가 똑같이 물어오는데도, 글쎄요, 어쩌다보니, 그러게 말이어요 왜 그랬을까요, 대답도 아닌 대답을 해오면서 대답을 회피해왔다. 무언가를 찾아 나섰는데 헤매다보니 여기까지 오게 되었다든가. 지금까지와는 다른 삶을 통해 새로운 근육을 만들고 있는 중이라든가. 그저 누군가에게 밥을 해 먹이고 싶었다든가. 시간이 지날수록 대답은 궁색해지고, 궁색해질수록 미궁에 빠졌다.

이 일을 하면서 처음에 가장 적응하기 힘들었던 건 호칭이다 생각해보니 여태 나는 작가님 아니면 선생님 소리를 들으며 살아왔다. 가끔 시장에서 아줌마 소리를 듣기 시작한 지 좀 되긴 했지만. 어쨌거나 이런 낯선 호칭들. 사장님, 대표님, 셰프님, 주인장, 주방장, 업주님……. 보통은 사장님이다. 그래 내가 사장이지, 사장이야 하고 넘겼다. 누가 대표님이라 부르면 여러 지점 거느린 요식업체 대표도 아니고 무엇의 대표인 거지? 스스로 반문하며 웃었다. 셰프님은 주로 식품 납품업체 사람들이 많이 쓰는데 사장님보다는 셰프님에게 납품하는 게 더 전문적으로 느껴져서인 듯했다. 정식 교육을 받은 것도 아닌데, 그냥 주방 아줌마라 불러주면 좋겠는데, 아무래도 민망해서 어디 숨고 싶은 호칭.

모든 호칭이 낯설고 어색하지만, 그중 최고는 업주님이라는 호칭이다. 업주님이 결정하셔야죠, 업주님 이러시면 안 됩니다. 주방 공사를 하던 중 처음 이 소리를 들었을 때, 저요? 저한테 말씀하시는 거예요? 하며 당황했다. 업주. 셰프고 주방장이고 사장이고 대표이고 다 떠나서, 업주. 그렇다 나는 업주다. 사실 남자를 붙이기에도 민망한 업주. 업주님 앞에서 다른 호칭은 먼지만큼도 중요치 않다. 새로운 생활을 유지하기 위해서, 특히나 자영업자의 업주님을 유지하기 위해서는 더욱 그러하다. 요리를 하고 싶었든, 누군가에게 밥을 해 먹이고 싶었든, 이상이 그 무엇이었든 간에, 현실은 업주님이다. 아무리 많이 듣고 보고 마음의 준비를 해왔었다 하더라도, 내가 상상하고 꿈꾸었던 삶과의 간극은 좀처럼 줄지가 않았다.

식당을 준비하면서 많은 업주님들의 도움을 받았다. 그중에 합정동 인근에서 빵집을 하던 친구는 이런저런 조언 끝에 한숨처럼 마지막 말을 남겼다. 내가 좋은 자리 구하려고 골목골목 안 다녀본 데가 없는데 말이야, 문득 그런 생각이 들더라? 아, 지금 내가 걷고 있는 이 길이 피로 물든 길이구나, 나는 지금 자영업자들이 흘린 피를 밟으며 걸어가고 있구나, 그러니까 웬만하면 이 길에 들어서지 마라. 그땐 그냥 겁주려는 소리로 들었다. 그런데 얼마 후 그녀가 빵집을 접었다는 소식을 전해왔을 때 비로소 정신이 들었다. 그 이유는 굳이 설명하지 않아도 상상할 수 있는 범위에 있다.

자영업자들의 피로 물든 길을 걸으며, 스스로에게 물어보았다. 어쩌다 이 일을 시작하게 되었느냐고. 다시 찬찬히 되감아보았다. 무엇이 나를 이곳으로 이끌었는가. 요리를 배우던 시간들과 식당을 오픈하기 위해 우왕좌왕했던 시간들이 스쳐 지나갔다.

누군가 내가 해준 밥을 맛있게 먹어주면 위안이 되겠구나, 내가 알지 못했던 사람들에게도 밥을 해 먹이면 더 큰 위안이 되겠구나. 그런 생각으로 시작했다면, 누군가는 일부러 찾아와 내가 해준 음식을 맛있게 먹어주고, 잘 먹었다고 진심 어린 인사를 해주고, 그것으로 목표를 이룬 것이 아닌가. 그렇다면 명확히 대답할 수 있어야 하는 것이 아닌가. 그저 밥해 먹이고 싶었어요. 마지막 순간의 계란프라이와 같은. 그렇게 말할 수 있어야 하는 거 아닌가.

그 물음에 징징거리는 비겁한 자아가 대답한다. 이게 이런 일일 줄은 몰랐다고, 위안을 주고 위안이 되는 일인 것은 분명하지만, 그것을 위해 감당해야 할 것들이 너무나 많다고, 그건 내가 되고 싶었던 것이 아니었다고, 나는 궁극적으로 무엇이 되고 싶었던 걸까. 셰프님인가 사장님인가 작가 셰프인가 셰프 작가인가 업주님인가. 멋지고 근사하기만 할 거라고 생각하지는 않았다. 하지만 확실한 건 내가 지금 어떤 피를 흘리고 있는 중이라는 것.

오래전, 아무것도 모르고, 버스 차장이 되겠다고 기술을 연마하던 어린 내가 떠올랐다. 그때 내가 되고 싶었던 것은 버스 차장의 삶이 아니라, 묵직한 전대를 차고 승객의 승하차를 제어하는 사람, 그 전대를 화려한 손놀림으로 주무를 수 있는 사람, 촤르르 착 오라이의 근사한 리듬을 획득한 사람, 만원 버스 안에 사람들을 욱여넣으면서도 차 문에 멋지게 매달릴 줄 아는 사람, 가끔은

곤란에 처한 어린아이에게 몇 장의 버스표나 사탕 같은 것을 베풀 줄도 아는 사람이었을 것이다. 그녀가 매달린 차 문이 얼마나 아슬아슬한지, 거기에서 떨어지지 않기 위해 두 팔에 얼마나 힘을 주고 있는지, 그런 것 따위는 보이지도 보고 싶지도 않았을 것이다. 그래서 그렇게 재빨리 장래 희망을 버리는 것으로 버스 차장이었던 영자의 삶을 지워버렸을 것이다.

내가 되고 싶은 삶이 아니니 나와는 상관없는 삶.

과연 지금의 나는 그때와 다른 나인가.

우리들의
앞치마

자다 깨서 내가 앞치마를 입고 잠들었다는 걸 알았다. 앞치마는 축축했다. 잠든 동안에도 나는 여전히 주방에 있었다. 시간 내에 메뉴를 내놓기 위해, 무언가를 태워먹지 않기 위해, 손을 베이거나 데지 않기 위해 신경을 곤두세운 채, 어찌하면 기름 범벅인 불판을 말끔하게 되돌려놓을지, 어찌하면 행주를 하얗게 만들지 전전긍긍하며.

내가 입고 잔 앞치마는 어떤 복장이 아니라, 긴장한 내 몸의 일부였다.

그 앞치마는 식당 오픈하는 날 박찬일 셰프가 주방 일을 지휘한 후 벗어주고 간 것이다. 식당을 하기로 마음먹고 제일 먼저 의견을 구한 이였으며, 웬만하면 이 길에 들어서지 말라고 마지막까지 말리던 이다. 말려도 듣지 않으니 어쩔 수 있나, 온갖 조언과 도움을 줄 수밖에. 결국 오픈하는 날 앞치마를 입고 나타나 그 아수라장을 참을성 있게 봐주고, 필요한 물품들을 즉각 주문까지 넣어준 다음, 입고 있던 앞치마를 벗어주고 주방을 떠났더랬다.

그날 그가 몇 번이고 반복했던 말을 기억한다. 불판 근처의 주방 도구들은 함부로 덥석덥석 잡아서는 안 된다고, 무조건 행주를 먼저 쥐고 잡으라고, 강조 또 강조했다. 하지만 한 번 두 번 그리고 셀 수 없이 많은 화상을 입은 후에야 겨우, 일단 행주부터 손에 쥐는 습관이 들었다. 그래도 여전히 주방 곳곳에는 크고 작은 사고의 위험이 도사리고 있고, 그걸 몸에 각인시키기 위해 나는 자주 앞치마 끈을 동여맨다.

근처에서 작은 이자카야를 운영하는 준우 씨는 연분홍 프릴 앞치마를 입고 일한다. 80년대 드라마에 집들이하는 새색시가 입고 나올 법한 모양새다. 어디서 그런 걸 구했는지 물어봐도 말해주지 않는다. 대단한 비밀인 양 군다. 그는 그 대단한 앞치마를 입고 저녁 일곱 시부터 새벽 세 시까지 요리를 하면서 앞에 앉은 손님들 응대를 한다. 워낙에 말하기 좋아하는 체질이란다. 나도 종종 일을 마치고 난 후 그 앞에 앉는다. 앞치마를 벗고 앞치마 입은 사람이 내주는 안주에 하이볼을 마신다. 솔직히 말하면 업소 사람들이 일을 마치고 또 다른 업소를 찾는 이유를 알 것 같은 기분이다.

그런데 앞치마를 벗었는데도 대화는 여전히 앞치마를 손에 쥐고 있는 형국. 도마를 어떻게 소독하고 행주는 어떻게 삶는지부터, 연어를 맛있게 숙성시키는 법이나 농어의 시세 같은 것까지. 나는 묻고 그는 즐겁게 대답해준다. 내가 힘들어하면 그는 연분홍 앞치마 치맛자락을 살랑살랑 흔들며 춤을 춰 보이기도 한다. 천성이 유쾌한 주방장의 앞치마다.

영업이 끝나면 그는 그대로 노량진 시장으로 간다. 다음 날 쓸 새료들을 사서 가게에 놓고 니면 그제야 일과가 끝난다. 그렇게 밤낮이 바뀐 생활을 해도 운동만은 빼놓지 않는다. 근육을 단련시켜 놓지 않으면 몸이 그 일과를 버티지 못하기 때문이다. 그의 유쾌한 앞치마 속에는 그렇게 단련된 근육이 숨겨져 있다. 나는 그가 힘든 기색을 내비치는 모습을 한 번도 본 적이 없는데, 어쩌면 그게 다 분홍 프릴 앞치마 덕분이었던 것 같다. 아이언맨이나 배트맨의 슈트처럼 강력한 보호 장비는 아니어도, 힘들고 지친 몸을 보드랍게 감싸 유쾌하게 만들어주는 망토 같은 것. 그래서 또 하루 흥겹게 시시덕거리고 장을 볼 수 있게 만드는 가면 같은 것.

연남동에서 꽤 성공한 파스타집을 운영하는 진우 씨는 테이프를 앞치마처럼 온몸에 두르고 일을 한다. 그가 만든 파스타를 먹어보기는 했지만, 주방에서 어떤 앞치마를 입고 음식을 만드는지는 보지 못했다. 다만 그가 셔츠를 들어 올려 보여준 등짝의 푸른색 테이프가 내가 동여맨 앞치마 끈처럼 보였다는 것뿐. 그는 주방에서 일을 하지 않는 나머지 시간 대부분을 치료를 위해 쓰는 것 같다. 병원과 한의원 등등에서 침을 맞거나 도수 치료를 받거나 물리치료와 주사 치료를 받는다. 오늘은 테이핑을 했고 내일은 척추 교정용 장비가 배달된다. 통증을 물리치기 위한 필사의 노력들.

그의 팔뚝을 보고서 약쟁이 같다고 농담을 했었다. 온갖 화상과 베인 자국들과 멍들이 아주 과한 약쟁이 분장 같았다. 자신이 조심스럽지 못해서, 성질이 너무 급해서 이 모양이라고 스윽 팔을 쓸어내리는 폼이 어쩐지 슬프게 느껴졌다. 그는 실제로 약쟁이다. 온갖 약을 달고 산다. 온갖 통증과 염증과 상처를 치료하기 위한 온갖 약들. 영업이 끝난 후 더 늦게까지 여는 집을 찾아가 술을 먹는 것도 치료의 한 방법이다.

그는 주로 내게 원가관리에 대한 충고를 해준다. 10원 단위로, 양파 하나, 가지 하나, 오일 1그램, 하나하나 다 적어서 계산을 하라고. 그러지 않으면 앞으로 남고 뒤로 밑지는 장사를 하게 될 거라고. 뭐 그렇게까지 하나 싶었지만, 그의 충고를 따라 한번 적어봤다. 아주 세세하지는 않지만 그래도 흉내 정도는 내봤다. 우리는 그걸 함께 들여다보며 한숨만 서로 푹푹 내쉬었다. 나보다 그의 한숨이 더 깊었다. 이 사람을 어찌 하면 좋단 말이냐, 뭐 그런 느낌. 제가 장담하는데요, 사장님 이렇게 해서는 절대로 안 남아요, 정신 좀 차리세요, 제발. 결국 그는 정색하고 내게 말했다. 그런데 나는 그 후로도 계속 정신을 못 차렸다.

아메리칸 비스트로를 운영하는 오스틴의 앞치마는 검은색 면 앞치마다. 모델 출신이라는 걸 감안하지 않더라도 흰색 셔츠와 어우러져 꽤 근사하고 멋진 분위기를 자아낸다. 매출로 치자면 가장 근심이 많은 집이지만, 그래서 속이 타들어가는 하루하루를 보내고 있지만, 흰 셔츠와 검은 앞치마의 단정한 모습은 잃지 않는다. 나는 가끔 그 깔끔한 앞치마의 비결이 궁금해진다. 왜 내 앞치마는 하루만 지나도 온통 밀가루에 토마토에 기름 범벅이 되는지. 빵을 굽고 치킨을 튀기는 것도 아닌데 내 앞치마는 도대체 왜 그 모양인가.

오스틴의 비스트로에 모여 앞치마들의 회식을 했다. 앞치마를 두르고 일하는 사람들끼리, 각자의 식당에서 가져온 술과 안줏거리들을 모아놓고 주인처럼 손님처럼 밤 시간을 보내자. 제안은 내가 했고 '연남동 앞치마들'이라는 이름은 분홍 앞치마 준우 씨가 지었다.

앞치마들의 대화는 온갖 진상 손님들의 콘테스트, 통증과 치료와 약에 관한 토로와 정보 교환의 장, 그동안 있어온 온갖 주방들의 역사서였다. 나는 그날 몇 개월 만에 얻은 디스크와 손목터널증후군 같은 병명들과 함께, 우왕좌왕 좌충우돌 선무당의 식당 운영 분투기를 들려주었다. 세세히 설명하지 않아도 너무나 잘 알아들었고, 너무나 어이없어 폭소를 터뜨렸다. 월요일은 쉬는 날이었으므로, 모두 느슨하게 편안했다.

아침이 되어 자리를 파하고 집으로 돌아가다가 앞치마를 가져오지 않은 것이 생각났다. 술에 취한 와중에도 기억해냈다. 월요일은 앞치마와 행주를 삶아 너는 날이라는 것을. 다시 가서 앞치마와 행주를 가져와야 하나 가늠해보다가, 눈을 질끈 감아버렸다. 내일은 그냥 세비야 관광지에서 사온 빨간 땡땡이 앞치마를 둘러야겠다고 생각했다. 요리를 배우러 온 관광객처럼. 한나절 스페인 음식 체험을 하러 온 아메리칸 투어리스트들처럼.

칼 가는
오후

칼을 갈았다. 정오 무렵이었다. 확성기 소리가 들렸다. 칼 갈아요, 칼. 목청 좋은 사람의 노랫소리 같았다. 가락이 뛰어났다. 한두 해 연마한 목청이 아니었다. 양파를 썰다 말고 뛰어나갔다. 어르신~ 여기요, 어르시인~ 부르는 소리도 어쩐지 리듬을 타야할 것 같았다. 청명한 햇살을 받으며 그가 뒤돌아보았다. 칼 갈아요? 다른 리듬으로 그가 물었다. 건너편 디저트 가게에서 나온사람이 먼저 대답했다. 저희 칼 갈게요, 칼. 옆 레스토랑에서 고개를 빼고 물었다. 얼마예요, 칼? 3천 원, 칼이나 가위나 3천 원.

햇살 좋은 벽돌 바닥에 자리를 잡고 앉았다. 그의 발치에 칼이 가득했다. 명자 씨는 잘 가는지 일단 하나 갈아본 다음 들고 나가라고 했지만, 나는 주방에 있는 모든 칼과 가위를 챙겨 나갔다. 명자 씨는 칼 가는 데 무슨 돈을 들이냐며 마뜩잖아 하더니만 막상 칼을 갈기 시작하자 그 옆에 바짝 붙어 앉아 칼 가는 모습을 지켜보며 도란도란 얘기까지 나누신다.

그는 칼 가는 데 두 개의 숫돌을 사용했다. 일제 숫돌이라고 은근한 자랑이 이어졌다. 숫돌은 이미 닳을 대로 닳아 얄팍해져 있었다. 숫돌 받침은 삽자루를 잘라 직접 만든 모양새로 맨질맨질 윤이 났다. 그는 숫돌 양면의 각기 다른 결을 이용해 세 차례 갈아 날을 세웠다. 자신감과 겸손함이 공존하는 손놀림이었다. 얼마나 갈면 그렇게 얄팍해지는지 물었다. 얼마 못 쓴다고 말을 얼버무렸다. 그 얼마가 얼마인지 가늠할 수 없었다.

그래서 언제부터 칼을 가셨느냐 물었다. 전차가 다니기 시작할 때부터라고 대답했다. 그게 몇 년인지는 헤아릴 수 없으나 전차 가격은 확실히 기억했다. 2원 50전. 정확한 화폐단위로 말하자면 2환 50전. 그때 칼 하나 갈면 3환을 받았다고 한다. 전차 본 적 있어요, 전차? 아니요, 사진으로만 봤어요. 그거 타고 다녔어. 전차가 가는 곳이면 다 가서, 다 갈았지. 그래서 이쪽으로는 안 와봤어. 연남동은 그때 갈대밭이었거든. 사람도 안 살고. 그러니 갈 칼이 있나. 그러고는 열심히 숫돌질을 이어나갔다.

갈 칼이 조금씩 줄어들었다. 아쉬웠다. 그를 조금이라도 더 붙들고 있고 싶었다. 가능하다면 젓가락이라도 다 모아 오고 싶었다. 그가 숫돌질하는 모습을 한나절이고 앉아 바라보고 싶었다. 노닥노닥 얘기나 하며. 그냥 그러고 싶었다. 소설가적 상상력으로 그의 인생을 가늠해보거나 드라마틱하게 각색하지 않고, 그냥 담벼락에 등을 기대고 앉아 노인의 칼 가는 소리를 듣고 싶었다. 칼 가는 소리를 듣기 좋은 날이었다. 토요일 정오, 투명한 바람, 찬란한 햇살.

명자 씨가 언제 다시 이 길을 지나겠느냐 물었다. 집에 있는 칼들을 가져올 터이니 갈아달라 했다. 그 말을 들었는지 못 들었는지 그는 대답 없이 연장을 챙겨 길을 떠났다. 당분간 그는 오지 않을 것이다. 그의 낡은 화성기에 응답할 이는 이미 다 나와 칼을 맡겼고, 그가 간 칼이 얼마나 오래 갈지는 자신이 잘 알 터이니, 칼날이 다시 무뎌질 즈음 다시 나타날 것이다. 가방을 메고 골목을 돌아 나가는 그의 기우뚱한 뒷모습을 바라보면서 문득, 요즘엔 무얼 타고 다니며 칼을 가는지 궁금해졌다.

칼을 가지고 싶었다. 이 문장은 내가 신춘문예로 등단했을 때 썼던 당선 소감의 첫 문장이다. 누군가 그 글을 복사해서 보내주면서 기억을 되살려주었다. 이때부터 기미가 있었다면서 무슨 예언인 양 놀라워했다. 당선 소감에는 중국집 주방의 커다란 칼이나, 동태의 머리를 내려치고 내장을 가르는 생선 장수의 칼이나, 근사한 회칼을 갖고 싶었다는 문장도 있었다. 칼을 가지는 대신 칼과 같은 글을 쓰겠다고. 그 칼이 잘라낸 세상을 보여주고 싶다고. 지금 생각하면 너무 비장한 감이 있기는 하지만, 그 당시에는 정말로 그리 생각했을 것이다. 칼 같은 글쓰기.

그동안 내 손에 칼을 쥐여주었던 이들을 떠올려보았다. 소머리 가르는 법을 배운 적이 있었는데, 그걸 배워 요리에 써먹자 한 것은 물론 아니었다. 1년에 한 번 먹어볼까 말까 한 소머리국밥을 위해, 굳이 손질되지 않은 소 대가리를 사서 가르고 다듬고 끓이기까지. 그저 소머리에 물을 먹여 근수를 늘리다 발각되었다는 기사를 보았고, 도대체 어떤 방법으로 물을 먹일 수 있을까 궁금했을 뿐. 그야말로 음식 만드는 데가 아니라 소설 쓰는 데 써먹기 위해서였다.

마장동에서 정육 기계점을 하시는 큰아버지의 도움을 받았다. 마장동 일대가 단속으로 바짝 긴장하고 있던 때라, 잠입 취재기자일지도 모른다는 의심을 지우는 데 며칠이 걸렸다. 일단 의심을 풀고 나자, 내가 쓰는 소설이 무협소설이라면 등장인물 이름으로 자신의 이름을 써달라는 조건을 내걸기도 하면서 조금이라도 더 알려주고 싶어했다. 속속 도착하는 소머리들. 걸개에 걸린 소머리들. 뼈와 살과 가죽이 분리된 소 대가리들. 물 먹이는 법만 알려고 시작한 일이었는데, 소머리 해체 기술자는 내게 직접 해보지 않으면 절대 알 수 없다며, 내 손에 칼을 쥐여주고 머리 하나를 가르게 했다.

젖은 면장갑에 스며들던 피의 질감이 떠오른다. 털을 잘라내던 기술자 선생님의 화려한 손놀림도 기억난다. 가위손의 칼춤 같았다. 한바탕 춤을 추고 난 후 되돌아 씽긋 웃던 그 미소도. 내 손등을 쥐고 소머리의 구조를 하나하나 따라가면서 설명하던 되직한 목소리도.

여기에 칼을 꽂아 넣어. 뼈가 느껴지지? 그럼 이쪽으로 날을 눕히고 뼈를 따라서 가는 거야. 그렇지 그렇게 뼈에 바싹 붙여서. 오른쪽도 마찬가지로 아래에서 위로. 다 왔어. 칼에 힘 풀지 말고. 이제 당겨. 힘껏. 손등을 감아오던 소머리 기술자의 악력과, 뼈에서 살이 분리되는 순간 일렁이던 후끈한 바람 같은 것과, 그 공기를 따라 훅 끼쳐 올라온 비린 피의 울부짖음이, 지금도 여전히 생생하다. 첫 칼을 꽂아 넣는 순간의 그 울렁거림까지도.

그곳에 있는 동안 나는 자주 눈을 감고 그곳에서 흘러나오는 피비린내를 피해 자주 숨을 참아야만 했다. 몇 개의 머리를 함께 가른 후, 물을 먹여 근수를 늘리는 방법을 알아냈고, 원하던 대로 그때 이야기로 「숨」이라는 소설을 썼더랬다. 등단을 하고 난 후 발표한 첫 소설이었다.

소설을 읽고 한동안 고기를 먹을 수 없었다고 고백한 사람들이 몇 있었다. 그러면서 내게도 묻는다. 그곳에 다녀온 후에도 여전히 고기를 잘 먹느냐고. 물론이다. 그때나 지금이나 여전히 잘 먹는다. 고기를 먹느냐 안 먹느냐 문제가 아니라 고기를 어떻게 다루는가가 문제라고 생각하고 있으니까. 제 살을 내주는 동물을 키워내는 일부터 그것을 죽이고 가르고 요리해서 식탁에 올리기까지, 감사한 마음으로 최대한의 예의를 갖출 것.

하몽 자르는 법도 배웠다. 하몽 기술자는 하몽에 칼을 꽂아 넣기 전에, 그 흑돼지가 살았던 평야와 도토리나무를 먼저 보여주었고, 하몽이 완성되기까지의 과정을 꽤 긴 시간을 들여 설명했다. 발굽과 발톱이 새카만 이베리코 돼지. 수년 동안 도토리를 먹고 살았다는 베요타, 소금에 절여 바람에 말린 뒷다리 하몽. 하몽을 거치대에 올리고 튼실한 허벅지살을 세세히 쓰다듬은 다음, 이윽고 발목 부위에 단도를 찔러 넣었을 때, 가죽에 갇혀 있다 한꺼번에 흘러나온 기름을 손바닥에 받으며 지었던, 기술자의 부듯한 표정이 잊히지가 않는다.

그 자부심. 이것이 바로 도토리고 바람이고 바다고 들판이라는 선언. 껍데기를 벗겨내고 복숭앗빛의 지방을 매만지고, 한 장 얇게 살을 발라내는 동안, 결과 무늬와 감촉과 향에 대한 긴 설명을 하는 그는, 어쩐지 엄숙하고 어쩐지 경건했다.

발목에 단도를 찔러 넣었을 때의 전율이 기억난다. 바람 소리가 나는 것 같았다. 쉬익. 이어서 가죽 안에 갇혀 있던 기름이 쏟아져 나왔다. 껍질을 들어내고 누르스름한 지방층을 벗겨내자 분홍빛 지방이 나타났다. 그때부터 새로운 세계가 시작되었다. 한 조각 바람의 세계. 한 조각 숲의 세계. 돼지와 돼지가 먹은 도토리와 도토리를 키워낸 나무와 나무를 키운 땅과 바람과 태양.

하몽은 부위에 따라 자르는 방식에 따라 다양한 맛이 난다. 부드럽거나 쫄깃하거나 기름지거나 담백하거나. 하몽을 자를 때면 나도 모르게 입술을 모으고 집중하게 된다. 하몽을 이루고 있는 근육과 지방과 살과 그 외의 모든 것, 하몽 그 자체에. 그렇게 골똘히 하몽을 자르고 있으면 진짜 위엄 있는 기술자가 된 기분이 들기도 한다.

내가 만약 칼질을 하며 살아간다면, 요리사니 정육점 주인이 아니라 순댓집 주인이 될 줄 알았다. 30년가량 다닌 순댓집이 있는데, 점포가 있는 것도 아니고 광장시장 어느 즈음 앉은뱅이 의자 몇 개 놓고 벌인 좌판으로, 그것도 오후 네 시나 되어야 판을 벌인다. 새벽에 받아온 신선한 선지로 속을 채워 삶아 다라이에 담아 나오면 딱 그 시간. 좌판 준비가 끝나면 그때부터 주인은 묵묵히 순대만 썬다. 30년 세월이니 반갑다 잘 지냈냐 여전하다 서로 알은척을 할 만도 하건만, 그저 간보다는 오소리감투를 조금 더 썰어주는 것으로 반가운 마음을 표현한다. 맛은 두말할 것 없이 최고다.

그런 주인이 되고 싶었다. 만들고 썰고 내고 인사까지, 모두 한 접시의 순대에 담아서 파는 사람. 일정한 크기로 신속하게 순대를 잘라내는 리드미컬한 손놀림도 갖고 싶었다. 순대를 접시에 올린 후 부속물에 칼을 대기 시작하면, 퍽퍽한 간 말고 쫄깃한 오소리감투 주세요 오소리감투, 나를 애태우던 칼의 장악력을, 나도 갖고 싶었다. 각종 부속물과 특별한 소금까지 위태롭게 담아

낸 접시의 아름다움까지. 순댓집 주인의 손과 칼과 접시. 그것은 권력이자 기술이자 위엄. 그리 되고 싶었다.

요리사들은 자기만의 칼을 갖고 다닌다고 했다. 식당을 하면서 특별히 새로 칼을 마련하지는 않았다. 그냥 쓰던 칼에 하몽 커팅용 칼을 추가했을 뿐이다. 하몽 칼은 칼의 위엄을 넘어서 어떤 우아함까지 가지고 있다. 길고 가늘고 위태로운, 날렵한 아름다움. 박이나 늙은 호박 껍질을 벗기는 데 용이한 특이한 모양새의 칼도 하나 있지만, 그리 특별할 만한 것은 아니다. 일본에서 비싼 숫돌을 하나 장만하기도 했는데, 한번 갈아본 이후로는 다시는 사용하지 않는다.

칼도 직접 갈아 쓰는 법이라고 했다. 칼을 잘 드는 상태로 만들어놓는 것도 요리의 일부니까. 전용 칼과 전용 숫돌은 요리사의 분신 같은 건지도 모르겠다. 미용사의 가위처럼. 그러니 나는 아무래도 훌륭한 요리사는 될 수 없을 모양이다. 요리를 하려면 칼 가는 법부터 배워야 하는 거 아닌가?

내 할머니는 사기그릇 밑굽에 대고 칼을 갈았다. 먼저 사기그릇 밑굽 거친 부분에 쓰윽 쓱 쓸고 난 다음에야 칼을 사용했다. 칼은 반짝 잘 드는 척하지만, 몇 번 쓰고 나면 다시 무뎌졌다. 사실 할머니의 칼은 하나같이 무딘 상태였다. 할아버지가 돌아가신 이후로는 그랬다. 칼은 언제나 그 양반이 갈아줬다고, 얼마나 꼼꼼하게 잘 갈았는지 모른다고, 할머니는 회상했다. 그녀가 그냥 되는대로 아무 사발이나 잡아 들고 칼을 갈아 쓰는 것은, 할아버지의 벼린 칼맛을 결코 따라갈 수 없기 때문이었는지도 모르겠다.

칼에 대한 별 욕심이 없는 그녀지만, 밤칼만큼은 끔찍이 아꼈다. 과도보다 소금 작은 크기에 칼지루가 뭉뚝하고 네모난 모양의 날을 가진 칼이다. 쉽게 구할 수 없는 칼이라고 했다. 가을이면 그녀는 소일거리로 밤을 깎아 업자에게 넘겼는데, 한 포대에 3천 원인가 5천 원인가를 받았다. 밤을 쳐본 사람은 알 것이다. 그게 얼마나 힘든 일인지. 그게 얼마나 섬세한 손놀림이 필요한지. 밤알 표면이 예쁘게 나오려면 칼이 무디면 안 된다. 그런데 밤을 치다보면 칼은 쉽게 무뎌진다. 그래서 밤칼은 깎은 밤을 수거하러 온 업자가 매번 새로 갈아주고 갔다. 두어 번 밤칼을 잃어버린 적이 있었는데, 밤 껍질과 함께 휩쓸려 나갔는지, 누가 와서 가져갔는지, 그녀는 두고두고 혀를 차며 밤칼 단속을 했다.

반나절 꼬박 앉아 그 애를 쓰며 5천 원이라니. 그만두시라 했다. 그녀는 재미로 하는 거라며 손사래를 쳤다. 그러고는 얼른 칼을 숨겼다. 5천 원이 아니라 칼을 빼앗길까봐 걱정하는 것 같았다. 노인이라고 놀면 쓴다냐. 뭐라도 해야제. 그러면서 다시 묵묵히 밤을 쳤다. 지금 와서 생각해보면, 할머니는 칼을 무디게 만들기 위해 밤을 깎았던 건지도 모르겠다. 누군가 와서 무딘 칼을 날렵하게 만들어놓기를 바란 것이라고, 마당 세면대에 쭈그리고 앉아 숫돌질을 하던 할아버지 모습을 보고 싶었던 것이라고. 이거야말로 소설가적 상상력이다.

일수 명함을
집어 들며

　식당 문을 열기 전 제일 먼저 하는 일은 일수 전단지를 치우는 일이다. 그래야 문이 열리니까. 골목에서 식당 입구까지 즈려밟고 가라는 꽃잎처럼 뿌려져 있기도 하고, 열쇠 구멍 앞을 딱 가로막고 있기도 하고, 문틈 사이에 끼여 있다가 팔랑팔랑 떨어져 내리기도 한다. 명함 사이즈나 얄팍한 메모지 형태의 전단지. 행복한 돈 '해피일수'부터, 큰돈 적은 돈 빠른 돈, 친절한 아주머니가 직접 달려가는 '아주머니 일수'까지. 거르지 않고 매일 다양하게 그것들은 도착해 있다. 오늘 하루 안녕한 영업을 위해 지참해야 할 부적이라도 되듯, 당당하고도 불온하게.

　자영업자 우대, 업소 종사자 가능, 신용불량자 가능, 방 보증 대납 가능, 목돈을 쉽게 빌려 쓰고 푼돈으로 상환, 무담보 무보증. 아, 자영업자인 나는 어쨌거나 우대받는 존재, 특별히 선택받은 자.

　문을 열고 들어가자마자 전화벨이 울린다. 예약 전화가 아니다. 돈키호테가 연남동 신생 맛집 톱 파이브로 선정되었단다. 한 달 동안 식당 리뷰들을 종합한 결과란다. 아 부지런한 데다 친절하기까지 한 포털사이트여. 그런 것까지 계산해주시고. 이제부터 연남동 맛집 검색어를 치면 당신의 식당 이름이 나올 것이다. 축하한다, 리뷰가 아주 좋다. 포털에서도 알아주는 맛집이라니 어쩐지 좀 으쓱해진다. 주 메뉴와 가격대, 오픈 시간 등을 확인한다. 인근의 환경, 주소, 연락처, 사업자번호 등등. 그리고 이제 전담자가 생길 거란다. 포털사이트에 노출되는 정보를 꾸준히 관리해줄 당신만의 담당자. 그게 다 리뷰가 좋은 신생 맛집 5위 안에 들었기 때문에 가능한 거란다. 아무에게나 주는 기회가 아니다.

뭔가 냄새가 나기 시작한다. 아무나 얻을 수 없는 기회는 대부분 구린 냄새를 풍긴다. 아니나 다를까. 마지막으로 자동이체할 계좌번호를 물어온다. 왜? 한 달에 대략 5만 원 정도의 비용이 드니까. 파워 링크 비용에 비하면 아주 저렴한 거다. 1년 혹은 2년 약정 중에 선택할 수 있다. 이런 건 꼭 마지막에 얘기하지.

안 하겠습니다.

전담자가 생긴다니까요?

그냥 제가 저를 전담하겠습니다.

아, 나는 선택받은 존재, 그 특별한 기회를 놓친 어리석은 자.

전화는 계속해서 온다. 웬만한 곳이면 빼놓지 않고 나 혹은 이 가게를 선택했다는 사실을 알게 된다. 지도 제공 업체, 가맹된 카드사, 앱 개발자, 은행 등등. 맛집을 알려주는 앱이 이렇게나 많은지 몰랐다. 동네별로 종목별로 가격별로 용도별로 검색의 폭을 넓히거나 줄힐 수 있다. 많은 사람들이 그걸 참고로 식당을 선택하고 예약을 한다. 그들은 자신들의 광고 지면에 식당 소개를 해주거나, 지도에 주변 맛집으로 등록해주거나, 앱에서 직접 온라인 예약을 할 수 있도록 도와준다. 그 대신 나는 손님들에게 카드 할인을 해주거나, 적립금이나 예약금을 대신 지불해주면 된다. 효과에 비하면 대단히 소소한 비용 아닌가. 돈을 내라는 것도 아니고 그냥 고객들에게 혜택을 나누라는 거다. 그러니 우리의 혜택을 받으며 함께 성장하시라.

안 하겠습니다.

이렇게 사업 마인드가 없어서야. 당신의 고객들로 하여금 그곳에 조금 더 쉽고 빠르게 갈 수 있는 기회를 제공해준다니까?

그냥 우리의 고객들을 불편하게 하겠습니다.

아, 나는 또다시 좋은 기회를 놓친, 쪼잔한 업주로 전락.

이번엔 파워 블로거다. 직접 연락을 해오는 경우도 있고 누군가 소개를 시켜주기도 한다. 리뷰를 멋지게 올려주는 데 들어가는 한 달 비용은 대략 20만 원선. 그가 운영하는 블로그가 몇 개인데 시간차를 두고 다른 내용으로 올려준다. 석 달 정도 하면 승부가 난다. 여러 식당이 함께 하면 할인도 해준다. 실제로 매출이 서너 배 올랐다는 업주가 직접 데려온 사람이니 믿을 만하고 해볼 만하다. 물론 아무 곳이나 막 받지는 않는다. 왜냐. 파워 블로거의 수준과 품위가 있으니까. 파워를 유지하려면 그 정도의 안목은 있어야 한다. 그 안목으로 볼 때 이곳은 조금만 손대면 곧 대박이 날 것이다.

안 하겠습니다. 대박이 나면 내 몸은 또 얼마나 힘들겠습니까. 내 품위는 내가 지키겠습니다. 여기까지 오셨는데 죄송. 아, 나는 대박의 기회를 놓친, 안목 없는 자.

다양한 충고들과 조언들이 있었다. 이 일을 시작하기 전부터 한참 하고 있을 때에도. 업계 선배로부터 납품업체로부터 친구로부터 손님으로부터 방문객으로부터. 어떤 냉장고와 어떤 오븐을 사면 좋을지에서부터, 인테리어를 비롯해 메뉴 구성과 가격을 지나, 전체적인 콘셉트와 손님 접대의 방법까지. 이러면 되고 저러면 안 되고. 전문적인 조언도 있고 막연한 풍문도 있고 자신이 꿈꾸던 이상적인 업장의 모습도 있다. 물론 그 조언으로 여기까지 왔다. 때론 받아들이고 때론 참고만 하면서.

하지만 이런 충고도 있다. 장사가 잘되려면 내가 좀 더 방긋방긋 웃어야 한다는 따위의 충고. 주방은 월급 셰프에게 맡기고 나는 홀에서 고객 관리에 전념해야 한다는 등의 오지랖. 우리 남정네들은 친절한 여자를 좋아하니까 좀 더 친절하셔야겠다는 훈수. 남정네들 좋으라고 불판 앞에서 땀 찔찔 흘리고 음식 하는 거 아니거든요. 다시 안 오셔도 됩니다. 아, 차라리 나는 무뚝뚝한 욕쟁이 식당 할머니가 되기로 한다.

설마 일수를 찍어야 할 정도까지 가겠어? 설마 그런 영혼 없는 블로거질에 가담을 하겠어? 무뚝뚝한 얼굴에 갑자기 방긋한 미소가 생기겠어? 물론 그럴 일은 없겠지만 그럴 수도 있는 게 사람 일이 아닌가. 손을 잡고 싶을 때가 있을 것이다. 통장에 든 잔고를 끌어모아 겨우 월세를 내고 물품 대금을 지급할 때. 빈 테이블을 바라보며 휴가철이어서 그런가, 날씨가 궂어서 그런가, 월초라서 그런가, 외부요인을 찾고 있을 때. 뭐라도 해봐야지 이렇게 손 놓고 있어야 되겠어? 이 고비만 넘기고 나면, 싶을 때. 저 한 장의 전단지와 한 통의 전화와 한마디의 조언은 기회가 될지도 모른다. 반드시 잡아야 할 꽤 괜찮은 기회.

식당 문을 열며 일수 전단지를 집어들 때마다, 주위를 한번 획 둘러보게 된다. 전단지에 새겨진 단어들이 친절한 인사로 여겨지는 순간이 있을 것이다. 악수하듯 오래 붙잡고 있다가 슬그머니 주머니에 넣는 사람이 있을 것이다. 기회와 선택에 대해 생각한다. 기회와 선택은 대단한 성공이나 출세나 특별한 변화의 순간에만 있는 게 아니다. 궁지에 몰렸을 때 빠져나갈 수 있는 기회와 선택. 그건 참으로 어려운 문제다. 선택의 여지가 없어 보이므로.

봄날의
고양이들

　고양이 한 마리가 찾아왔다. 다리를 절고 있었다. 뒷다리에 뼈가 드러날 정도의 상처가 보였다. 피가 굳은 상태로 보아 다친 지제법 된 것 같았다. 조치를 취해주고 싶었지만 그만큼의 거리는 또 허락하지 않았다. 누가 고양이 아니랄까봐 쳇. 먹을거리를 좀 챙겨주었다. 내가 자리를 뜨고 나서야 접시에 입을 댔다. 비쩍 마른 몸이 그동안의 고초를 짐작게 했다. 시간이 지나면서 좀 안심이 되었는지, 볕이 잘 드는 곳에 잠시 누웠다 가기도 하더니, 멀리서 꼬리를 한두 번쯤 흔들어주기도 했다. 그걸로 되었다 싶었다. 딱 그 정도의 거리가 좋았다.

　그 고양이가 담장 틈새에 새끼를 낳았다. 사람 하나 옆으로 서서 겨우 움직일 정도의 좁은 공간. 바로 그 점이 새끼를 낳기에 가장 안전한 장소로 선택한 이유였을 터. 먹이를 그 자리에서 먹지 않고 물고 가더니만. 그래서 나는 어미와 새끼를 위해 먹이를 두 가지로 제공해주었다. 먹고 갈 수밖에 없도록 잘게 다진 것 한 그릇, 물고 가기 좋은 덩어리로 한 그릇. 너도 먹어야지, 새끼들만 주지 말고.

가끔 담벼락 위로 고개를 빼고 젖 먹이는 어미 고양이의 모습을 훔쳐보곤 했는데, 고양이는 내가 보고 있는 걸 알면서도 느긋하게 꼬리를 저어주곤 했다. 코앞에 먹이를 놓아주어도 내빼지 않을 만큼 거리가 줄었다. 좁혀진 거리만큼 애틋해졌다.

하지만 그곳은 오래 눌러살 수 있는 곳은 아니었다. 빛은 아주 잠깐 들었다 나가고, 비와 바람을 피할 길이 없고, 깨진 병과 건축 자재와 쓰레기 더미들. 그곳이 새끼 고양이들의 첫 세상. 어미는 결국 거처를 옮겼다. 새끼들을 하나하나 물어 담장과 처마 사이의 더 좁은 공간으로. 좀 더 안전한 곳으로. 새끼들의 세상은 이제 담장 사이에서 담장 위로 확장되었다. 장난치고 매달리고 걸터앉고. 담을 따라 반경을 넓혀가고. 아슬아슬한 곡예가 이어졌다. 담은 그들의 집이고 놀이터고 길이었다. 그들의 세계였다.

지나가는 이들에게는 하나의 풍경이었을 것이다. 따스한 봄날, 담장 위의 새끼 고양이들. 낡은 벽과 전봇대, 얽힌 전선들, 벽돌 사이 비집고 올라온 여린 풀을 배경으로. 노랑고양이, 검정고양이, 줄무늬고양이, 점박이고양이. 그야말로 지나가던 사람들을 멈춰 세우는, 그림이 되는, 사랑스러운 풍경. 카메라를 들고 연남동 골목을 순회 중인 이들에게는 그야말로 한 컷 건지게 된 순간. 어쨌거나 마음이 훈훈해지는 봄날이었다.

그러던 어느 날 화장실 벽 뒤쪽에서 고양이 울음소리가 들려왔다. 음산한 울음소리였다. 그저 벽을 타고 울리는 소리라고 생각했다. 언제나 들리는 건 아니어서 무시하고 지냈다. 그렇게 사흘. 여전히 그곳에서 새어 나오는, 끊어질 듯 이어지는 울음소리. 살펴보니 화장실이 있는 쪽 벽 사이에 한 뼘 정도의 또 다른 틈이 있었다. 어른 키를 훌쩍 넘은 높이의 담. 어쩌다 그곳에 떨어졌는지는 몰라도, 그들이 해결할 수 있는 높이가 아니었다. 어미 고양이가 어찌 내려가본다 해도 다시 올라올 도리가 없어 보였다. 어떤 방식으로든 개입을 해야 했다.

인근 공사장에서 기다란 각목을 두 개 얻어와 바닥에서 벽으로 비스듬히 세워두었다. 어미 고양이가 그 길을 따라 내려가 데려오든, 새끼 고양이가 직접 타고 올라오든, 그건 그들의 몫이었다. 내가 할 수 있는 건 딱 그 정도라고 생각했다. 구조대를 부르고 온 동네를 시끄럽게 하며 뚫고 파고 몰고 잡고 환호하는 일은 하고 싶지 않았다. 빌려온 각목은 이틀 뒤에 돌려주었다. 태어난 새끼는 모두 여덟 마리. 담장 위에서 확인된 새끼는 여섯 마리. 나머지 두 마리는 어찌 되었는지 모른다. 그 두 마리 중 하나가 그 울음소리의 주인공인지 아닌지도 알 수 없었다. 어쨌거나 울음소리는 더 이상 들리지 않았다.

살아남은 새끼들의 두 번째 이동이 시작되었다. 한여름 뙤약볕을 버티기에 그곳은 너무나 혹독했다. 이번에는 어미가 새끼들을 직접 물어 나르지 않았다. 담 아래에서 울음소리로 유인만 할 뿐 이동은 온전히 새끼들의 몫이었다. 먼저 담벼락을 타고 내려온 새끼가 먼저 신선한 물과 음식을 맛보았다. 위험을 감수하고 내려와야만 볕 좋은 테라스에서 어미 고양이의 꼬리를 가지고 노는 자유를 누렸다. 어미는 먼저 내려온 네 마리의 새끼를 데리고 사라졌다. 남은 두 마리는 그대로 둔 채.

가장 겁이 많고, 가장 허약해 보이는 두 마리의 새끼 고양이. 어쩌다 한 번씩 들러서 신호를 보내는 어미 고양이를 아래 두고도 도무지 용기를 낼 수 없는 모양이었다. 그래서 이번에도 나는 아주 조금만 개입을 해보기로 했다. 지붕과 담과 바닥 사이에 벽돌 계단을 만들어 길을 터주는 정도로. 그 아래 어디쯤 먹이를 놓아주는 정도로. 그리고 어느 날 남은 두 마리도 마저 사라졌다. 여름이 끝날 무렵이었다. 담장 위에는 아무것도 남아 있지 않았다.

무정하게도, 그들은 다시 돌아오지 않았다. 늘 그 장소에 먹이를 놓아두어도 입질의 흔적은 보이지 않았다. 한 번쯤 찾아올 만도 한데. 어딘가 더 안전하고 더 쾌적한 곳에 정착을 했으리라 안심이 되면서도, 또 한편으로는 괜히 허전하고 이상하게 서운한 마음이 들었다. 그 시절이 꼭, 가버린 봄날, 다시 못 올 봄날인 것만 같았다.

애틋한 마음으로 담장 위를 올려다보던 봄. 나는 책임이라는 단어에 대해 오래 생각했다. 모두는 아니더라도 저 중의 한둘이라도 데려가 안온한 보금자리를 만들어주어야 하는 것은 아닐까. 담장 위나 공사장 한편을 세상의 전부로 알고 살아가는 길고양이의 생을, 내가, 바꿔줄 수도 있지 않을까? 인간 스스로 집사라 칭하며 떠받들어지는 다른 고양이들의 반에 반만이라도 안온한 삶을 누리게 해줄 수는 없을까? 그것이 책임을 지는 방법이 아닐까? 하나의 생을 대신 책임진다는 게 과연 가능한 일일까? 다른 생에, 얼마만큼의 개입을 할 수 있고 해도 되는 걸까? 그냥 그들이 허락한 거리만큼?

그리던 어느 날 어린 고양이 한 마리가 테라스 뒤편에 나타났다. 담 위에서 제일 먼저 내려왔던 새끼의 줄무늬와 똑같았다. 눈위의 검은 줄도 여전했다. 어느 날에는 다리에 상처가 있는 어미 고양이가 들르기도 했다. 배를 보니 다시 임신을 한 것이 분명했다. 내 앞에 처음 모습을 보였던 그날처럼 그냥 우두커니 앉아 있다가 돌아갔다. 챙겨준 밥은 먹지도 않고. 그냥 슬쩍 한번 눈을 맞추고는 사라졌다. 어쩐지 탓을 하는 눈빛이었다. 바람이 차가웠다. 이제 막 겨울의 초입인데. 어쩐지 꽃그늘 아래 앉아 울고 싶은 심정이었다.

교도소에서 온
편지

　정기적으로 오는 편지가 있었다. 간혹 건너뛰거나 두 통이 한 번에 도착하기도 하지만, 대략 일주일 간격이다. 편지 봉투는 밀봉되지 않은 채로. 누군가 나보다 먼저 읽을 수도 있는, 아니 그래야만 내게 전해질 수 있는 편지. 발신자 주소는 사서함 몇 호, 수신자는 돈키호테의 식탁. 우편함이 따로 없는 탓에 때로 바람에 날려 길가에서 발견되기도 하지만, 편지가 당도하면 일단 가방에 넣어두고 하루 일과를 시작한다.

　식당을 시작한 지 얼마 되지 않아, 나는 사서함 몇 호로 시작되는 곳으로부터 꽤 여러 통의 편지를 받았다. 모두 나에 관한 기사를 읽고 보낸 편지였다. 내가 어떤 새로운 도전을 하고 있다고 여겼는지, 새로운 삶을 꿈꾸고 있다고 믿었는지, 그들에게 어떤 자극을 준 것만은 분명했다. 한결같이 자신들도 새로운 삶을 꿈꾸게 되었다고 썼다. 누군가는 그곳으로 책을 보내달라 했고, 누군가는 곧 그곳을 나가서 새로운 도전을 할 터이니 돈을 보태달라고도 했다. 나는 답하지 않았고, 편지는 그걸로 끝이었다.

사실 좀 두려웠다. 그 편지들은 내가 무방비 상태라는 걸 알려주는 증거였다. 편지를 보낸 사람들에 대한 어떤 정보도 없는 반면, 나에 대한 정보는 그렇지 않았다. 범죄자라지 않는가. 무슨 죄를 지었는지, 언제쯤 형을 마치고 출소를 하게 될지, 어떤 성격을 가지고 있는지, 알 수 없다. 혹시라도 왜 답장을 하지 않았느냐며, 왜 책을 보내지 않았느냐고 책망하며 찾아올지 누가 알겠는가. 일어날 수 있는 이런저런 나쁜 일들이 저절로 떠올랐다.

나는 여태 소설을 쓰며 살아왔다. 소설이 얼굴이었다. 작가라는 사람은 소설 뒤에 숨어 있으면 되었다. 나는 공개되지 않아도 되었다. 책이 나오면 낭독회나 작가와의 만남을 하지만, 그건 일종의 행사였다. 굳이 알려 든다면 알 수 있겠지만, 내가 살고 있는 주거지나 내가 자주 가는 카페 같은 것이 공개되지는 않는다. 하지만 식당을 하고 있는 나는 그렇지가 않았다. 언제라도 누구라도 방문할 수 있는 곳에, 일정한 시간이면 어김없이 가 있어야 하는 현실. 숨을 곳이 없었다.

편지들은 대부분 한 통으로 끝났다. 그러나 그는 달랐다. 그의 편지가 열 통을 넘겼을 때, 그 한결같음에 마음이 움직였다. 자꾸 눈이 가고 손이 간 걸 보면 몸이 움직인 것인지도. 차분히 읽기 시작했다.

고전적인 편지지. 아주 익숙한 볼펜의 질감. 정성 들여 꾹꾹 눌러쓴 글자들. 자간도 일정하고 글씨체도 한결같다. 고친 흔적도 없다. 감정을 가늠할 수 없는 필적이다. 다른 곳에 몇 번이고 고쳐 쓴 내용을 베껴 그린 그림 같다. 어쩌면 최종적인 편지를 위해 몇 장의 편지지를 버렸을지도 모를 일. 너무 정갈해서 출력물이 아닌가 의심이 들 정도였다.

편지는 언제나 내 안부를 묻는 것으로 시작했다. 이 겨울, 이 봄, 이 여름, 이 가을. 감기는 안 걸리고 잘 지내는지, 건강은 괜찮은지, 몸은 고되지 않은지, 아프지는 않은지. 그리고 자신의 이야기를 이어갔다. 오늘은 무슨 생각을 했는지, 어떤 반성을 했는지, 어떤 기대를 갖고 어떤 마음으로 하루를 보냈는지. 여름의 그곳은 얼마나 고통스러운지, 그래도 어떻게 버티고 있는지. 함께 지내는 사람들의 이야기도 한다. 그들이 무슨 죄를 지었으며 무슨 생각으로 살고 있는지. 그들을 바라보며 어떤 생각을 하는지. 그러고는 언제나 응원으로 마무리한다. 힘들어도 힘내시라. 지치지 말고 잘 지내시라. 웃음을 잃지 마시라. 건강하시라.

그는 소설을 쓰고 싶어했다. 그곳에서 겪은 일들을 소설로 쓰고 싶다 했다. 혹시 도와줄 수 있겠냐 조심스레 물었다. 아니면 그곳의 일들을 내가 소설로 쓰고 싶다면 자신이 도와주겠다고도 했다. 아니면 그냥 자신의 이야기를 들어주기만이라도 했으면 좋겠다 했다. 답신은 하지 않았다. 그의 편지를 옆으로 치우지 않고 읽는 것으로 내 태도를 정했다. 소극적인 응답.

답신은 하지 않았지만, 그의 편지를 기다렸다. 문득 생각나 날을 꼽아보고, 혹시 어디론가 날아가버리지는 않았나 주위를 돌아보게 되고, 혹시 무슨 일이 생긴 건 아닐까 궁금해지게 되고. 응답 없는 내 태도에도 여전히 묵묵히 자신의 소식을 전해오고 내 안부를 물어주는 그 편지에 위안을 받고 있었는지도 모르겠다. 잊을 만하면 도착하는 그 편지로부터. 읽는 것만으로 위안이 된다는 건 나중에 알았다. 그의 새 편지를 가방에 넣다가 문득, 내 글도 누군가에게 그런 일을 했었는지 모른다고 믿어보기로 했다. 어쩐지 뭉클한 느낌이었다.

식당에 다녀간 사람으로부터 메일을 받기도 했다. 멀리 부산에서 업무 차 서울에 왔다가 들렀다고. 오래전 내 소설을 읽고 감명을 받았었으며, 그래서 온 김에 알은척이라도 하고 싶었으나 그냥 음식만 맛있게 먹고 돌아갔다는 이야기. 뒤늦게 편지를 보냈으나 반송이 되었더라는 이야기. 그리하여 그 편지를 메일로 다시 보내게 되었다는 이야기. 메일에 답은 하지 않았다. 실은 어찌 말해야 할지 몰라서 그랬다. 잘 먹어줘서 고맙다고 해야 할까. 그의 바람대로 곧 소설을 보여주겠다고 다짐해야 할까. 다음에 오게 되면 알은척을 하시라 할까. 그냥 고마운 마음만 간직하기로 했다. 후에 그는 다시 방문했다. 밥을 다 먹고 계산을 하고 나가기 전에, 자신이 메일을 보냈던 사람이라 조심스레 밝혔다. 반가웠다. 반가워서 손을 덥석 잡았다. 꼭 오래 알아왔던 사람을 만난 것 같았다. 편지의 힘이었다.

또 한 방문자를 기억한다. 1년에 하루 정도 온전히 자기만의 외출을 할 수 있는, 두 아이를 키우는 가정주부라고 했다. 그녀는 책을 사랑했나. 그래서 그 1년 중의 하루를, 소설가가 하는 식당에서 보내기로 한 것이었다. 영업시간이 끝났고, 조금 취한 늦 보였으나 그만 돌아가시라 할 수 없었다. 그냥 그녀의 술잔에 술을 조금 더 채워주었다. 그녀는 고백했다. 자신이 암에 걸렸었다고, 가망 없다 했고 오래 치료를 받았고 지금은 괜찮아졌다고. 죽을지도 모른다는 상황을, 그녀는 더 이상 책을 읽을 수 없는 상황으로 받아들였다. 세상에 이렇게 좋은 책이 많은데, 아직 읽을 책이 이렇게 많은데, 그걸 더 읽을 수 없다니. 그게 가장 슬펐다고 했다. 지금도 그게 제일 두렵다고 했다. 죽음을 앞에 두고 기껏 책이라니. 그깟 책이 뭐라고.

글을 쓰는 일에 대해 생각했다. 글이 주는 힘에 대해서도. 내 어깨를 두드려준 누군가의 편지를 생각했다. 내가 계속 소설을 써야 하는 이유를 일깨워준 사람들. 그리고 사서함 몇 호의 그는 이미 소설가다. 나는 그의 소설을 기다린다. 내 대신 계속 써주세요. 계속 읽게 해주세요. 지치지 말고 계속 그렇게 해주세요. 간절한 마음으로.

꽃보다
예쁜 명자 씨

    한 노인이 랑미용실 문 앞에서 숙자 씨를 부르고 있다. 쪽문을 흔들며 숙자 씨. 발끝을 들어 창살 사이로 고개를 빼며 숙자 씨. 숙자 씨는 대답이 없다. 숙자 씨를 부르는 억양에서 특별히 위급한 사정 같은 건 묻어나지 않는다. 나물 뜯으러 가자고 동무네 집을 찾아온 시골 처녀의 어조. 좀 놀아보자 찾아왔는데 왜 대답을 안 하느냐 조금은 서운한 음색. 숙자 씨는 지금 그 집에 없을 것이다. 개인 사정으로 당분간 문을 열지 않는다는 안내문을 보았다. 안내문에 제시한 기한이 훨씬 지났음에도 문은 여전히 굳게 닫혀 있었던 것도 알고 있었다.

    숙자 씨일지도 모를 랑미용실 여자를 본 것은 한참 전이었다. 긴 머리 여자의 실루엣을 그려 넣은 낡은 미용실 간판이 정겨워 걸음을 멈췄다. 열린 문 드리워진 발 사이로 내부가 살짝 보였다. 롯드를 말고 보자기를 둘러쓰고 앉은 할머니. 낡은 비닐 소파와 낮은 탁자와 그 위에 알록달록 조화를 꽂은 꽃병. 별것도 아닌데 가슴이 따뜻해졌다. 그래서 한동안 일부러 그 길을 왔다 갔다 하며, 걸음을 늦추고 그 안쪽을 훔쳐보곤 했다. 때론 조용히 음악만 흘러나올 때도 있었는데, 그러면 발걸음을 멈추고 괜히 먼 곳을 바라보며 가만히 서 있다가 오기도 했다.

그러던 어느 날 발을 올리며 나오던 여자와 딱 마주쳤다. 앞치마 주머니에 빗과 가위가 꽂혀 있지 않았어도 누가 봐도 미용사일 것만 같은 여자. 여전히 풍성하고 윤기를 잃지 않은 머리칼을 한 갈래로 느슨하게 땋아 묶은 머리 모양. 주름이 지기는 했지만 뽀얀 얼굴. 정확한 나이를 가늠할 순 없어도 참 예쁘게 늙은 여자인 것만은 선명했다. 잠깐 마주쳤을 뿐인데 그녀의 모습을 떠올리면 절로 미소가 드리워졌다. 그 후로 몇 번 더 스치듯 만난 적이 있는데, 그때마다 머리 모양이 달랐고 옷매무새는 곱고 단정했다.

숙자 씨가 주택가 골목 쪽방을 개조해 미용실을 만들고 그 위에 간판을 달던 순간을 가늠해보았다. 그날 숙자 씨의 등에는 남자아이가 대롱대롱 매달려 있지는 않았을지. 업고 있던 애가 유치원에 가고 초등학교를 다니는 사이, 조금씩 입소문이 나면서 보조 미용사를 둘 정도로 바빠지지는 않았는지. 시험 삼아 아들애의 머리 꽁지에 염색을 해주지는 않았는지. 그 남자애는 엄마의 미용 집게 핀들을 훔쳐다가 반 여자애들에게 나눠주지는 않았는지. 늘 그곳에서 파마를 하던 옆집 여자는 어디서 잘 살고 있는지. 멀리 이사를 간 후에도 숙자 씨의 불고데 솜씨가 그리워 전철을 갈아타고 여전히 랑미용실을 찾는 이가 누군지. 그러다보면, 오래전 제 엄마가 미용실을 하며 생계를 꾸려갔던 내 친구의 얼굴이 떠오르기도 하고, 시내에 있는 미용실에서 머리를 자르겠다던 내 손을 잡아끌고 기어이 자신의 단골 미용실에 데려가 앉히던 내 엄마의 손길도 떠오른다.

숙자 씨를 부르는 노인의 목소리가 한동안 이어지다 끊어졌다. 문득 숙자 씨 옷 위로 둘러졌던 허리 보호대가 생각났다. 그렇게 단정한 여자가 옷 위에 드러내놓고 두른 보호대라니 의아했더랬다. 그제야 숙자 씨가 어디 아픈 건 아닌지 걱정이 되었다. 큰 병이 나서 자리보전하고 누운 것은 아닌지. 이렇게 긴 기간 동안 문을 닫은 적은 없었는데. 겨울 들어 부쩍 많이 들어오는 부고들이 생각나는 걸 퍼뜩 지워버렸다.

숙자 씨를 부르던 노인의 목소리가 더 이상 들리지 않게 되었을 때, 나는 산책하는 척 미용실 쪽으로 갔다. 간판 아래 서서 마음속으로 숙자 씨를 불러보았다. 숙자 씨, 숙자 씨. 한 번쯤 숙자 씨에게 머리를 맡겨보고 싶었는데. 다른 할머니들에게 해주듯 새카맣게 염색을 해달라고 청하려고 했는데. 숙자 씨, 숙자 씨. 빨리 나아서 문을 열어주세요. 문득 숙자 씨를 부르던 노인의 이름이 명자 씨일 것만 같았다. 명자 씨는 내 어머니의 이름이다.

명자 씨는 인천에서 짐수레를 끌고 오고 있는 중이다. 수레 안에는 시골에서 보내온 계란 몇 판이 들어 있을 것이다. 오지 않아도 된다는데도 굳이. 지난 며칠 동안 탈이 나서 앓아누워 있었으면서도, 몸이 좀 가벼워졌다고 집을 나섰다는 것이다. 집에서 놀고 있으면 몸이 더 아프다면서. 달리 말릴 방도가 없었다.

명자 씨는 지난 40여 년가량 일을 쉰 적이 없다. 공장을 하던 아버지 덕분에 20여 년을, 그 작은 공장을 물려받은 아들 덕분에 10여 년을, 그리고 느닷없이 식당을 시작한 딸 덕분에 지금까지. 덕분이라니. 온 가족이 돌아가며 차례로 명자 씨의 노동력을 착취해놓고서 덕분이라는 단어를 붙이다니. 그렇게 가족 옆에서 일을 하며 보조를 하는 동안, 이십 대의 젊은 엄마는 이제 칠십 노인이 되었는데.

명자 씨는 내 든든한 뒷배다. 사실 명자 씨가 없었더라면 시작할 엄두조차 내지 않았을 것이다. 명자 씨와 함께라면 해볼 만도 하겠다 싶었다. 명자 씨는 대략 20여 년을 공장 사람들의 식사를 책임졌다. 아버지를 위해서는 하루 세끼 새로 밥을 지었다. 공장일을 하면서도 그 일을 다 해냈다. 명자 씨의 음식 솜씨는 아는 사람은 다 안다. 그러니 내 뒷배일 수밖에.

명자 씨와 함께 일한 지 1년. 이제 명자 씨는 주방에 들어서자마자 능숙하게 자신의 영역을 담당한다. 제일 먼저 토마토소스를 만들고, 파슬리를 다듬고 빻아서 파슬리 소스를 만들고, 구운 파프리카의 껍질을 벗겨 용기에 담아 오픈 준비를 한다. 가지 요리는 명자 씨 담당. 해물 요리는 손질은 명자 씨가 요리는 내가 한다. 주방의 효율을 위해 자연스럽게 나뉜 역할이지만, 명자 씨는 이제 그냥 도움을 주는 엄마가 아니라 주방의 한 파트를 담당하는 사람으로서의 자부심이 생겼다. 그래서 내 손이 놀고 있을 때에도 가지 요리 주문이 들어오면 반드시 명자 씨가 한다. 명자 씨는 이제 주방 보조가 아니라 제1주방장이다.

명자 씨가 오늘도 짐수레를 끌고 집을 나서는 이유도 그것 때문일 거라고 애써 생각하며 죄책감을 한쪽으로 밀쳐둔다. 이럴 때 내가 할 수 있는 일은 마을버스에서 내릴 명자 씨를 마중 나가 짐수레를 받아오는 것.

랑미용실을 지나 골목을 나서는데, 한 노인이 내 앞에서 무언가를 가리키며 큰소리로 웃기 시작했다. 하하하하. 웃음소리가 그렇게 호탕하고 명쾌할 수가 없었다. 우스워 죽겠네, 아이고 웃겨라. 입 밖으로 웃는 속내를 다 드러내면서 하하하.

물을 수밖에 없었다. 뭐가 그렇게 웃기냐고. 그녀가 대답했다. 저것 좀 봐 하하. 꽃보다 예쁜 너래. 나보고 꽃보다 예쁘다니 하하하하. 그녀가 가리킨 곳에 꽃집이 있었다. 꽃집의 이름은 '꽃보다 예쁜 너'. 그 순간 세상이 환해졌다. 나도 따라 웃었다. 하하하하. 그래 꽃보다 예쁜 너로구나.

오늘은 명자 씨를 위해서 꽃을 한 송이 사야겠다. 그리고 언젠가는 숙자 씨를 위해서도. 꽃보다 예쁜 당신들을 위해.

사촌이
땅을 사면

벌써 검버섯이 생긴 거야? 오랜만에 만난 친구가 내 관자놀이에 난 검은 자국을 꾹 누르며 물었다. 실로 걱정스러운 표정. 검버섯이 아니라 기미인가? 그러면서 검버섯에 준하는 노화의 기미들을 찾아내기 시작. 아무래도 이러다간 화제가 노화와 건강에 대한 것으로 넘어가겠군. 그래서 얼른 고개를 돌리며 설명. 이건 그러니까 검버섯이 아니라, 전에 고기를 튀기다가 기름이 튀어서 생긴 화상 자국인데, 이게 안 없어지고 점점⋯⋯.

사연을 채 다 말하기도 전에 그녀는 진심 안쓰러운 표정이 되어 흉터들을 일일이 어루만지며, 아이고 식당 일이라는 게 그렇지, 이거 다 기름 튀고 그래서 생긴 거지? 어쩜 좋니, 잠깐 기다려봐, 피부과에 가서 레이저 치료라도 받는 게 좋겠지만, 당장 시간을 낼 수 없다면 이렇게라도, 이게 커버력이 꽤 괜찮은 제품이라, 이렇게 톡톡톡 두들기고 문지르면, 자 봐 좀 가려졌지? 그러게 뭐 한다고 식당은 해가지고 몸 상하고 얼굴 다치고, 하며 흉터로부터 비롯된 서사를 완성해나갔다.

그녀가 검버섯이라 오해했으나 실은 기름에 튄 관자놀이의 화상 자국이, 또 사실은 지금 식당을 하면서 생긴 것이 아니라 십수년 전에 집에서 혼자 탕수육을 해 먹다가 생긴 것임을 말하지 않았다. 그냥 묵묵히 내 몸 곳곳에 난 흉터들을 보고 만지며 안쓰러워하게 두었다. 그녀의 상상을 굳이 방해하고 싶지 않았다. 우리는 서로서로의 역할에 충실할 뿐이었다. 그 결과 나는 커버력이 꽤 괜찮은 스틱 파운데이션을 얻었다. 나름 성과가 있는 서사였다.

흉터의 내력들이 고만고만해서 굳이 설명을 달 필요는 없었다. 다만 색의 농도를 통해 상처의 시기가 대략 가늠될 뿐이었다. 채 아물지 않은 가장 최근의 상처가 강아지 발톱에 의해 난 것이라는 사실도 굳이 밝히지 않았다. 당신이 보고 있는 그 모든 상처와 흉터가, 당신이 상상한 바대로, 어떤 노동으로부터 비롯된 것이 분명하다. 마음껏 안쓰러워하시라. 내 팔을 보고 약쟁이 환자 팔뚝 같다고 말한 사람도 있었으니, 무슨 더한 품평이 나올쏘냐. 훈장 단 가슴을 쭉 내밀듯, 손가락을 쫙 펴고 팔을 이리저리 뒤집어 보여주기도 했다. 그래서 얻은 커버 스틱 파운데이션. 생각지도 않은 콩고물.

그녀가 돌아가고 난 후 밖으로 나와 좀 걸었다. 보통은 음식 준비를 마치고 오픈 직전에 산책을 나서지만, 마음을 다잡고 마음을 내려놓는 그 의식과도 같은 시간이 절실히 필요했다. 빙그레 우유 대리점에서 시작해 포도나무집 마을 식당을 지나 철길공원 쪽으로 가다 성산로로 턴, 다시 빙그레 간판이 보일 때까지. 1년 사이 부쩍 변해버린 연남동 길을 천천히 걸었다.

뒷짐을 진 채였다. 흉터에 무덤덤해진 사람 흉내를 내고 있었지만, 그렇게라도 흉터투성이 손을 눈앞에서 치워버리고 싶었는지도 몰랐다. 시각을 지우자 촉각이 선명해졌다. 검지와 검지에서 이어지는 손바닥 사이로 새롭게 앉은 굳은살이, 전보다 두툼해진 손바닥 거죽의 느낌이, 데였다가 가라앉고 쓸리고 부대끼면서 만들어낸 흉터들이 느껴졌다. 손바닥이 아니라 발뒤꿈치를 마주 댄 느낌이었다. 그건 좀 서글픈 일이었다. 똥인지 된장인지는 먹어봐야 안다고 생각해온 나로서는, 그래서 무언가를 꼭 손으로 만져보고 느껴야만 직성이 풀리는 나로서는, 굳은살 박인 둔감한 손으로 무얼 알 수 있으려나 걱정되는 순간. 내가 만진 누군가의 뺨이 까슬까슬하게 느껴졌던 것이 사실은 그의 뺨이 아니라 내 손이 거칠어서 생긴 감촉이었다는 걸 뒤늦게 깨닫는 순간, 나는 얼른 뒷짐을 풀고 손을 탈탈 털어냈다.

에이, 그래도 장점이 아주 없는 건 아니잖아. 뜨거운 냄비 손잡이를 잡아도 전보다 덜 뜨겁게 느껴지고, 구운 파프리카 껍질도 맨손으로 휙휙 까게 되었으니. 걸음을 돌려 짐짓 명랑하게 씩씩하게 걷기 시작했다. 두 팔을 휘휘 저으며 뛰듯이 걷다가 문득,

친구에게 손바닥의 굳은살도 만지게 해줄걸 그랬다는 생각이 들었다.

식당 앞에 도착했을 때, 우유 대리점 아저씨가 기다렸다는 듯이 우유 하나를 내밀었다. 새로 출시된, 기간 한정 제품이라고 했다. 오디 맛 우유. 맛이나 한번 보라고. 오호 정말 바나나우유가 오디색이네요. 바나나 맛 우유가 아니라 오디 맛 우유야. 포장은 바나나우유잖아요. 그러게 좀 이상하지? 맛은 잘 모르겠어요, 바나나인지 오디인지, 그냥 색깔만 오디인 바나나우유 같아요. 그참에 우리는 우유 상자를 의자 삼아 나란히 앉아 노닥노닥 수다를 떨었다. 바나나우유와 오디우유의 이름에 대해, 오디 맛과 오디 술맛에 대해, 인근에 공사 중인 건물에 대해, 공사가 끝나면 더 심각해질 주차난에 대해. 우리의 시선은 자연스럽게 돈키호테로 향할 수밖에 없었다. 지금 얼마나 됐지? 1년 반이 넘어가네요. 그거밖에 안 됐나? 한 3년 쯤 된 거 같은데. 저는 한 10년쯤 된 거 같아요.

때마침 앞집 할아버지가 자전거를 끌고 도착했다. 대리점 아저씨는 앞집 할아버지에게도 오디 맛 바나나우유를 하나 건네주었다. 저기가 생긴 지 이제 1년 반이라네? 대리점 아저씨가 말했다. 그러자 옆집 할아버지가 마침 할 말이 많았다는 듯 먹던 우유를 바닥에 내려놓고 말했다.

저 집 차 바꿨대? 털털털털 완전 고물 차 끌고 와서 가게를 시작하더니, 훤한 차로 바꿨어 그래. 할아버지는 내가 바로 그 집 주인이라는 걸 모르고 있는 상태. 나는 나서지도 못하고 숨지도 못한 채, 속으로 지레 변명을 하고 있었다. 그게 사실은요, 그 털털털 고물 차가 15년이 넘었는데요, 지난번에 운전 중에 갑자기 시동이 꺼지고서는 안 켜져서요, 이러다가 큰 사고 나겠다 싶어서 차를 바꾸긴 바꿔야 했는데요, 장은 봐야 하니까 짐칸이 넓어야 하는데요, 중고차를 알아보다가 어쩌고저쩌고, 할부금이 어쩌고저쩌고, 그때 할아버지가 내 속엣말을 차단하듯 말했다.

그래서 내가 얼마나 기분이 좋은지 몰라. 세상이 좀 그래야지. 가게 열심히 하면 고물 차에서 새 차로 바꿀 수 있다. 그래야 좀 살맛이 나지 않겠어? 뭐라도 시작할 수 있는 세상이 되어야지. 아휴 내가 새 차 뽑은 서 같아. 기분이 얼마나 좋은지 오며 가며 만져본다니까.

화나지 않으세요? 여기 맨날 사람들 북적거리고 시끄럽고 주차도 정신없고. 내가 물었다. 할아버지가 버럭 소리를 질렀다. 아가씨 그렇게 살지 마. 마음을 그렇게 나쁘게 먹으면 못쓰는 거야. 사촌이 땅을 사면 왜 배가 아파, 같이 기뻐해야지. 그 속담 바꿔야 돼. 사촌이 땅 사면 콩고물이 떨어진다. 콩고물이 아니어도 얼마나 즐거워. 즐거운 사람이 주변에 있으면 나도 즐겁지. 찡찡거리는 사람 옆에 있으면 즐거워? 안 그래? 아가씨도 마음 좋게 먹어야 해. 그래야 성공하는 거야, 알아?

네네, 저도 즐거워요. 저 차 참 멋지네요. 돈 많이 벌었나봐요. 차도 바꾸고. 저 옆에서 콩고물 좀 얻어먹어야겠네요. 우유 대리점 아저씨는 옆에서 그저 허허허 웃었다. 기분이 참말로 좋았다. 아가씨란 말도 듣기 좋았고, 즐거운 사람 옆에서 즐거워지는 느낌도 과연 좋았다. 그리고 부끄러웠다. 내가 친구에게 보여준 것과 숨긴 것에 대해. 그 징징거림에 대해. 배 아플까봐 설레발치는 사촌의 마음에 대해. 오늘도 하나 배웠습니다. 어느 콩고물이 더 좋은지는 생각하지 않겠습니다.

내 꿈의
주인은

가까운 이에게서 내 꿈을 꾸었다는 얘기를 들었다. 세초에 전해 듣는 꿈 이야기는 무언가 예지몽의 기운이 느껴진다. 그래서 묻기가 조심스러워진다. 무언가 불길하거나 경고를 내포하는 꿈이었을까봐. 그런 꿈이었다면 소식을 전하지도 않았을까? 그런 꿈이어서 대비를 하라고 알려주려는 것일까? 차마 묻지 못하는 심정을 알았는지 그쪽에서 먼저 알려준다. 좋은 꿈이었다고. 기분 좋은 꿈. 아주 밝고 활기차고 화사한 꿈. 꿈을 깨고 나서도 한참을 행복한 기운이었다고 했다. 듣는 나도 덩달아 따뜻해졌다. 행복한 공기 속에 더 머물고 싶어 더 자세히, 꿈의 세부를 청하고 또 청했다. 그가 꾼 내 꿈이 꼭, 내가 꾼 내 꿈 같았다.

그 꿈을 사겠노라 했다. 꿈을 꾼 건 당신이지만, 꿈의 주인공은 나였으니, 그 꿈에 내 지분도 좀 있지 않겠느냐, 그러니 나에게 넘겨라 그 꿈. 거절당했다. 꿈이 아까워서가 아니라, 꿈대로 이루어진 날 자신의 역할을 그대로 하기 위해서라고 했다. 그래서 기분 좋게 그 꿈을 도로 넘겼다. 꿈에서처럼 내가 화사하게 행복해지는 날 너도 끼워줄게 하면서. 애초에 내 것이었던 양, 선심 쓰듯 호탕하게.

그런데 왜 요즘의 내 잠엔 기분 좋은 꿈이 도통 들어오지 않는지 궁금해졌다. 요즘엔 거의 꿈을 꾸지 않는, 기절과도 같은 잠을 잔다. 한밤의 지친 꿈이 원하는 것은 오로지 잠. 기분 좋은 꿈 같은 건 염두에 없는 듯하다. 꿈을 꾸지 않는 것인지 기억을 못 하는 것인지는 잘 모르겠다. 개중에 기억에 남는 꿈이라고는 기분이 썩 좋지 않은 꿈뿐이다. 예를 들면 여전히 앞치마를 두르고 주방에서 종종거리고 있거나, 갑오징어나 문어를 구한다고 어느 항구를 헤매고 다니다가 결국 구하지 못하는 꿈 같은 것. 그런 꿈은 왜 또 기억에 고스란히 남아 있는지. 정말이지 기분이 무척이나 나쁘다. 꿈에서까지 앞치마라니. 꿈이라도 다른 걸 꾸고 싶단 말이다. 아무래도 베개를 바꿔야 할 모양이야, 하며 애먼 메밀베개를 집어던진다. 이참에 목 디스크용 베개를 사야겠어, 하면서.

꿈이 현실의 연장인 것은 분명해 보인다. 예전엔 꿈에서 주로 소설을 썼다. 쓰다 멈춘 부분에서 다시 시작되는 꿈. 내가 소설의 주인공이 되어서 이야기를 이어가기도 하고, 소설 쓰는 내가 이어서 계속 소설을 쓰기도 한다. 그래 바로 이거야. 이러면 될 것을 왜 그리 애를 태웠나. 막힌 부분이 펑 뚫리고 짙은 안개가 확

사라지고. 깨어나 그대로 옮겨 적기만 하면 대작이 나올 것이 분명해. 단어 하나 문장 한 줄이 너무나 위대한 꿈의 소설. 꿈에서조차 꿈인 걸 알고, 기억하고 있어야 한다고 되뇌고 되뇌던. 그러나 깨어나 노트북을 열면 내가 썼던 문장들은 어김없이 사라져 있고, 기억하기로 했던 것은 하나도 기억나지 않는 엄혹한 현실. 그런 꿈을 꾸었다는 사실조차 기억에서 지워버릴 것이지. 기억해내려 할수록 점점 더 아련해지는 헛꿈. 꿈속의 문장을 기억해낼 능력만 있었다면 지금쯤 나는…… 허망하고 애달프지만 또 아주 싫지만은 않은 꿈들이었다.

진짜 기분이 좋아져서 자꾸 꾸고 싶은 꿈도 있다. 하늘을 나는 꿈 같은 것. 먼저 밝히자면 그 꿈은 아침마다 수영을 하던 시절에 많이 꾸었다. 손을 뻗는 대로 발을 구르는 대로, 접영으로 배영으로 하늘을 날았다. 가만히 누워 내려다보는 세상이 포근하게 자유로웠다. 꿈에서 실컷 날고 난 다음이면 몸이 참 개운했다. 다시 수영을 시작하면 그 기분 좋은 꿈을 다시 꿀 확률이 높아질 텐데. 꿈의 유영을 위해 잠을 줄이고 시간을 할애해야 하나. 기분 좋은 꿈보다는 당장 잠의 비축이 절실하니 수영은 보류. 그래도 뭐, 다시 수영을 시작하면 하늘을 나는 꿈을 꿀 수 있을 테니, 그 꿈이 그리운 날엔 언제든지 꺼내 먹기만 하면 될 비장의 꿀단지, 잠시 다락방에 숨겨둬도 될 일이다.

한때 꿈을 조절할 수 있다 믿던 때도 있었다. 쌍꺼풀을 만들기 위해 눈꺼풀에 스카치테이프를 붙이는 어린애처럼. 손금의 운명을 바꾸겠다고 샤프로 손바닥에 선을 내내 긋고 앉은 어떤 사람처럼. 잠들기 전에 내내 똥을 생각했더랬다. 마지막으로 화장실에 가서 똥을 싸보려고 애를 쓰거나, 똥이 마려운 걸 일부러 참고 잠을 청하거나. 들어차지도 않은 똥을 싸려고 애를 쓴다고 똥이 만들어질 일은 없지만, 그렇게 애타게 똥을 생각하다보면 그 애절함이 꿈으로 이어질 테니까. 똥꿈을 꾸면 꼭 좋은 일이 생겼으니까. 좋은 일이 생길 때마다 꼭 똥꿈이 먼저 있었으니까. 다시 한번 똥꿈의 요행을 누려보자는 심산이었다.

이왕에 나온 꿈 얘기, 그 똥꿈 얘기를 해보자. 방 안에서 엉덩이를 까고 앉아 똥을 쌌다. 개운한 느낌도 느낌이었지만 돌아서 본 그 모양이 참으로 예뻤다. 만화풍의 똥 덩어리. 하도 예뻐서 손을 댔다. 똥인 줄 알았지만 저절로 그렇게 되었다. 만지는 느낌이 그렇게 좋을 수가 없었다. 반가운 소식이 들려올 것 같았다. 그때 나는 어느 신문사 신춘문예에 소설을 투고했던 참이었다. 당선을 예감했다. 예감의 근거라는 게 투고작에 대한 자신감이 아니라 꿈에 나온 똥이라니 싫겠지만, 사실 그만한 꿈이 없다 싶었다. 돼지든 용이든 뭐든, 길몽의 범주에 들어갈 만한 그 모든 것들이 총출동했더라도 그런 예감은 없었을 것이다. 소설이란 것은 세상에 토해놓는 토사물이 아니라, 세상을 먹고 제 몸에서 소화시킨 다음 가까스로 싸놓은 똥 덩어리여야 한다고 생각했으니까. 똥을 투고하고 똥꿈을 꾸었으니 그보다 좋은 꿈이 어디 있겠는가, 그런 믿음이 있었다.

어쨌거나 그 후로 나는 소설가로 살기 시작했고, 두어 번 더 똥꿈을 꾸었고, 이제는 똥꿈이 아니라 다른 어떤 꿈도 잘 꾸지 않게 되었고, 애써 똥을 참고 잠든 날 결국 자다 깨서 화장실을 가느라 곤한 잠을 망쳐버린 이후, 꿈을 설계하겠다는 허망한 시도 따위도 하지 않게 되었다. 그래도 가끔 꿈을 위한 꿈을 꾼다.

꿈에서라도 그리운 이가 찾아주기를, 내 꿈을 꾸었다던 그 사람처럼 내가 대신 그이의 행복한 일상을 꿈꿔주기를. 꿈인 줄 알면서도 함께 화사해지기를. 꿈에서 깬 다음, 그 다디단 기운을 온몸에 감은 채, 오랜만에 기별을 넣을 수 있기를. 네 꿈을 꾸었어, 정말 좋은 꿈이었어, 너에게 좋은 일이 생길 거 같아, 하지만 그 꿈을 팔지는 않을 거야, 그 꿈의 주인은 나니까, 말할 수 있기를.

돼지의
보복

돼지꿈을 꾸었다. 남해의 어느 섬에서였다. 그 섬을 고향으로 둔 친구가 아니었다면, 그가 고향으로 돌아가 고구마 농사를 지으며 펜션을 운영하고 있지 않았더라면, 평생 이름조차 모르고 지나갔을 멀고도 낯선 섬이었다. 거기까지 가는 데 기차와 버스와 택시와 배를 갈아타고서 하루를 꼬박 바쳤다. 친구가 한번 오라고 청했다지만, 언젠가 한번 가겠노라 약속했다지만, 잠과 힘을 비축해야만 하는 휴일에 굳이 애를 써가며 찾아갈 만한 곳은 아니었다. 무슨 비경이니 절경이니 이름난 곳도 아니고, 기도발 좋은 암자가 있는 것도 아니고, 낚시꾼들에게는 좀 알려진 모양이나 낚시엔 취미가 일절 없는 데다, 온갖 신선한 해산물이야 섬이라면 지극히 당연한 수혜라 여겼으니, 기껏해야 고구마와 고등어가 특산물이라는 그 섬에 무슨 특별한 환상을 가졌겠는가.

그런데 그가 미끼를 던지듯 보내준 고구마는 '고구마가 뭐 고구마지' 하던 생각을 접게 만들 만큼 맛있었고, 때마침 철을 맞아 제대로 기름이 오른 산고등어를 들먹이며, 산고등어 맛도 모르면서 무슨 음식 장사냐 도발까지 하기에, 그래 어디 그 입에서 살살 녹는다는 산고등어 맛이나 한번 봐보자, 덥석 미끼를 물었던 것이다. 어디론가 멀리 떠나본 것이 너무나 아득하여, 바람이나 쐰다는 심정으로 나선 길이지만, 솔직히 고백하자면, 나를 잡아당긴 줄은 내 지독한 식탐이었다.

어쨌거나 섬은 섬이었다. 아름답고 고즈넉했다. 해안도로를 따라 일몰이 아름다운 절벽과 각종 이름을 건 바위와 몽돌 해수욕장 같은 곳을 돌아보았다. 토지 매매, 펜션 분양과 같은 팻말이 지나치게 많은 것이 거슬리긴 했지만, 곧 케이블카가 건설되고 일주도로도 완성될 거라는 친구의 자랑이 오히려 아쉬웠지만, 아직까지는 손때가 덜 묻은 순박한 아름다움을 간직하고 있었다.

그날의 저녁 상차림은 기대 이상이었다. '고등어가 뭐 고등어겠지'하던 생각을 완전히 날려버릴 만큼 깊고 진했던 산고등어회는 물론이고, 생전 처음 맛본 꼴뚜기인지 오징어 새끼인지 호래기인지 아무튼지 산 것을 손가락으로 훑어 먹는 맛이며, 그 옆에 딸려 나온 온갖 해초와 해산물들의 향연까지. 내가 문 미끼가 고구마든 고등어든, 섬으로 연결된 줄이 우정이든 약속이든, 어쨌거나 오길 잘했다 싶었다. 반복되는 그의 섬 자랑쯤은 계속 들어줄 수 있었다.

그는 섬에 딸린 어떤 무인도 얘기를 들려주었다. 예전에는 꽤 많은 인구가 고구마 농사를 지으며 살던 섬이었으나 언제부턴가 사람이 살지 않게 되었고, 대신 멧돼지들이 자유롭게 번식을 하며 사는 섬이 되어버렸는데, 멧돼지들이 섬에서 죽지 않고 개체 수를 늘려갈 수 있었던 것은, 그 섬의 토양이 손을 대지 않아도 해를 바꿔 고구마가 맺힐 정도로 윤택하기 때문이라고 그는 강조했다. 수년 전에 섬 전체에 무슨 병이 돌아 고구마 농사를 망친 적이 있었는데, 그 병이 돼지들의 섬까지 미쳤는지 어쨌는지, 어느 날 밤 돼지들이 섬을 빠져나와 본섬을 향해 헤엄쳐 오더란다. 새끼 돼지들까지 줄줄이 거느리고 무리를 지어 바다를 건너오던 모습이 장관이었다고. 구경 나온 동네 사람들이 한바탕 배꼽 잡고 웃으며 지켜봤다고. 그런데 문제는 그다음이었다. 본섬 곳곳에 새 보금자리를 마련한 돼지들이 걸핏하면 고구마밭을 습격해 헤집어놓는 통에, 그때부터 멧돼지와의 전쟁이 불가피하게 되었다고. 돼지가 한번 왔다 가면 남아나는 게 없다며 멧돼지들에게 저주를 퍼부었다.

그 순간 나는, 나름의 비극적 결말에도 불구하고, 한밤중에 바다를 건너는 멧돼지 가족의 이미지를 언젠가 소설에 꼭 써먹어야겠다는 궁리를 하고 있었다. 그러다가 오래전에 읽은 '돼지의 보복'인지 '돼지의 보은'인지 하는 제목의 일본 소설이 생각났고, 소설의 배경이 오키나와였는지 야쿠시마였는지 헷갈리다가, 결국 돼지가 보복을 한 것인지 보은을 한 것인지 결말도 어렴풋해졌다. 돼지가 술집을 습격했던가, 죽은 돼지를 삶아 먹고 배탈이 났던가, 돼지 때문에 화를 면했던가.

그리고 마침내 우리는 선착장 근처의 한 건물에 이르렀고, 그가 내게 고구마 밑밥을 깔고 고등어 미끼를 던지고 인연의 줄을 잡아당긴 속내를 알게 되었다. 케이블카와 일주도로가 마무리되고 나면 집값이 오르는 건 물론이고 관광객들이 엄청 몰려들 거라는 것. 5천이면 그 건물을 살 수 있다는 것. 단순 투자로도 좋겠지만 거기서 식당을 하면 아주 잘될 거라는 것. 그 북적거리는 서울에서 그 높은 임대료를 내며 식당을 하는 것보다 백배 천배 돈을 많이 벌 거라는 것. 그 아름답고 풍요로운 섬에 살면 소설도 훨씬 잘 써질 거라는 것. 그 맛있는 고등어와 호래기를 매일 먹을 수도 있으니 그 얼마나 좋겠냐는 것. 그런 기회가 언제나 있는 건 아니라는 것. 특별히 선택받은 사람에게만 주는 거라는 것.

그날 나는 거의 뜬눈으로 밤을 보냈다. 새벽녘에 잠깐 잠이 들었을 때, 바다를 건너는 멧돼지 꿈을 꾸었다. 멧돼지를 직접 본 적도 없는데, 쿰쿰쿰 숨소리까지 지랄맞게 생생한 꿈이었다. 수면 위로 주둥이를 내밀고 죽기 살기로 헤엄쳐 오던 모습이 어찌나 처량하고 어찌나 우습던지. 꿈을 꾸면서도 돼지꿈은 좋은 거라던데 생각을 했다. 돼지가 떼로 나왔으니 얼마나 좋은 일이 생기려나 히죽히죽 웃기까지 하면서. 참으로 무섭고도 슬픈 꿈이었다. 친구 말대로 비싼 임대료에 허덕대지 말고, 한 해의 반은 고등어 낚시하고, 관광객이 몰려드는 여름 한철 해물 파에야 한 솥해서 퍼주며, 할랑할랑 살아나 볼까? 돼지꿈도 꿨는데, 이건 정말 놓쳐서는 안 되는 기회가 아닐까? 아주 잠깐 생각도 했더랬다.

아 인간아, 인간아. 식탐아, 빌어먹을 식탐아. 다시 안 올 기회를 버리고 섬을 떠나면서 그제야 소설 제목이 확실히 생각났다. 「돼지의 보복」이었다.

소설 쓰기와
사람 쓰기의 사이에서

소설을 쓰고 싶어하는 학생들을 가르칠 때, 첫 시간에 소설가들의 연봉이 얼마쯤 되는지를 말해주곤 했다. 평균 원고료가 얼마인데, 계간지 지면을 얻어 계절마다 단편소설 하나씩 발표한다 치고, 틈틈이 산문 원고나 강의 한두 개쯤 맡아 했을 때 받을수 있는 총액. 대략 선만 원 쯤 될 것이다. 거기에 2년에 한 권 책을 낸다 치고 초판을 다 팔았을 때 받을 수 있는 인세까지 더해보자. 일반적인 초판 부수가 2, 3천 부라는 걸 감안하면 거기서 거기. 그나마 등단하고 안정적인 궤도에 오른 작가들이 그렇다는거다. 1년 내내 청탁 하나 없이 지낼 수도 있다. 소설을 쓰는 동안에도 쓰지 않는 동안에도, 제 쓸개 씹어 먹는 듯한 고통은 매한가지. 그러니 일찌감치 그만두시라. 소설이 뭐라고, 그 돈 벌자고그 고통 속으로 뛰어드느냐. 밑져도 한참 밑지는 장사란 얘기다.

그 말 때문에 포기하겠다는 사람은 없었다. 말하는 사람이나듣는 사람이나, 그렇다 해도 한번 해보자 싶은, 암묵적인 동의를 하고 있었을 테니까. 그래도 소설은 혼자 쓰고 혼자 감당하고 혼자 책임지는 작업이니, 제 한 몸 건사할 정도의 수입만 유지할 수 있다면, 견뎌볼 만도 하다. 소설이지 않은가. 투자자를 찾아 헤맬 필요도 투자자에게 해를 끼칠 염려도 없는, 오롯이 자기 책임인 장르. 그러니까, 그래서, 한번 열심히 해볼 테다. 그런 각오, 혹은 합의.

여기서 질문이 나온다. 처음이자 종국의 질문. 왜 (이) 소설을 쓰는가. 다른 작가들은 어떤지 모르겠지만, 나로서는 이해하고 싶어서 쓴다. 무언가를. 나를, 누군가를, 관계를, 현상을, 세상을. 하지만 이해하기 어렵다. 애를 쓴다. 애를 쓰고 쓰다보면 소설이 마무리된다. 완성된 소설은 말한다. 전부 다 이해할 수는 없다는, 바로 그 사실을. 다시 쓴다. 조금 더 이해하기 위해 한 번 더. 좌절의 연속. 그렇게 20년 넘게 소설을 써서 알게 된 것은 너무나 미미하다. 내가 어떤 사람인지 조금, 아주 조금 더 알게 되었다는 것. 세상은커녕 나를 이해하는 데에 이토록 오랜 시간이 걸렸다니. 그래도 소설을 씀으로써 알게 되고, 그래서 조금 더 나은 사람이 될 수 있다는 희망이 생긴다는 것이, 얼마나 고마운 일인가.

어쨌거나 소설가는 소설을 써서 먹고사는 사람이다. 식당을 시작하고 소설을 한 편도 쓰지 못했으니 그동안 나는 소설가로 살지 않은 셈이다. 나는 주방에서 음식을 만들어 팔아 먹고사는 사람. 소위 주방 아줌마 업주. 소설은 언제 쓰냐 사람들이 물어올 때면, 당분간은, 하며 말끝을 흐리는, 소설가를 뺀 업주의 삶. 주방에 숨어서 두어 번 울었다. 일이 정말 힘들어서, 소설이 너무나 쓰고 싶어져서. 하지만 내가 선택한 삶인데 누굴 탓하랴. 다시 기운을 차렸다.

현재 문장을 쓰고 있지는 않지만, 다른 무언가를 쓰고 있는 중이라고. 상상이나 취재로는 도저히 따라갈 수 없는 어떤 삶의 실재를 몸으로 살면서, 다른 방식으로 쓰고 있는 중이라고.

동네 밥하는 아줌마 발언이 나왔을 때, 그래서 자신 있게 분노했다. 누군가 해준 밥을 얻어먹을 자격이 없는 년이라고, 쌍욕을 해댔더랬다. 주방에서 딱 한나절만, 사진 찍기용 봉사나 체험이 아닌, 진짜 주방에서 한나절만 일을 해보라고 하고 싶었다. 기껏해야 하루 몇십 명의 식사를 책임지는 내가 수백 명의 식사를 책임지는 주방의 노고를 감히 말할 수는 없지만, 시큰거리는 손목을 들어 누군가의 주둥이를 후려치고 싶어졌다. 그럴 자격이 내게 있다고 생각했는지도 모르겠다.

시급 만 원 이야기가 나왔을 때는 입장이 조금 애매했다. 근처의 앞치마 업주들이, 그럼 우린 어떻게 살아남으라고, 볼멘소리를 할 때, 나는 대놓고 동조할 수도 없고 반대할 수도 없었다. 따지고 보면 나는 누군가의 노동력을 착취하고 있는 못돼먹은 업주다. 주방에서 함께 일하고 있는 사람이 내 엄마여서, 제 딸내미 고생하는 거 보기 안쓰러워 오지 말래도 여전히 오는 모정을 이용해, 약간의 용돈을 주고 부려먹고 있으니 말이다. 하지만 가족이 아닌 이상, 이미 시급 만 원 이상을 주고 사람을 쓰고 있으니, 아주 부끄럽지는 않은 업주라고 생각했더랬다. 그래야 마땅하다고, 그게 마땅한 세상이라고 믿었다.

그러던 중, 일하던 사람이 일을 그만두겠다고 알려왔을 때, 뒤통수를 맞은 기분이 들었다. 어떤 길을 함께 가고 있다고 생각했는데, 그리 나쁜 대우를 한 것도 아닌데, 얼마 전까지만 해도 1년 뒤, 2년 뒤 이야기를 함께 하던 사람이 갑자기. 게다가 다시는 식당 일은 하지 않겠노라는 선언까지. 너무 힘들다고 했다. 순간 좌절했다. 힘들기로 따지자면 너나 나나 매한가지 아니냐. 나는 놀고 너만 일했느냐. 여기서 이런 것도 배우고 저런 것도 얻지 않았느냐. 너의 이상을 위해 이런저런 배려들을 해주지 않았느냐. 그동안 내가 몹쓸 일을 시킨 사람, 뻔한 업주 뻔한 고용주였단 말이냐. 억울하고 비참했다.

그리고 임금 체불 공동체의식 어쩌고 하는 발언이 나왔을 때, 그 막말의 사고방식에 기가 찼다. 그리고 갑자기 머리가 새하얘졌다. 내 억울한 마음에도 그 비슷한 사고방식이 숨겨져 있었던 것은 아닐까? 임금을 제대로 주고 사람을 썼다는 것만으로 나는 과연 무결한가? 내가 배반감을 느꼈던 것은 이 식당을 안전하게 유지하는 데 제동이 걸렸기 때문은 아니었을까? 돈은 못 벌어도 소설은 써볼 만한 가치가 있어, 라고 기묘한 방식으로 소설 쓰기를 강요하던 수업 첫 시간처럼. 내 삶의 방식을 타인에게까지 강요하고 있었던 것은 아닐까? 나는 과연 이곳에서 무엇을 이해하고자 했던가. 쓴맛이 입안에 휙 돌았다.

지금까지 나는 돈을 주고 사람을 써본 적이 없었다. 글을 쓰고 돈을 받는 일을 해왔기에. 돈을 '주고' 사람을 '쓴다'는 말에 대해서도 심각하게 생각해본 적이 없다. 노동과 대가의 순서에 대해서도 무심했다. 아무 생각 없이 써온 이 문장들에는 확실히 입장과 위치가 내포되어 있다. 사람을 쓰고 정당한 대가를 주는 일. 정당한 대가에 대한 입장 차이가 있을 수도 있겠다. 하지만 노동이 어떤 조직을 유지하기 위한 방편으로 사용되어서는 안 된다. 조직과 체제를 안전하게 유지하기 위한 발버둥에서 언제나 썩은 냄새가 난다.

그리고 지금 내가 이해하게 된 분명한 한 가지. 사람을 쓰는 일도 사람을 이해하는 일이어야 한다는 것.

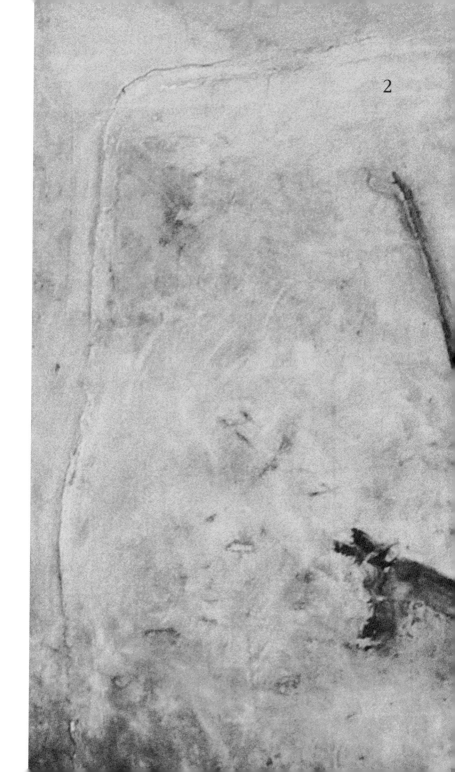

요로코롬
문어 삶기

꼬막 삶는 법은 할머니로부터 배웠다.

할머니는 '먹소외'를 달고 사는 사람이었다. 식기 전에 어서 먹소외, 천천히 꼭꼭 씹어 먹소외, 맛없어도 맛있게 먹소외. 눈만 마주치면 뭔가 먹으라고 권하고, 그걸 눈앞에서 싹싹 비워주기를 바라지만, 딱히 음식 솜씨가 좋은 양반은 아니어서 곤혹스러울 때가 더 많았다. 그래서 그녀는 주로 솜씨를 부리지 않아도 되는 음식들을 냈다. 예를 들면 삶은 꼬막 같은 것.

맛있게 삶는 게 솜씨라면 솜씨 기술이라면 기술이겠지만, 꼬막이 지천인 고장에서 태어나 그 근방에서 평생 살아온 사람이라면 특별할 것도 없는 기술. 하지만 단언컨대, 삶은 꼬막만큼은 내 할머니가 최고 기술자다. 내가 그리 생각하고 있다는 걸 할머니도 잘 알아서, 나만 보면 주구장창 꼬막만 삶아 내준다. 어떨 땐 꼬막이 내 이름인 것처럼 느껴질 정도다. 아이 꼬막 좀 삶아주까? 아이 꼬막 좀 먹으러 안 내려오냐?

할머니가 삶아준 꼬막은 회와 숙회 사이에서, 야들야들함과 쫄깃함 사이에서, 날것의 비릿함과 익은 것의 고소함 사이에서, 최상의 맛을 유지한다. 그 맛을 제대로 즐기려면 삶은 즉시 솥째 끌어안고 까먹어야 한다. 식기 전에, 물기가 마르기 전에, 싱거워지기 전에, 두 팔 걷어붙이고, 팔꿈치까지 짠물 질질 흘리며, 까서 넣고 넣으면서 까고, 전투적으로 믹어주는 기다. 물론 양념장 얹어 먹는 꼬막 맛도 좋긴 하지만, 그건 왠지 양념에 공을 나눠주는 것 같으니, 순정한 꼬막 맛에 오롯한 찬미를!

할머니에게 어떻게 하면 꼬막을 맛있게 삶느냐 물었다.

그냥 삶으면 되지 요로코롬.

그러니까 어떻게 요로코롬이냐고.

그냥 요로코롬 물 끓여서 요로코롬 되면 맛나제.

할머니에게서는 요로코롬이라는 말 말고 더 얻어내기는 어려워 보였다. 그러니 꼬막 삶을 때 옆에 바짝 붙어 서서 지켜보는 수밖에. 그러면서 요로코롬을 확인하는 수밖에. 그렇게 수년에 걸쳐 지켜본 결과, 할머니의 요로코롬 꼬막 삶기 비법은 다음과 같다.

물을 팔팔 끓인다. 꼬막을 넣는다. 꼬막을 잘 저어준다. 아랫놈은 위로 윗놈은 아래로. 다시 물이 끓기 시작하면 불을 끈다. 끝.

뭐 대단한 기술이라고 배웠다고까지. 그렇다, 기술이라기엔 너무나 단순하다. 중요한 것은 물이 다시 끓을라치면 불을 끄는,

바로 그 순간에 있는데, 그게 생각보다 어렵다. 잠깐 사이에 피비린내에서 질김으로 넘어가게 되니까. 끓는 물에 차가운 꼬막을 넣으면 물이 급히 식어버리니 꼬막의 양에 비례해서 물의 양을 조절하는 것도 관건. 몇 대 몇 그런 건 설명할 길이 없다. 그건 그냥 감이다. 요로코롬? 아니 요로코롬. 그러니까 요로코롬? 그라제 요로코롬. 몇 번의 성공과 실패 끝에, 나도 감을, 잡았다. 잡은 것 같다.

꼬막 까는 법도 배웠다. 사실 꼬막이 잘 삶아지면 까기는 쉽지 않다. 입을 헤벌려서 쉽게 까지는 꼬막은 너무 삶아졌다는 증거다. 당연히 질기다. 입이 아주 살짝, 손톱이 겨우 들어갈락 말락 틈을 보일 때가 가장 좋다. 그 틈을 벌려 펼쳐내기도 만만한 일은 아니다. 할머니는 그 틈을 벌리지 않는다. 할머니 표현에 의하면, 입이 아니라 똥구녕을 쑤셔야 한다는 것.

별거 있가니? 숟가락을 똥구녕에 넣고 돌리면 되제, 요로코롬.

꼬막 껍질의 불룩하게 맞닿은 부분을 왜 똥구멍이라고 부르는지 모르겠지만, 그러고 보면 그 생김새가 어쩐지 토실한 궁둥이 모양을 닮은 것도 같지만, 어쨌거나 둥글게 맞닿은 오목한 부분에 숟가락을 넣어 비틀면 쉽게 까진다는 말씀. 똥구멍에 숟가락을 끼우고 궁둥이를 지렛대 삼아 획. 여기서 또 중요한 팁 하나를 추가하자면, 지렛대는 똥구멍을 기준으로 조금 길게 뻗은 궁둥이 쪽으로 삼아야 힘을 더 잘 받는다는 것. 꼬막 껍질 모양을 자세히 들여다보면, 오목한 곳을 기점으로 대략 3 대 4 정도의 비율로 불룩한 선을 이루고 있다는 걸 알 수 있다. 그러니까 3 대 4 비율의 짝궁둥이라는 말씀. 그중에 4에 해당하는 궁둥이를 받침 삼아 힘을 주라는 것. 이것도 해봐야 한다. 감이다. 물론 이것도 감, 잡았다.

할머니의 요로고롬 꼬막 삶아 끼기의 핵신 포인트.

끓기 직전에 불을 *끄기*.

입이 아니라 똥구녕을 공략하기.

이제 나도 꼬막 삶기라면 눈 감고도 할 수 있지만, 문어 삶기는 온 힘과 온 신경을 곤두세워야 겨우겨우 해낸다. 그래도 스페인 식당에 문어와 감자 요리를 빼놓고 갈 수는 없으니, 스페인에서 꼬막 요리는 본 적도 들은 적도 없으니, 꼬막 대신 문어 삶기에 제대로 감을 잡아야만 하건만, 매번 요로코롬 하면 되려나 조로코롬 해야 하려나 전전긍긍이다.

문어가 도착했다. 문 앞에서 주방까지 옮기는 것만도 큰 일거리. 꼭 술 취해 늘어진 사람 들쳐 업고 가는 느낌이다. 난감하고 진 빠진다. 문어를 대할 때마다 공격적인 외계 생물체라도 만난 듯 비장해진다. 대가리는 수박만 하고 빨판 하나가 어린애 주먹보다도 크다. 색과 무늬가 시시때때로 변하는 껍데기하며, 툭 튀어나온 눈깔하며, 쩍쩍 달라붙는 빨판하며. 반드시 해치워야 할,

그러나 결코 만만치 않은 상대. 대략 50킬로그램 정도 되는 대왕 문어를 앞에 두고 있으면 그런 기분이 들지 않을 수가 없다. 하지만 이건 좋은 태도가 아니다. 언제나 감사한 마음으로 최대한 예의를 갖춰 대해야 한다. 먹거리 이전에 한 생명체였으므로.

우선 마사지 시간. 문어 마사지에는 밀가루와 설탕만 한 게 없다. 설탕 마사지를 하면 살이 조금 더 부드러워진다는데, 어쨌거나 조금 달콤해지는 기분이 든다. 때론 손가락 끝에 힘을 줘서, 때론 손바닥으로 부드럽게, 치대고 주무르고 쓰다듬는다. 커다란 빨판이 내 팔뚝을 살짝 꼬집듯 조일 때면 문어와 교감을 하고 있는 것 같기도 하다. 셀 수 없이 많은 빨판의 때도 잘 벗겨내고 다리도 하나씩 잘라내고. 다리가 모두 여덟 개이니 하나에 대략 4~5킬로그램 정도. 벌써부터 땀 벅벅 기진맥진이다. 아직 갈 길이 멀다.

삶은 문어 맛의 관건은 식감에 있다고들 한다. 쫄깃하면서도 부드러운, 연하게 탱글탱글한 식감. 그런데 그게 참 어렵다. 쫄깃과 부드러움이 공존하는 식감이라니. 쫄깃과 찔깃 사이, 물컹과 몰캉 사이, 보들과 퍽퍽 사이, 그 사이의 최상의 어떤 식감이라니. 연함의 기준도 제각각이다. 스페인에서는 좀 폭신폭신한 연함을 최고로 친다. 완전히 삶아져서 뭉개지기 직전의 부드러움이다. 한국에서는 조금 덜 삶아져서 쫄깃함을 유지하면서 부드러운 식감을 내야 한다. 둘의 차이를 굳이 육고기와 비교하자면,

갈비찜과 육회의 간극이다.

전문가들에게 물었다. 어떻게 하면 문어를 맛있게 삶느냐고. 문어를 공급해주는 베테랑 중개인은 끓는 물에 딱 15분만 삶으라고 했다. 한 스페인 할머니는 끓는 물에 5분씩 꺼냈다 담갔다를 반복하며 다섯 번을, 요리 선생님은 20분씩 두 번을 삶으라고 가르쳐주었다. 어느 레스토랑에서는 한 시간 이상, 또 다른 레스토랑에서는 서른세 번 벽에 내동댕이친 다음 한 시간, 또 누군가는 하루를 얼렸다가 삶는다고도 했다. 대략 따라 해봤다. 서른세 번이 아니라 마흔다섯 번 벽에 던져도 보았다. 부드럽기는커녕 질기다 못해 뻣뻣해졌다. 최상의 방법은 완전히 찾았다 할 수는 없다. 대략 비슷한 식감을 만들어볼 뿐.

일단 반나절 정도 냉동실에 넣어둔다. 표면만 살짝 얼락 말락한 상태. 이걸 다시 실온에 한두 시간 정도 둔다. 이제 본격적인 문어 삶기 시간. 다른 건 필요가 없다. 무 한 덩이 정도. 물은 충분히 넉넉하게. 팔팔 끓인다. 끓는 물에 5분. 넣었다 빼고 넣었다 빼고를 세 번. 다시 물이 팔팔 끓기를 기다렸다가 완전 입수. 그 상태로 40분에서 한 시간 정도 끓인다. 한꺼번에 넣으면 물이 식어버리니 다리 하나씩 차례로. 물이 끓어 넘치지 않도록 가끔 불조절도 해가면서. 이러다가 너무 질겨지는 거 아닌가 하는 조바심은 지우고 시간을 채운다. 시간을 채웠으면 불을 끄고 기다린다. 물이 식을 때까지 그 속에 그대로 서너 시간 뜸을 들인다. 식은 문어를 체에 받쳐 물기를 다 뺄 때까지 반나절. 이걸 소분해서 냉동실에 넣으면 끝. 이제 정말 끝이다. 이걸로 샐러드를 해 먹든 삶은 감자에 올리브유와 파프리카 가루를 듬뿍 뿌려 먹든, 그건 다음 문제다.

여기까지 꼬박 이틀이 걸린다. 매번 길고 긴 전투를 끝낸 기분 이다. 하지만 우리에겐 문어 삶은 물이 있으니 든든하다. 그것은 싸움소에게 먹인다는 낙지 물보다 더 강력한 보양식. 일단 뜨거 운 문어 물을 한 대접씩 마시는 걸로 기력을 보충한다. 저녁에는 그날 남은 해물들을 모두 모아 칼국수를 끓여 먹는다. 이 맛은 아 무도 모르지. 대왕문어 삶은 물에 온갖 해물을 넣고 끓인 칼국수. 식당을 하지 않았더라면 결코 못 먹어보았을 진국. 그러면서 위 안하는 애증의 문어 삶기.

삶은 문어가 뭐라고. 요로코롬 삶으면 되제 하는 문어 할머니 만 계셨어도!

멸치가
오고 있다

멸치가 오고 있다. 기장 죽변항에는 벌써 멸치 그물 털기가 시작되었다고 한다. 멸치가 오기를 여태 기다렸다. 하지만 조금 더 기다려보기로 한다. 살이 더 오르고 기름기가 더 더 찰 때까지. 멸치 소식이 들려오자 엄마는 멸치젓 담글 준비를, 나는 멸치식 초절임 담글 준비를 한다.

멸치액젓은 언제나 할머니로부터 왔다. 할머니의 액젓은 고소하고 청아했다. 김치는 물론이거니와 나물을 무칠 때도, 웬만한 국이나 찌개 간을 맞출 때에도 마지막엔 언제나 액젓. 은근하게 깔끔한 짠맛, 그 뒤에 감도는 향긋한 단맛. 새우젓의 쌈빡함도 좋지만, 조선간장의 묵직함도 좋지만, 잘 내린 말간 멸치액젓이 가진 청아함에는 결코 따라올 수 없다.

그걸 어떻게 만드는지 나는 모른다. 김장철 무렵, 이건 명자네 저건 명선이네 작은 건 우진이네, 하며 본인만 구분할 수 있는 각기 다른 페트병에 담은 액젓을 엄마로부터 전해 받아 쓸 뿐이었으니까. 멸치젓을 담그는 게 4월인지 5월인지, 무슨 소금을 얼마나 많이 넣는지, 물을 넣는지 그렇지 않은지, 물을 넣으면 끓여서 넣는지 맹물을 넣는지, 그걸 햇볕에 두는지 그늘에 두는지, 또 얼마나 두어야 딱 알맞게 삭는지, 굳이 그것까지 알 필요가 있나 싶었다. 가을이면 어차피 할머니의 액젓이 올라올 텐데. 할머니가 더 이상 멸치액젓을 담글 수 없게 되자 당황한 건 엄마였다. 엄마 역시 엄마의 엄마가 만든 액젓을 받아먹고만 살아왔으니까.

스페인에서 멸치 하면 말라가다. 말하자면 스페인의 기장 죽변항. 그래서 그곳 사람들을 일컬어 '멸치들'이라고 부른다. 그곳 축구팀 심볼도 멸치. 멸치가 축구공을 차고 있는 모양새다. 어쨌거나 그곳은 사시사철 멸치 축제. 타파스 바에서부터 고급 레스토랑에 이르기까지 멸치튀김과 멸치식초절임은 빠져서는 안 되는 메뉴. 여름이면 해변에 꼬챙이에 멸치를 예닐곱 개씩 꽂아 장작불에 구워 파는 천막들이 줄지어 늘어선다. 굵은 소금을 훌훌 뿌려 구운 멸치를 열 손가락 쪽쪽 빨아가며 맨손으로 먹고 있노라면, 너도 말라가 사람 다 됐구나, 친구들이 말한다. 그리고 내가 말라가 사람으로 인정받았던 음식이 바로 멸치식초절임.

멸치의 신세계였다. 이 상큼한 비린 맛은 어디서 오는 거냐. 갖은 양념을 한 것도 아닌데, 그저 식초에 절였다가 올리브유만 살짝 뿌렸을 뿐인데, 맥주든 와인이든 셰리든 뭐든, 술이라 부를 뭐든 한 모금만 가져다주오, 그냥 봄노래가 흘러나올 터이니. 입에서 절로 새어 나오는 휘파람 소리. 살짝 구운 빵 위에 얹어 먹어도 좋고, 짭짤이 대저토마토와 함께 먹어도 좋고, 입맛 없을 때 물 만 밥에 얹어 먹어도 좋고. 그러다보니 멸치식초절임을 보면 그냥 두 손가락으로 멸치 꼬리를 잡고 통째로 꿀꺽, 그래 너 좀 먹을 줄 아는구나, 말라가 사람으로 인정받았다.

멸치식초절임을 많이 먹기는 했지만, 직접 담가본 것은 딱 한 번뿐이었다. 그러니 매번 이게 맞나 어쩌나 긴장할 수밖에. 통조림으로 된 것을 사다 쓸 수도 있지만, 멸치 철만큼은 실패를 하더라도 직접 만들어보자 했다. 그리하여 적당한 때가 되면, 엄마와 나는 동시에 차비를 하는 것이다. 엄마는 멸치젓 담글 준비를, 나는 멸치식초절임 담글 준비를. 둘 다 맛은 볼 줄 알지만 직접 만들기 시작한 건 얼마 되지 않아, 약간 긴장한 상태로 멸치를 기다린다. 그저 어깨 너머로, 할머니의 입에서 엄마의 입으로 전해지는 말로, 배웠을 뿐이니까. 멸치가 더 통통해지기를 기다린다기보다는, 아무래도 자신이 없어서 멸치 담그는 날을 늦추는 것 같기도 하다.

한번 시도나 해보자 했던 첫해에는 그럭저럭 흉내는 냈다. 식초 물이 좀 세기는 했지만 멸치가 좋아 대략 넘어갔다. 올해는 뭔가 말라가 맛에 가깝게 낼 수 있지 않을까 기대도 하게 되는 것이다. 봄마다 그렇게 멸치와 씨름을 하다보면, 언젠가는 엄마나 나나 할머니의 맛에 가까워질 수도.

멸치를 기다리는 일은 그런 것 같다. 더 이상 맛볼 수 없는 맛과, 꼭 한번 다시 보고 싶은 맛을, 어떻게든 기억해내는 일. 그러면서 침샘을 여는 일. 멸치 비린내가 진동하겠구나. 그 비린내 속에서 행복하겠구나. 미리미리 즐거워하는 일.

내 사랑
오징어

니들 산오징어 먹어봤나? 산오징어. 대학 신입생 시절에, 각지에서 모인 동기들이 저마다 제 도시를 우쭐대며, 가봤느니 못 가봤느니 최고라느니 별거 아니라느니 할 때, 가만히 듣고만 앉았던 속초 출신 친구가 슬그머니 던진 물음. 강원도 사투리도 정겨웁게. 먹어는 봤나 산오징어? 바짝 마른 오징어 물에 불려 튀김해 먹던 시절이니, 먹어보기는커녕 산에 오징어가 산다는 말로 오해했다. 지금이야 산오징어는 물론이고 고등어야 뭐야 수족관에 넘쳐나지만, 그때만 해도 살아 있는 오징어는 구경도 못 해봤었다.

다음 해인가 속초에 가서 산오징어부터 찾았다. 참말로 달고 맛있었다. 씹지 않아도 쫄깃하고 혀를 굴리지 않아도 단맛이 감돌았다. 그저 달다, 아 달다, 쌈빡하게 달다, 두고두고 달다. 다디단 풋사랑의 맛이었다. 입에 담는 것만으로도 몸서리치게 좋은 단맛. 어쩌면 속초 출신의 그 동기 녀석을 남몰래 흠모했었는지도 모르겠다. 그리고 사랑하게 되었다. 오징어 비슷하게 생긴 모든 것들을. 다리가 짧은 한치며 내장까지 먹는 총알오징어며 호로록 호래기인지 꼴값하는 꼴뚜기인지 그 이름이 무엇이든 다 좋았다. 언제 어디서든 풋사랑의 맛, 첫사랑의 맛을 볼 수 있었으니까.

그런데 술기운이 거나해지면, 마지막으로 산오징어에 소주 한 잔을 외치며 사람들을 붙잡는 버릇은 언제부터 생긴 것인지. 비틀거리며 그 늦은 밤길을 헤매 이윽고 도착한 산오징엇집은 '나도 몰래 발길이 머물고 오히려 눈에 띨까 다시 걸어도 되오면 그 자리에 다시 서'게 되는 바로 그 집. 산오징어가 그리웠던 것인지, 그에 따라오는 소주가 고팠던 것인지, 아니면 그 조합이 불러일으키는 달달한 청춘의 뒷맛을 보고 싶었던 것인지는 알다가도 모를 일.

그러던 어느 날 대형 횟집에서 산오징어 한 접시를 시켰더니, 산오징어 껍질을 기계로 스윽 밀어버린 다음, 채 써는 기계에 넣어 단박에 잘라 접시에 올리는 것이 아닌가. 흔해빠진 오징어라지만, 껍질은 갈아 없애는 것이 아니라 조심스럽게 벗겨내야 하며, 살은 잘 벼린 칼로 리드미컬하고 규칙적으로 착착착 정갈하게 썰어야 하는 법인데. 산오징어를 저렇게 함부로 하다니. 어쩐지 내 숨은 짝사랑이 훼손당하고 내동댕이쳐진 느낌이 들었다. 최상의 맛을 보기 위한 까다로운 투정이 결코 아니었다. 씁쓸한

슬픔이 몰려왔다. 채 잘리지 않아 길게 이어 붙은 오징어 조각을 입에 욱여넣다가 문득 깨달았다. 내가 꽤 늙어버렸다는 것을. 밤기차를 타고 도착해 주머니를 탈탈 털어 산오징어 한 마리를 사 먹고 돌아오던 그 시절로 다시 돌아갈 수 없다는 것을.

홍원항에서 연락이 왔다. 갑오징어 배가 들어왔다고. 올해는 유난히 크고 실한 것들이 가득이라고. 반가운 소식이었다. 거우내 기다렸다. 갑오징어를. 산란기를 맞은 4월에서 6월. 갑오징어는 최상의 맛을 자랑한다. 그래서 이 시기에 급속 냉동해 일단 비축을 해둔다. 비축해두지 않으면 중간에 메뉴를 없애야 할 경우도 생긴다. 수산시장에서 갑오징어 시세는 대체로 비싸지만 조업이 좋지 않을 때에는 가격이 천정부지로 오른다. 그래서 홍원항에서 연락이 오면 일단 올려 보내시라 한다. 그나마 엄마 친구의 남편의 사촌여동생의 시댁 어른이 홍원항에서 경매인으로 있어 가능한 일이었다.

산지에서 공수받고 있기는 하지만, 갑오징어 철판구이는 팔수록 밑지는 메뉴 중 하나다. 그에 맞는 가격을 책정하면 될 일이지만, 가격을 올리는 일에 이상하게 머뭇거리게 된다. 올리브유를 넉넉하게 두르고 삶듯 튀기듯 구운 갑오징어를, 엄마가 키운 파슬리로 소스를 만들어 내는데, 아주 넉넉하게 철철 넘치게 오일 소스를 깔아주는데도, 빵으로 싹싹 훑어 완전히 깨끗한 접시로 돌아올 때의 기분은, 까짓 손해쯤이야 하는 생각이 들 정도로 째진다. 내게 앞치마를 건네주고 갔던 박 셰프는 이걸 먹고 난 후 반칙이라고 그랬다. 이런 가격으로 이런 걸 내놓으면 다른 식당은 어쩌란 말야. 반칙이야 반칙. 가격 당장 올려. 그 말을 듣고 나는 더욱 반칙하기로 했다. 하나쯤은 이런 반칙이 있어야지.

갑오징어 배를 가르고 뼈를 빼내고 내장을 꺼내고, 몸통과 다리를 분리해 하나씩 포장해 곧바로 냉동실. 요리에 사용되지 않는 다리와 몸통의 연결부분은 따로 모아 빼둔다. 그건 우리 돈키호테 식구들만을 위한 것, 이것만큼은 누구에게도 안 준다. 영업 시작 전에 일단 해치운다. 갑오징어 튀김. 메뉴에는 없다. 가끔 운이 좋으면 얻어먹을 수도 있지만, 단골이 와도 절대로 안 내놓기로 했다. 구운 갑오징어에 레몬 살짝 뿌려서 먹으면 그곳이 바로 스페인이다. 물론 맥주가 빠질 수 없다. 새로 따른 신선한 맥주 한 잔씩. 갑오징어 올라오는 날은 음주 요리, 음주 서빙의 날. 사랑스러운 갑오징어의 날.

내 어머니는 갑오징어 손질을 할 때마다 매번, 갑오징어는 미나리랑 찰떡궁합인데, 라는 말을 한다. 그러면서 또 전생에 내가 갑오징어였나 이렇게 많은 갑오징어 껍질을 벗기게 되다니, 라는 말도 한다. 그러면 나는 아무래도 엄마가 전생에 미나리였던 것 같다고 대꾸한다. 엄마가 갑오징어 뼈를 칼처럼 손에 쥐고 위협하는 제스처를 취하면, 나도 하나 집어 들고 챙챙챙 어린애처럼 칼 놀이를 한다. 그러는 동안 내 입에서는 그 오래전 산오징어의 단맛과 어느 밤거리의 쓴 소주 맛이 왔다 갔다 하는 것이다. 엄마의 전생을 갑오징어로 만들었다가 미나리로 만들었다가 한 게 미안해서. 내가 다시 태어나면 갑오징어든 미나리든 엄마와 찰떡궁합으로 붙어 있을 테다 다짐하면서. 어쨌든 다음엔 내가 엄마의 엄마로 태어났으면 좋겠다 여기면서.

홍원항에서 갑오징어가 올라오는 날은, 사랑해와 미안해 사이에서, 단맛과 쓴맛 사이에서, 왔다리 갔다리 오고 가고 돌아가고 멈춰 서는 날. 영원히 첫사랑의 날.

아스파라거스와
파슬리

　내가 알고 있던 아스파라거스는 가늘고 뾰족한 이파리 장식이었다. 카네이션 한 송이를 가슴팍에 달기 위해 덧대는 장식용 풀. 살아 있어도 산 것 같지 않고 죽었어도 그 모양 그 색깔 그대로인, 참 보잘것없는 식물이었다. 아스파라거스를 먹는다는 소리를 처음 들었을 때의 놀라움이란. 생각만으로도 입안이 꺼끌꺼끌했다. 같은 이름의 다른 종자려니 했다. 식용 아스파라거스가 따로 있거나. 어쨌거나 먹는 아스파라거스는 풍문으로만 존재했었다.

　세월이 꽤 지난 후 드디어 그걸 먹어보게 되었다. 꽤 고급 레스토랑이었다. 아스파라거스 어쩌고 하는 메뉴가 눈에 와 콕 박혔다. 가격이 꽤 비싼 걸로 보아 뭔가 급이 다른 귀한 음식이 나오리라는 기대도 들었다. 정작 커다란 접시를 채운 것은 구운 아스파라거스 다섯 줄. 그게 다였다. 무슨 무슨 소스가 곁들여져 있었지만, 뭐 대단한 소스라고, 뭐 특별한 요리법이라고, 맛이고 뭐고 그냥 본전 생각이 났다. 차라리 티본인지 안심인지 남의 살 스테이크를 먹을걸. 누가 속인 것도 아닌데 사기당한 느낌이었다.

그다음 아스파라거스 맛을 본 것은 프랑스의 생 루이라는 작은 도시에서였다. 그곳에서 열리는 도서전에 참가한 참이었다. 이름도 생소한 지방 소도시의 도서전은 마을 축제와 같았다. 소박하고 따뜻하고 흥미로웠다. 책에 관한 관심과 애정은 뭉클하기까지 했다. 그 도서전을 준비해온 사람들이 인근 아스파라거스 농장들의 연합이었다는 것은 주최 측 저녁 식사에 참가해서 알았다. 온갖 인사와 축하와 축복의 말들로 포문을 연 연회는, 아스파라거스에 대한 자부와 찬미와 보고로 이어지더니, 마지막으로 아스파라거스여 영원하라를 외치며 잔을 높이 들었다. 헉, 도서전에 아스파라거스라니. 어쩐지 또 속은 기분이 들었다.

그날 저녁의 식단은 단 한 가지였다. 그 지역에서 생산된 아스파라거스. 아이올리 소스가 곁들여졌다. 한 사람 앞에 한 접시씩. 그야말로 압도적인 한 접시였다. 커다란 접시에 가득 쌓아 올린 아스파라거스. 어른 손가락 두 개쯤 되는 두께의 우윳빛 아스파라거스. 여기저기 감탄사가 올라왔다. 호옴, 이햐, 오호, 신음 소리와 함께 포크 부딪치는 소리가 요란했다. 접시를 다 비우고 새로 접시를 받는 사람도 있었다. 프랑스 사람들은 우아하게 찔끔 찔끔 먹는 줄만 알았더니, 두 손가락으로 기다란 아스파라거스를 집어 올려 입에 넣기도 하고, 지금 아니면 언제 먹어보겠냐는 듯 이상한 열기에 싸여 있는, 그런 광경은 처음이었다.

그날 나도 한 접시의 아스파라거스를 다 비웠다. 다른 사람들처럼 한 접시 더 달라고 손을 들지는 않았지만, 속으로 아스파라거스여 영원하라를 외쳤다. 그렇게 외칠 만한 맛이었다. 아스파라거스는 더 이상 뻣뻣한 이파리가 아니었다. 부드럽고 향기롭고 충만한 줄기의 신세계. 축제의 맛이었다.

그리고 잊을 수 없는 맛이 있다. 말라가산 어느 즈음에 있던 '나다'라는 식당의 아스파라거스 레부엘토. 아침에 산에서 꺾어 왔다는 야생 아스파라거스를 계란과 함께 볶아 냈는데, 그 향과 식감이 기가 막히게 좋았다. 아스파라거스는 연필 두께 정도에 진한 초록색이었다. 쌉싸름하면서 고소했다. 눈물 나게 맛있는 맛이었다. 정말 눈물이 핑 돌았다. 오늘 아침에 산에서 꺾어오셨단 말이지 하다가, 어느 숲에서 고사리를 꺾던 엄마 모습이 떠올랐고, 그 고사리를 널어 말리던 손길의 나긋함이 그리워졌고, 고사리에서 두릅으로 원추리로 오가피로, 따사로운 햇살을 등지고 무언가를 툭툭 끊어 바구니에 담는 어느 봄날의 풍경이 획 지나가면서, 당장 엄마 목소리를 듣지 않으면 죽을 것처럼, 엄마가 그리워졌다.

잠시 후 맛이 어떠냐고 물어온 할머니에게 눈물 그렁그렁한 눈으로 연신 고개만 끄덕끄덕했더랬다. 귀에서는 숲의 이파리에 떨어지는 빗방울 소리가 들렸다. 그때 맛본 아스파라거스는 그런 맛이었다. 그걸 먹고 내가 한 뼘 자랄 것만 같은 부듯한 맛.

아스파라거스처럼 먹을 수 없는 장식품이라고 여겼던 또 하나의 이파리는 파슬리다. 그야말로 접시 위 장식 풀의 대명사 파슬리. 경양식집 돈가스 접시 위, 술집 은도금 접시 과일 안주 사이사이, 뭔가 색을 맞추거나 그득해 보이려고 끼워 넣는 장식용 풀. 혹시나 싶어 먹어봤지만 그냥 씁쓸하고 뻣뻣하고 맛대가리 없는 풀에 불과했다. 그건 마늘과 함께 잘게 다져서 마늘빵을 만들어 먹는 정도만으로도 아주 대견한 변신이라 여겼다.

그 파슬리가 스페인과 이탈리아 요리에서는 아주 광범위하게 사용된다는 건 나중에야 안 일. 물론 장식용으로 많이 쓰는 파슬리와는 다른 종류이기는 하다. 이름하여 '이태리파슬리'. 한국 요리의 파, 마늘처럼 웬만한 요리에는 다 들어간다. 고기 완자를 만들 때에도, 샐러드에도, 장식용으로도, 소스로도. 파슬리와 마늘, 소금, 올리브유를 함께 절구에 찧어 만든 소스는 단순하지만 풍미가 좋다.

스페인에서 돌아올 때, 이태리파슬리 씨앗을 몽땅 사가지고 왔다. 그걸 엄마에게 던지고는 키워내시라 했다. 구하려면 구할 수 없는 것은 아니었지만, 터무니없이 비싼 가격에 그나마도 향과 맛이 따라오지 못해서였다. 엄마는 다 죽어가는 화분들도 되살려내는 신묘한 손을 갖고 있었으므로, 이태리파슬리든 스페인 파슬리든 잘 키워내시리라 믿었다. 파슬리는 다행히 아주 잘 자라주었다. 파슬리 소스를 언제나 넉넉히 인심 좋게 뿌려줄 수 있는 이유였다.

하지만 겨울이 문제였다. 겨울이라 싹이 나는 것도 자라는 것도 어찌나 더딘지, 한 이파리가 아쉬웠다. 소스를 만들고 난 후 절구에 남은 기름은 빵으로 알뜰히 닦아 먹을 정도로 소중했다. 엄마는 불씨를 지키는 사람처럼 파슬리 화분을 지켰다. 한 잎이 아쉽던 파슬리는 봄이 되자 넘치고 넘쳤다. 엄마가 노파심에 여기저기 뿌려놓은 씨앗에서 일제히 싹이 올라오더니 하루가 다르게 쑥쑥 자랐다. 봄은 봄이었다. 그런데 아무리 풍년이 들어도 애절한 시절의 기억이 있어서인지 함부로 다루어지지가 않았다. 씨받을 화분을 제외하고 모두 베어 말렸다. 말린 파슬리에서 바스락 소리가 났다. 그 소리가 어쩐지 빗방울 소리 같았다. 예전에 야생 아스파라거스를 먹으며 들었던 그 소리와 비슷했다. 엄마 목소리가 섞인 봄날의 소리였다.

이 계란 요리가
특별히 귀한 이유

계란은 완전식품이다, 라고 배웠다. 계란만 먹고도 살아갈 수 있는 음식, 이라고 이해했다. 단 한 가지 음식만 먹고 살아야 하는데, 그것이 계란이라면? 나로서는 대환영. 계란은 언제나 옳다. 쌀은 떨어져도 계란은 안 떨어지게 한다. 술 먹은 다음 날 해장은 무조건 계란프라이. 눈도 채 못 뜬 상태에서 불을 올리고 기름을 두르고 계란을 깨고, 반숙 노른자를 호로록 들이마신 후에야 사람 몰골을 되찾는다. 한참 먹어대며 크던 시절에는 하루에 계란 반 판씩을 먹더라는 게 내 어머니의 증언이다.

계란 없이 지낸 때가 딱 한 번 있었는데 고행도 그런 고행이 없었다. 부산 금정산의 작은 암자. 어찌어찌한 인연으로 공양보살 보조 비슷하게 지내며 소설을 쓰러 들어갔다. 술도 고기도 없이 지낸 시절이지만, 내 기억엔 계란도 없이 지냈던 시절로 각인되어 있다. 스님이 되겠다는 것도 아닌데. 계란프라이 없는 비빔밥이라니. 뭐 대단한 소설 쓰겠다고, 그냥 내려가자 싶었다. 때마침 공양보살이 나를 데리고 장을 보러 시내에 갔는데, 어물전 정육점 다 지나치는 장보기가 재미있을 리 없고, 뭣 좀 먹고 가자며 기름 냄새 고기 냄새 밴 골목을 헤매다 들어간 곳이 콩나물국밥 집이었으니, 체면이고 남겨둔 짐이고 그냥 기회 봐서 터미널로 직행할 생각이었다. 수란이 아니었다면 그랬을 것이다. 국밥에 따라 나온 수란 하나. 아름다웠다. 위대했다. 강력했다. 그 한 알의 기억으로 한 달을 더 절밥 먹고 버텼던 걸 보면 정말 그랬다.

물론 지금은 그렇게나 애타게 찾지는 않는다. 콜레스테롤 문제를 뒤늦게 알아서 그런 건 아니다. 계란이 싫어진 것도 아니다. 아버지가 키운 닭이 낳은 계란을 먹고 난 후부터 그렇게 되었다. 양계장의 열악한 환경과 닭에 대한 처사를 알게 된 후부터는 더욱 그리 되었다. 시골 닭이 낳아준 만큼만 받아먹기로 했다.

아버지의 계란은 노른자가 노랑이 아니라 거의 주황에 가깝다. 노른자 색은 닭이 무얼 먹고 사느냐가 결정한다. 곡식 사료를 먹은 닭의 알은 병아리색에 가깝고, 벌레 잡아먹고 사는 닭의 알은 붉은색에 가깝다. 싸돌아다니며 벌레 사냥하는 것이 하루 일과의 전부인 녀석들이니 붉은 노른자 알을 낳을밖에. 이런 계란은 그냥 반숙으로 삶아 먹는 게 최고다. 소금도 찍지 말고 순전한 계란 맛만으로, 순정하게.

식당을 시작하기 전에 아버지에게는 닭을 좀 더 키우시라 부탁했다. 식당 계란 요리에 직접 키운 닭알을 공급받아 쓰겠다는 야심찬 계획이었다. 어머니는 주방에서 보조를 해주시고, 아버지는 시골에서 닭알을 공급하시고, 뭐 맡겨둔 사람처럼 그토록 당당히. 식당 일로 엄마를 빼앗긴 것도 모자라, 꼼짝없이 시골에서 닭이나 키우게 생겼구나 역정을 내면서도, 아버지는 고맙게도 새로 닭을 들이셨다. 날이 따뜻해지면서 닭들은 하루 한 알에서 두 알, 세 알, 알 수를 늘려주었다. 완전히는 아니지만 대략 삼당할 만한 양은 되었다.

아버지는 계란을 올려 보낼 때마다 매번 투정 아닌 투정을 부리셨다. 내가 이것들을 관리하느라 을매나 힘든 줄 아냐, 수탉을 세 마리로 늘렸더니 허구한 날 쌈박질이다, 한 놈이 어찌나 다른 한 놈을 괴롭히는지 등짝이 다 까져버렸지 뭐냐, 그래서 그냥 잡아먹어버렸다, 그랬더니 이젠 암탉끼리 또 싸우는구나, 수탉을 사야겠으니 닭값을 보내거라. 닭값을 보내라면서도 계란값을 보내라는 말은 한 번도 하지 않았다. 생각해보니 수탉값도 드린 적이 없네.

메뉴에 계란이 들어가는 요리는 세 가지였다. 스페인 음식의 대표라 할 만한 토르티야, 스페인식 오믈렛 레부엘토, 후식으로 토리하스. 계란에 대한 나름의 경의 표현이랄까? 토르티야에는 계란 여섯 개, 레부엘토는 세 개, 토리하스에는 한 개가 들어간다. 토르티야는 어쩔 수 없이 아버지 계란과 양계장 계란을 반반

섞는다. 레부엘토는 반드시 아버지 계란을 쓴다. 그래야 버섯과 새우 향이 살아나 맛이 제대로 나니까.

　내 아버지의 계란을 종종 얻어먹던 친구들은 그 계란의 맛을 알기에 식당에 오면 꼭 계란 요리 하나씩은 시켜 먹고 간다. 그러면서 메뉴판에 자연방사 계란이라고 써 붙이라고 조언한다. 그리고 가격도 좀 올려. 이런 계란 한 알에 얼마씩 하는 줄이나 알아? 조언이라기보다 질타에 가깝다. 하지만 모든 메뉴에 아버지 계란을 쓰는 것도 아니고, 모자랄 때는 양계장 계란을 섞어 쓰기도 하므로, 그럴 수는 없었다. 그저 아는 사람만 알아주시면 된다, 하는 심정이었다.

　그런데 어느 난부턴가 이상하게 계란이 든 메뉴 주문이 유난히 많이 들어오는 것이었다. 아버지 계란은 금세 동이 나버리고, 어쩔 수 없이 계란을 사러 갔는데 구할 수가 없었다. 계란 파동이 난 줄은 알았어도, 그 정도로 심각한 줄은 몰랐다. 모자란다 하니 보이는 족족 쟁여놓는 모양이었다. 음식을 내놓았을 때, 이런 귀한 계란을, 이라며 반가워했던 연유를 뒤늦게 알았다. 파동 중에, 껍질색이 어떠니 수입을 하니 마니 뭐가 다르니 같니, 하는 수많은 진단들을 뒤늦게 읽었다. 논란과는 상관없이 그냥 마음이 아팠다. 삶이라는 게 참. 그냥 그런 생각이 들었다.

　사람들은 정말 모른다. 자기들이 먹은 계란이 어째서 귀한 것

129

인지. 단지 품귀 현상으로 가격이 올라서 귀한 게 아니라, 내 아버지가 키운 닭이 낳은 알이라서 귀한 거였는데. 자랑질을 했어야 했다. 이 음식의 계란으로 말할 것 같으면…… 하고. 지금이라도 해야 할까? 당신이 먹은 계란이 특별히 귀한 이유는 말이죠……. 에잇, 그냥 계란은 다 옳아요, 하고 말자.

파에야는
왜 안 됩니까?

메뉴판을 한참 들여다보던 손님이 주방장을 부른다. 무언가 밥이 될 만한 것 없소? 글쎄요, 버섯과 새우가 들어 있는 이 계란 요리는 양이 넉넉해서 괜찮을 듯하고, 꽃갈비살이나 항정살을 구운 과일과 함께 드시면 든든할 것 같고, 아니면 국물이 있는 주 개술찜이나……. 그런 거 말고 면이나 쌀이 들어간 요리는 없단 말이요. 리소토나 파스타 같은 거. 파에야가 있기는 한데, 4인분 이상에 하루 전 예약을 해주셔야……. 다른 데는 1인분씩 되던데 여기는 왜 안 되오? 제가 아직 5분 만에 파에야 만드는 법을 못 배워서…….

밥 될 만한 것이 없는 식당에 발을 들인 손님이나, 밥 될 만한 것이라 여기고 밥이 아닌 메뉴를 내놓은 주방장이나 난감하기는 매한가지. 그 마음 이해가 아주 안 가는 것이 아니었다. 나야말 로 소문난 밥보였으니까. 밥알이 들어가지 않으면 식사를 한 것 이 아니라고 여겼던 사람이니까. 특A++ 한우가 앞에 있어도 밥과 함께 먹어야 했으니까. 쌀눈이 말갛게 비치는 하얀 쌀밥에 고기의 육즙이 스며들 때, 입안에 그것들이 함께 어우러질 때, 고기 맛의 카타르시스를 느끼는 법이니. 국물이 있건 없건, 맵든 달든 짜든, 딱딱하건 보드랍건 무르건, 그 무엇이든 맛의 표정을 풍부하게 만드는 것은 밥. 오로지 밥.

그래서 물 건너 오랜 여행을 하다 돌아오면 제일 먼저 찾는 것이 흰쌀밥인 것은 당연했다. 쌀밥이 그립기도 했지만, 사실은 엄마의 밥 짓는 소리가 그리웠는지도 몰랐다. 엄마는 매끼 새로 압력솥에 밥을 지어 상을 차렸다. 치그작차그작 압력밥솥 방울 소리. 불을 끄고 뜸이 드는 동안 조금씩 잦아들다가 이윽고 치익 압력 빠지는 소리. 그것은 어여 식탁에 와 앉으라는 소리. 밥솥 뚜껑을 여는 순간은 그 얼마나 훈훈하게 행복한가. 김을 쐬며 주걱으로 밥알을 고루 저어주는 일. 엄마는 주걱 끝이 집 안쪽으로 향하도록 해서 퍼야 복이 달아나지 않는다고 말하곤 했다. 나는 주걱을 제대로 세워 저어주는 일도, 밥그릇 가장자리에 밥알이 묻지 않도록 예쁘게 담는 일도 이상하게 어렵게 느껴져서 밥상 차리는 일에 손을 보태더라도 밥을 푸는 일만큼은 엄마에게 맡기곤 했다.

그런데 밥 짓는 소리를 들은 지가 언제였더라. 요즘엔 거의 즉석밥을 주로 먹고 산다. 식당을 하면서 즉석밥이라니 혀를 찰 일이지만, 오픈 시간 전후로 틈을 내서 먹는 끼니라 어쩔 수가 없다. 밥을 해서 냉동실에 넣어두었다가 데워 먹을 수도 있겠지만, 어차피 치그작차그작 소리 내며 지어낸 밥을 고슬고슬 바로 퍼서 먹을 게 아니라면, 즉석밥이나 냉동 밥이나 무슨 차이가 있겠느냐, 변명 비슷한 체념을 가지고서. 모가 아니면 도란 말씀.

밥 될 만한, 혹은 쌀알이 들어간 메뉴를 찾던 손님은 다음에 예약을 하고 오겠노라며 문을 나섰다. 나는 배워야만 했는지 모른다. 미리 만들어두었다가 살짝 누룽지가 생기도록 구워내는 방법을. 몇 가지 해물을 그럴싸하게 올리고 1인분씩 2인분씩 5분 만에 만들어내는 법을. 그런데 이상하게 고집을 부리게 된다. 파에야는 반드시 대형 팬에 그득하게 만들어서 함께 나누어 먹어야 한다는, 그게 진짜 파에야라는 이상한 똥고집. 내가 배우고 익힌 파에야는 언제니 그러했으니까.

내게 파에야를 가르치고 수없이 많이 만들게 했던 요리 선생 안드레스는, 파에야가 비싼 이유는 사프란도 사프란이지만 무엇보다 육수에 공을 들이기 때문이라고 했다. 그는 도미처럼 생긴 생선 한 마리를 통째로 넣고 그 밖에 각종 채소와 조개류를 듬뿍 넣고 끓인 육수를 쓴다. 생선 대가리와 뼈에서 우러난 육수로 파에야를 만들어야 진짜 해물 파에야라고. 나는 비록 도미 육수는 내지 못하지만, 홍합을 한 솥 삶아 보에 걸러 쓴다. 홍합 살은 잘 발라 쌀을 볶을 때 함께 넣는다. 어딘가에서 홍합을 껍질째 장식용으로 올린 해물 파에야를 내놓으면 팬을 엎어버리고 싶다. 홍합은 육수나 내시지요, 뭐 대단한 거라고 이렇게 줄을 맞춰 올려놓으셨나, 이런 심정.

요리학원이 있던 시장에서는 7월 첫째 주 일요일에 여름 맞이 음식 대축제가 열린다. 어디서는 고기를 굽고 어디서는 하몽을 자르고 어디서는 상그리아를 따라 주고. 우리는 시장 곳곳에서 배달된 신선한 재료로 100인분의 파에야를 만들었다. 정육점에서 토끼 고기와 닭고기와 삼겹살이, 채소 가게에서 파프리카와 양파와 토마토가, 어물전에서 싱싱한 해물들이 도착했다. 파에야 팬은 50인분짜리 두 개. 재료를 볶고 뜸을 들여 나눠주기까지 꼬박 두 시간이 걸렸다. 사람들은 파에야 팬을 보고 잔치가 벌어졌다는 걸 알아차렸다. 이제부터 진짜 여름이로구나, 여름이 왔으니 파에야로 다같이 맞이해야지. 그것이 파에야의 진정한 맛.

파에야 팬은 스페인에서 4인분, 6인분, 15인분짜리로 두 개씩 준비해 왔다. 15인분짜리는 가방에 들어가지 않아 따로 부쳤다. 보통 낭독회할 때 쓴다. 1인분, 2인분짜리는 아예 사오지도 않았다.

4인분 이상 하루 전 예약. 이 원칙은 작정하고 먹으라는 뜻이다. 만드는 사람도 작정하고 만든다. 사실 조리 시간만 최소 삼사십 분. 보통 한 시간 잡고 요리를 시작한다. 그동안 불판에 딱 붙어 서 있어야 하는 데다, 불 두 개를 쓸 수 없게 되므로, 다른 요리에 지장이 생긴다. 4인분짜리 두 팬이면 주방이 올 스톱이다. 그렇게 하룻저녁에 파에야 두 팬을 내고 나면 예약을 받지 말걸 그랬다는 생각까지 들지만, 그래도 파에야를 하는 날에는 내가 식당을 하는 게 아니라 잔치를 벌여줬다는 생각이 들기도 해서 포기가 안 된다.

건너편 디저트집 사람들은 한 달에 한 번은 파에야 회식을 한다. 세 사람이 일하는데, 남으면 싸가겠다고 하지만 한 번도 남긴 적이 없다. 양이 적어서가 아니라 먹다보면 다 먹을 수밖에 없다는 게 그들의 설명이다. 자랑을 한 김에 더 해보자면, 말라가대학에서 출장차 왔던 친구가 일행들을 모두 데리고 와 파에야 맛을 봤을 때, 스페인에서도 이렇게 맛있는 파에야는 못 먹어봤다고 했더랬다. 당연하지, 나도 못 먹어봤다, 이렇게 맛있는 파에야는, 스페인에서. 그럴 수밖에. 1년이 지나고서야 원가 계산을 해봤더니 가격의 60퍼센트를 훨씬 넘어선다는 걸 알았다. 재료비는 판매가의 40퍼센트를 넘지 말라고 했는데……. 그러니 맛있을 수밖에. 내 파에야 실력이 뛰어나서가 아니라, 재료를 아낌없이 퍼부었으니 맛있을 수밖에. 꽃게 철에는 꽃게로, 갑오징어 철에는 갑오징어로, 때때로 아귀나 전복을 그득그득 올려, 주방 불판을 다 차지하고 만들어냈으니 맛있을 수밖에. 그러니 나는 앞으로도 영원토록 1인분의 파에야 만드는 법을 배우지 않을 것이다. 원가고 뭐고 한 팬 가득 잔치를 벌일 것이다. 1인분의 파에야는 앞으로도 안 될 것이다.

파는 좀 더
우쭐해질 필요가 있다

학교에서 돌아오는 길. 걸어서 삼사십 분 걸리는 그 길을, 늘 그래왔듯, 버스를 타는 대신 하드를 하나 사서 입에 물고, 신발주머니를 휘휘 돌리며 흐느적 걷는 길. 주택가를 벗어나 개천 다리를 건너 밭인지 야적장인지를 지나 야산 언덕 집까지. 여덟 살짜리 꼬마애가 동무도 없이 혼자 걷는 그 길은 참으로 지루하고도 먼 길. 그것은 단물 빠진 하드 나무 막대의 맛. 막대에 붙었던 차고 단 그것은 누가 다 먹었나. 뭐 주워갈 건 없나, 괜히 땅바닥에 박힌 병뚜껑이나 파내 주머니에 담으며 걷는 길. 그러던 어느 날 재미난 일이 생겼다.

어디론가 허둥지둥 달려가는 아줌마들. 달뜬 기운이 이상했다. 뭐예요? 무슨 일이에요? 뭐냐고요? 저기 파밭 주인이 밭을 그냥 갈아엎는다는구나. 파 값이 똥값이라고. 엎기 전에 누구라도 와서 파가란단다. 너도 얼른 가서 뽑아다 엄마 갖다 드려. 파라고요? 파? 그걸 어디다 쓰는지 모르겠지만, 일단 합류하고 보

자. 우선 신발주머니를 채우고, 어른들 하는 것처럼 뽑고 털어 집어넣고, 어이쿠 어린애가 손도 야무지네, 길가에 날아다니던 구멍 난 비닐봉지를 주워와 쑤셔 넣고, 우아 왕거미를 건졌구나, 외투 호주머니에도 밀어 넣고, 그렇게 두둑이 챙긴 전리품을 갖고 집으로 향하는 길, 불현듯 걱정이 밀려왔다.

'만날천날 추접스러운 쓰레기만 주워오지 말고 쫌!' 생생한 엄마 목소리. 병뚜껑이건 깨진 유리 조각이건 녹슨 철통이건, 주워가는 족족 '쓰잘데없는' 딱지가 붙는데. 하물며 길에서 만난 떠돌이 개를 끌고 갔다가 개랑 같이 쫓겨날 뻔했던 게 불과 며칠 전인데. 이건 쓰레기인가 아닌가. 국에 들어간 파를 생각했다. 비리고 미끄덩거려서 숟가락으로 몰아내던 그것. 호주머니 속 파를 냉큼 버렸다. 매워서 절대 먹지 않던 파김치를 생각했다. 더러운 비닐봉지를 슬그머니 떨어뜨렸다. 산적에 왜 꼭 당근과 파를 넣어야 하나 골라내다 손등을 맞았던 기억이 났다. 불룩한 신발주머니에서 반을 덜어냈다. 흙투성이가 된 실내화가 보였다. 어쨌거나 혼이 나는 건 따놓은 당상. 뭐 좋은 벼슬이라고. 그래도 다 버리는 건 좀 아쉬우니, 남은 건 두어 다발. 이 정도면 대략 변명도 통하려나.

결국 혼이 나긴 했다. 이왕이면 더 뜯어올 것이지, 요것 갖고 뭘 한다고, 파김치 해 먹으면 맛있는 알배기 파인데, 가자, 거기가 어디냐. 엄마는 내 손을 거머쥐며 신발을 꿰어 신었다. 불륜

현장이라도 잡으러 가는 사람처럼 눈빛이 형형했다. 이윽고 도착한 그 밭은, 멧돼지 떼라도 지나간 것처럼, 그야말로 쑥대밭. 남은 것은 찌끄레기와 밟히고 뭉개진 파뿌리들. 그나마 쓸 만한 것들을 골라 담는 엄마는 내내 아쉬워했다. 돌아오는 길에는 내가 버렸던 파 뭉치가 번뇌의 상징처럼 점점이 찍혀 있었다. 골라내야 할지 주워 삼켜야 할지 알 수 없었던, 내가 싫어하지만 어쩌면 어른들은 좋아할지도 모를, 쓸모와 취향 사이, 칭찬과 질타 사이에서.

그때의 내가, 봄날 파나물의 단맛과 파강회의 어여쁜 맛을 알았더라면, 막 버무린 파김치의 오독오독한 파대가리 맛을 알았더라면, 닭곰탕이나 냉모밀 위에 듬뿍 얹은 생파의 향긋함을 알았더라면, 육개장 속에 뭉근해진 파의 나긋한 맛을 알았더라면, 스페인 어느 마을에서는 직화로 구운 대파인지 칼솟인지를 어린 애들처럼 턱받이를 한 채 추접스럽게 황홀하게 먹는다는 걸 알았더라면, 구운 파 속살의 그 달고 보들보들한 맛을 알았더라면. 아마도 외투를 펼쳐 보자기 삼아 가득 채운 파를, 산타클로스처럼 어깨에 짊어지고, 당당하게 집으로 들어갔을 것이다.

봐라, 내가 어디 쓰잘데없는 것만 주워 오는 계집애냐 하면서.

양념의 자격이 아니라 바로 그 자체로서, 파는 좀 더 우쭐해질 필요가 있다. 나도 덩달아 우쭐해지면 좋겠다.

알멘드라의
추억

지금 그곳은 아몬드꽃이 한창이겠다. 스페인 말라가산 어귀에 줄지어 선 아몬드 나무들. 바람결에 흩날린 꽃잎들이 환했더랬다. 마음이 이상하게 설렜더랬다. 설레면서도 아렸더랬다. 복숭아 나무야durazno? 내가 물었다. 아니, 알멘드라almendra! 그가 대답했다. 처음 봐, 아몬드 나무. 우리는 동시에 고흐의 아몬드 나무 꽃 그림 얘기를 했다. 그래 이게 바로 그거야. 고흐 그림에 나오는.

그가 아몬드 꽃잎 하나를 주워들며 말했다. 아몬드꽃이 피었으니 이제 봄이야. 봄이 왔다는 그 전언이 이제 가라는 명령처럼 명치를 찔렀다. 며칠 후면 말라가를 떠나야 한다는 사실을 새삼 떠올렸다. 우리는 아몬드 꽃그늘 아래 나란히 앉았다. 나는 「도화 아래 잠들다」라는 김선우 시인의 시를 찾아 읽어주었다. 그는 로르카의 시로 화답했다. 시구들이 꽃잎처럼 한 겹 한 겹 무릎 위로 내려앉았다. 아련하고 뭉클했다.

조금 있으면 오렌지꽃이 필 거야. 봄이 절정에 올랐을 때에. 그땐 세상이 아자르azahar로 가득하겠지. 오렌지꽃 향기. 봄은 연인들이 오렌지 나무 아래로 숨어드는 계절이야. 달콤한 아자르에 휘감겨 밀어를 속삭이는 계절. 봄의 향기, 봄의 노래. 그것이 바로 아자르라는 말의 의미야. 꽃과 향기와 밀어. 그의 이야기를 듣고 있자니 어디선가 기타 선율이 들려오는 것 같았다. 〈알함브라 궁전의 추억〉 같은 곡. 추억을 부르는 꽃향기로구나. 아몬드꽃이 만발한 그 산길에서, 곧 피어날 오렌지꽃을 상상하던 그 순간. 우리는 이미 과거가 되고 있었다.

시내로 돌아와 설탕물을 입힌 아몬드를 사 먹었다. 배가 불룩한 노인이 고깔 모양 종이봉투에 아몬드를 가득 담아 손에 건네주었다. 어릴 적 길거리에서 사 먹던 번데기 생각이 났다. 신문지를 고깔 모양으로 단단히 말아 50원어치, 100원어치 담아 팔았었는데. 찝찔한 국물이 신문지로 새어 나와 손바닥으로 팔뚝으로 흘러내리곤 했었는데. 고소한 아몬드와 찝찔한 번데기에 무슨 맛의 연관이 있어서가 아니라, 다만 고깔 모양 종이봉투를 손에 들고 있는 것만으로 40년 전 골목을 뛰어놀던 어린이가 불려나왔다. 설탕 아몬드를 깨물 때마다 입안에서는 달고 고소하고 향긋한 맛이 돌았다가, 또 이상하게 짜고 씁쓸하고 들큰한 맛이 뒤따라왔다.

말라가의 아몬드는 희고 납작하고 담백하다. 설탕물을 입혀 먹기도 하지만 말라가 아몬드로 만든 음식의 백미는 '아호블랑코'다. 가스파초의 흰 버전 아호블랑코. 잣이나 아몬드 같은 견과류를 기본으로 만드는데, 아몬드를 하루 불려 일일이 껍질을 벗기는 공정도 공정이거니와, 빵 껍질은 다 버리고 보드라운 속살만 넣어서 우윳빛을 만들어내는 사치스러움에다, 고명으로 청포도를 얹어 만들어낸 어여쁜 조화까지, 그야말로 가스파초 중의 백미라고 할 수 있다. 아호블랑코도 바로 이 말라가산 아몬드로 만들어야 진짜 아호블랑코. 나중에 한국에 돌아와 미국산 아몬드로 만들어보았지만 결코 그 맛이 나지 않았더랬다.

아몬드로 만든 것은 아니지만, 아호블랑코와 비슷한 안달루시아 전통 음료가 '오르차타'다. 말라가에서 여름을 지날 땐, 아호블랑코와 오르차타를 달고 살았다. 콩을 주원료로 단맛을 첨가해 살짝 발효시킨 하압식 음료. 미숫가루와 식혜와 막걸리의 어느 사이에 있는 맛이다. 달고 고소하고 시큼하다. 한마디로 오묘한 맛이다. 그걸 좋아하게 된 것은 맛보다 먼저 소리 때문이었다. 오르차타는 오래된 아이스크림집이나 '투론'집에서 파는데, 냉동고에 박힌 원형 스테인리스 통에 기다란 국자를 넣고 여러 번 휘저은 다음 유리잔에 따라준다. 소리를 그대로 옮기자면 '퉁쫙퉁쫙좌르르'의 반복. 어쩐지 근사하게 전문적이고, 어쩐지 안달 나게 만드는 소리다. 옆에서 다디단 아이스크림을 할짝거리고 있을 때 침을 흘리지 않을 수 있는 것도 다 그 소리 덕분이다. 곧 더 근사하게 맛있는 걸 먹게 될 거라는 어떤 우쭐함. 그걸 만들 줄 아는 엄마들은 못 만났다. 그거 만들 줄 아느냐고 물어보면, 다들 어느 집 오르차타가 맛있는지 태양의 해변 인근의 아이스크림집을 줄줄 읊는다.

말라가를 떠나기 전 친구들과 마지막 파티를 할 때, 시작은 역시나 말라가산 아몬드와 말린 포도를 곁들인 하몽과 치즈였다. 그것이 와인을 위한 완벽한 친구들이라고 내 친구들이 말해주었다. 여기에 꿀이나 잼 같은 걸 곁들이면 더욱 좋고. 완벽한 조합, 완전한 친구. 그 말이 부듯하고 서운했다. 술기운 때문인지 떠난다는 아쉬움 때문인지, 서글픈 노래를 부르고 싶어졌다. 꽃은 피고, 또 지고. 그 후의 음식들은 기억나지 않는다. 입안에서 깨어지던 아몬드의 질감만 또렷이 기억난다.

나는 오렌지꽃이 피기 전, 그곳을 떠났다. 아자르는 없었지만, 아몬드 꽃그늘에 앉아 로르카의 시를 읊던 기억은 지금도 여전히 코끝을 찡하게 만든다. 봄이 오면 언제나 그곳으로 돌아간다. 모든 봄꽃이 아몬드꽃 같다. 복숭아꽃을 보아도 벚꽃을 보아도 싸리꽃을 보아도 그게 다 아몬드꽃이다. 아몬드 가루로 반죽해 만든 '마사빵'을 먹어도, 부야베스를 만들며 마지막으로 아몬드 가루를 뿌릴 때에도, 아몬드가 아니라 아몬드꽃 냄새를 맡는다. 그럴 때면 종종 생각해본다. 오렌지꽃이 필 때까지 그곳에 있었더라면, 나도 그와 함께 오렌지 꽃그늘에 숨어들어 사랑 노래를 불렀을까?

봄이 오면 종종 그 시절을 떠올린다. 아몬드 꽃그늘에서 시를 들려주던 봄. 기타 선율에 잠겨 로르카의 시를 들려주는 봄.

"그때처럼 언제 한번

너를 사랑할 수 있을까? 내 마음에

무슨 죄가 있는가?

이 안개가 걷히면

어떤 다른 사랑이 나를 기다릴까?

그 사랑은 순수하고 조용할까?" *

---

* 페데리코 가르시아 로르카, 「나의 손이 꽃잎을 떨어낼 수 있다면」, 『로르카 시 선집』, 민용태 옮김, 을유문화사, 2008

쓰레기 전쟁

전쟁이 시작되었다. 시점이 언제부터였는지는 정확하지 않다. 그 전쟁의 어느 즈음부터 내가 연루된 것인지도 확실치 않다. 다툼이랄지 분쟁이랄지 응징이랄지 앙갚음이랄지. 결과적으로 내가 옴팡 뒤집어쓰게 되었다는 것. 사건의 전말을 파헤치기도 조금 난감하다. 전쟁의 촉발은 쓰레기였으나, 곰곰 생각해보면 꼭 그것만은 아닌 것 같다는 생각이 든다.

문제의 발단은 음식물 쓰레기 수거함이었다. 음식물 쓰레기는 주민센터에서 무료로 나눠준 전용 수거함에 넣어 자기 집 앞에 놓아두는 것이 원칙이었다. 식당에서 음식물 쓰레기가 많이 나오는 것은 당연지사. 한 접시의 음식을 만들기 위해 그보다 훨씬 많은 쓰레기가 나온다는 사실은 잠시 뒤로 하자. 넉넉하게 두 개를 받아왔다. 그런데 누군가 그 수거함을 몰래 쓰기 시작했다. 그러더니 어느 날은 수거함에 음식물을 그대로 쏟아붓고 가고, 또 어느 날은 냉장고 대청소라도 한 듯 묵은 김치에 곰팡 핀 된장에 비쩍 마른 오이 꽁지가 뒤죽박죽, 이걸 다시 일일이 음식물 쓰레기봉투에 넣으려니 비용은 비용이거니와 더럽고 치사해서 울화가 치밀었다. 어쩔 수 있나, 내 집 앞에 와 있으니 내 쓰레기, 울며 겨자를 먹었다. 수거함이 비면 냉큼 안으로 들여 기회를 주지 않는 것이 유일한 방어였다.

쓰레기 수거일은 화, 목, 일. 쓰레기는 자기 집 앞에 놓아두는 것이 원칙이지만, 그동안에는 공원 앞이나 주차장 주변이 자연스럽게 쓰레기 정거장이 되었다. 하지만 어느 날 그곳에 감시 카메라가 설치되고 벌금과 엄포의 경고문이 붙으면서 정거장이 폐쇄되었고, 되는 대로 슬며시 쓰레기를 갖다 버리던 사람들이 갈 곳을 잃은 것. 공공연한 정거장이 없어졌으니 새로운 정거장이 필요했을 것이다. 그러기에는 쓰레기 양이 제법 되는 상가 앞이 안성맞춤. 거기에 골목 코너에 있어 오고 가는 사람이 많은 곳이라면 금상첨화. 가게 앞은 무단 투기의 정거장이 되기에 얼마나 좋은가. 괘씸하긴 하지만, 조용한 주택가에 식당을 차려 어수선하게 만든 죄도 있으니, 작은 봉투 정도는 함께 버려주마 마음을 다잡았더랬다.

검은콩 두유를 좋아하고, 오랫동안 사용한 얇은 빗을 최근에 부러뜨렸고, 새카맣게 염색한 파마머리에(빠진 머리칼을 모아 손가락으로 둘둘 말아 버리는 습관이 있는), 근육통 쿨 파스를 자주 붙이고(가끔은 핫 파스를 붙이기도 하는), 열 알의 종합 감기약을 다 먹은, 사람. 짐작이 가는 데가 있기는 하지만 파스와 약봉지에 마음 약해져서 패스. 피자와 감자탕을 시켜 수입 맥주를 마시며 그 맥주 캔에 담배꽁초를 버리면서 파티라도 벌였을 사람들. 이놈들 잡히기만 해봐라 괜한 발길질로 가까스로 화를 누르고. 뼈다귀를 그대로 담은 치킨 배달 박스에서부터, 깨진 유리에 술병에 콜라병에 뜯어진 슬리퍼에, 화장실 휴지통을 비운 것이 분명한 쓰레기에. 내 입이 자꾸 더러워지는 걸 참을 수가 없었다.

그러다 도무지 용서할 수 없는 쓰레기 더미가 도착했으니, 차로 실어다 옮기지 않고서야 불가능할 만큼의 양에, 어디 업소인 것이 분명한 수많은 와인병과 깨진 와인 잔들, 온갖 음식물 쓰레기와 생활 쓰레기들이 어수선하게 널려 있는 것이었다. 그리고 건물주로부터 연락이 왔다. 쓰레기 수거업체로부터 연락이 왔는데, 쓰레기 분리배출이 제대로 되어 있지 않아 수거하지 않았다고, 앞으로도 제대로 하지 않으면 무단 투기로 벌금을 물리겠다 했다고.

쓰레기, 제대로 좀, 하세요.

건물주의 마지막 일침이 참 불편하고 억울했다. 제대로 좀 하라는 충고 혹은 지시를 들어본 게 언제였는지 기억조차 안 난다. 여차저차 그간의 일들을 설명했다. 일단 쓰레기는 우리가 처리하고, 건물주는 방범용 카메라를 추가하고 경고문을 붙이는 것으로 마무리했다. 카메라와 경고문이 효과가 있었는지 그 후로 쓰레기가 줄기는 했다.

내가 관여한 것은 거기까지였다. 그런데 진짜 전쟁은 그때부터 시작되었으니. 건물주가 작정하고 CCTV를 들여다봤단다. 우리의 결백을 알리려면 결백하지 않은 누군가를 찾아내서 신고를 해야 한다는 것. 며칠 만에 현장을 잡았는데, 그게 하필이면 옆집 할머니였다. 검은콩 두유를 좋아하는 근육통 파스의 그 할머니. 건물주는 사진을 캡처해 무단 투기로 신고를 했다. 구청에다 했을까? 주민센터? 그런 민원은 대체 어디에다 넣어야 하는지 나는 아직까지도 알지 못하지만, 어쨌거나 민원을 넣으면서 노인이니 벌금은 물지 말고 계도를 하는 정도로 끝내면 좋겠다고, 고양이 쥐 생각을 했던 모양이다. 하지만 어쨌거나 들어왔으니 그에 상응하는 행정 처분이 내려져야 하는 것은 당연한 수순. 할머니에게 벌금이 부과되었다.

할머니는 억울했을 것이다. 그깟 쓰레기 좀 버렸다고 신고에 벌금이라니. 눈에는 눈 이에는 이. 그렇게 반격이 시작되었을 것이다. 그야말로 민원 전쟁. 쓰레기 수거일이 아닌데 상자들을 밖에 내놨다, 민원. (그건 폐지 줍는 할머니를 위해 일부러 내놓는 거라고요. 할머니도 종종 가져가셨잖아요.) 음악 소리가 시끄럽다, 민원. (그 정도까지는 아닌데, 최대한 조심해볼게요.) 음식 냄새가 집으로 들어온다, 민원. (후드는 3층까지 올려서 그쪽 집 반대 방향으로 향하게 공사를 했다고요.) 유리병들을 내놔서 다니는 사람들이 위험하다, 등등.

온갖 민원이 들고나는 등쌀에 시달리던 사람들이 또 있었으니, 바로 쓰레기 수거업체 담당자들. 그들에게 그곳은 쓰레기 민원의 성지. 누군가 쓰레기를 버리고 갔다, 왜 쓰레기를 수거해가지 않았느냐, 배출일도 아닌데 쓰레기를 밖에 내놨다, 그 집 유리 쓰레기 때문에 다칠 위험이 있다, 음식물 쓰레기 수거통에서 냄새가 난다, 등등. 전화가 오고 불려가고 다시 출동하고. 그래서 칼을 뽑았다. 민원이고 뭐고 우린 우리 할 일만 하겠다. 쓰레기 배출 원칙을 완벽하게 지키지 않으면 절대로 수거해가지 않겠다. 종량제봉투에 흙이 들어 있어서 거부. 상자들을 끈으로 묶지 않아서 거부. 상자와 종이를 분리하지 않아서 거부. 플라스틱과 비닐봉지가 섞여 있어서 거부. 부피가 큰 플라스틱을 포대가 아니라 비닐에 넣어서 거부. 유리병 포대는 무게가 너무 무거워서 거부. 거부와 거절의 연속.

도리가 없었다. 업체의 말대로 완벽하게 원칙을 지킬 수밖에. 아주 일찍 말고 너무 늦게도 말고, 오후 일곱 시에서 아홉 시 즈음, 일하다가 기회를 봐서 쓰레기 준비 땅. 유리는 찢기지 않는 포대 자루에 적당히, 일회용 용기는 깨끗이 씻고 라벨을 떼고, 아차 종이 상자는 테이프를 떼어내야지. 버릴 때마다 매번 신경을 곤두세우게 되었다.

그러다가 지나가던 옆집 할머니의 궁싯거리는 소리를 들었다. 술집이니 식당이니 뭐가 이렇게 많이 생겨서, 동네 시끄럽게, 처음부터 맘에 안 들었는데, 에이 참.

어쩐지 벌을 서고 있는 기분이 들었다. 쓰레기봉투를 든 채 무릎 꿇고 앉은 벌. 무슨 죄의 벌인가. 이건 무슨 종류의 원죄인가.

짜장면을
맛있게 먹으려면

그 시절 많은 아이들이 그랬듯 내 오라비도 짜장면을 지상 최고의 음식이라 여겼는데, 어느 날 짜장면을 먹고 난 후 혀로 그릇을 핥으면서 말하길, 짜장면집 아들로 태어났으면 정말 좋았겠지만 어쩔 수 없으니, 나중에 크면 기필코 짜장면집으로 장가를 가겠노라, 했다. 짜장면집 딸이 못생겼어도 상관없냐고 아빠가 장난스레 묻자, 오빠는 짜장면을 먹고 자랐으니 분명 예쁠 거라고 장담했다. 돈 벌어서 아무 때나 사 먹으면 되지, 겨우 짜장면에 결혼까지 하겠다고? 짜장면보다 맛있는 게 얼마나 많은데, 라고 말한 건 엄마. 오빠가 자신 있게 응대했다. 공짜로 먹을 수 있잖아요.

예닐곱 살 무렵이었는데도 그 대화가 생생하게 기억나는 건, 짜장면집 사위가 되면 오빠는 뭘 하게 되는 걸까 궁금한 데다, 나는 안 예뻐서 결혼도 못 하게 되면 어쩌나 무섭기도 하고, 그렇다면 나는 순댓집으로 시집을 가야 하는 건가에 생각이 미치자, 영천시장에 있는 단골 순댓집 할머니의 무서운 얼굴이 떠오르면서, 시집을 가지 않고도 공짜로 순대를 먹을 수 있는 방법이 없을까 고민까지, 내겐 꽤나 심각한 문제의 연속이었기 때문이었다. 그때 내가 곰곰 생각한 끝에 덧붙인 말은 이랬다.

바보, 오빠가 짜장면집을 하면 되잖아. 맨날 맨날 짜장면 만들어 먹어.

그땐 정말 그렇게 생각했다. 짜장면을 그렇게 좋아하면 중국집 주방장이 돼서 직접 만들어 먹으면 될 일. 뭐 결혼까지 하고 그래. 왜 아니겠는가. 좋아하는 것을 직접 만들어 먹고 남도 먹여주고, 그 얼마나 신나는 일인가. 그것이 가장 정직하고 바람직하고 효율적인 방법이라고 생각했다. 사고방식이 그러하니 결국 식당을 하게 된 것이었겠지만.

식당을 하면서 지인들이 찾아왔을 때 난감한 순간 중의 하나는 와서 같이 먹자고 청할 때였다. 밥 안 먹었지, 힘들 텐데 너도 와서 좀 먹어. 이해한다. 주방에서 종종거리고 있는 걸 보고 있노라면 음식이 목으로 안 넘어간다는 사람도 있었으니. 그래서 직접 포크에 음식을 담아 입에 넣어주기도 한다. 그러지 말고 한 입 먹고 해, 손님도 별로 없는데 괜찮잖아, 자 어서 먹어. 어쩔 수 없이 받아먹기는 하지만, 나는 속으로 이렇게 말한다.

제발 한 입만 더, 라고는 말하지 마세요. 매일 몇 번씩이고 그 음식을 만든다고요. 몇 번씩 연습하고 몇 번씩 고친 후에야 나온 메뉴라고요, 누가 남기기라도 하면 뭔가 잘못되었나 싶어 접시에 남은 음식을 먹기도 한다고요. 그러니 제발, 내가 만든 거 말고, 다른 사람이 만든 음식을 주세요, 얼마나 맛있을까요. 정 보기가 안쓰러우시면 편의점에서 하드 하나만 사다주세요. 주방에서 먹는 하드, 진짜 꿀맛이에요.

진짜다. 누가 방문하며 들고 오는 간식거리들 중에 으뜸은 아이스크림이다. 초콜릿 잔뜩 든 하겐다즈라면 완전 반갑고, 셔벗 질감의 하드도 좋다. 시원하고 달콤하고. 일하다가 잠시 먹는 것으로는 그만한 게 없다. 그러니 혹시라도 누군가 주방에서 일하는 사람을 방문할 일이 있다면, 고민할 것 없이 편의점에 가서 가장 비싼 아이스크림을 사시라. 제대로 환영받으실 것이다.

수십 년 짜장년십 수방장을 한 것도 아니면서 엄살 부린다 싶지만, 진심이다. 짜장면을 계속 맛있게 먹고 싶으면 짜장면에 직접 손대지 말 것.

지금 생각하면 바보는 오빠가 아니라 바로 나였던 것 같다. 여전히 짜장면을 좋아하는 오라비는 지금도 일주일에 두어 번 점심으로 짜장면을 먹는다고 한다. 오빠 바람대로 짜장면집 사위가 되었어도 짜장에 대한 애정과 순정은 변하지 않았을 것 같다. 그런데 짜장면을 먹고 자란, 그래서 예쁠 것이 당연한, 어린 시절 오빠가 꿈꾸던 신부인 짜장면집 딸내미가 있다면, 그녀는 과연 짜장면을 좋아할까? 문득 궁금해졌다. 대를 이어 짜장면집을 하고 있으면 좋으련만, 이라고 생각하다가, 또 멍청한 생각을 하는 구나 고개를 저었다.

오라비가 짜장면집 사위가 되겠다고 포부를 밝히던 그날, 그보다는 짜장면집 주방장이 되는 것이 낫다고 내가 우기던 그날, 내 얼굴을 뚫어지게 쳐다보던 아버지가 혀를 차며 한 말도 생생하게 기억한다. 혹시라도 남자 친구 앞에서는 짜장면 먹지 마라. 다 도망가겠다. 너는 어째 짜장면을 입이 아니라 얼굴로 먹냐, 쯧쯧.

지금 생각해보면 그게 내가 짜장면을 사랑하는 방법이었던 것 같다. 온몸으로 먹어주기. 지금도 그렇다. 사랑하는 건 온몸으로 먹어줘야 한다. 그게 뭐든. 후루룩 쩝쩝.

번데기와
다시다 반 스푼

농수산물시장에서 장을 보고 나서려는 참이었다. 바퀴가 고장 난 카트는 자꾸 오른쪽으로 향하고, 문밖에 비는 무섭게 쏟아지고, 식때를 놓친 터라 마침 허기도 지고 해서, 그냥 시장 입구 분식집에 자리를 잡고 앉아버렸다. 꼬치 어묵 국물이 좋은 걸 보니 여름이 가긴 간 모양, 폭염에 파리만 날리던 이 집도 슬슬 바빠지겠구나 생각하면서, 어디 브런치 카페라도 온 양, 어묵 국물을 커피처럼 홀짝이며, 이쑤시개로 떡볶이 떡을 찍어 먹었다.

그러다 어쩔 수 없이 듣게 된 옆자리의 대화. 일부러 들을 생각은 없었지만, 일부러 안 듣기도 애매한 위치. 지금도 가슴이 벌렁벌렁, 아무리 해도 안 되고, 골뱅이가 참, 치킨만 할 수도 없고, 그러니까 비밀은 말이죠. 조각난 말들을 조합하니 웃음이 나왔다. 그러다 쓸쓸해졌고 결국 눈물이 조금 나기도 했다.

상황은 이렇다. 대략 육십 대 중후반쯤 되는 부부가 그보다 좀 젊은 남자 앞에 나란히 앉아 있다. 두 손을 모은 부부의 자세가

157

공손하기도 하고 절실해 보이기도 한다. 반면 의자 등받이에 팔을 걸치고 약간 비스듬하게 앉은 남자의 자세는 보다 여유 있고 좀 으스대는 느낌까지 든다. 부부는 최근에 치킨집을 연 모양인데, 누군가에게 선배 베테랑 치킨집 사장을 소개받아, 이것저것 조언을 듣고 있는 중이다. 떡볶이와 순대와 어묵을 대접하며. 다음은 내가 들은 그들의 대화 중 일부를 그대로 옮긴 것.

치킨만 튀기면 될 줄 알았는데, 그건 잘하겠는데, 그놈의 골뱅이는, 아휴, 누가 골뱅이라도 시키면 심장부터 벌렁거린다니까요. 자꾸 해보셔야 해요, 난 이제 누가 골뱅이 하나요 하면 일단 물부터 올려요. 착착, 착, 저절로 움직이죠. 면 삶는 동안 다 끝나요, 썰고 무치고. 아! 일단 물부터, 그 생각을 못 했네요. 익숙해지실 거예요, 자꾸 하다보면. 번데기는 어쩌죠? 도대체 맛이 안 나요. 다 비결이 있죠. 어떤 비결이요? 다시다 반 스푼, 정확하게 반 스푼, 더 넣어도 안 돼요. 아, 다시다. 어떤 거 쓰세요? 저는 C사의 다시다만 써요. 저기 D마트에 가면 대용량 D다시다도 있거든요? 저렴하죠. 그건 맛이 안 나요. 꼭 C사 걸로 쓰세요. 이따 같이 가서 알려드릴게요. 아까 또 뭐 사야 한다고 그랬죠? 아 기름종이. 그리고 그거 적어놓으셨죠? Y번데기. 꼭 그거 쓰세요. 한 통에 400원 절약이면 그게 얼마예요. C다시다로 끝납니다. 고맙습니다. 저희가 자꾸 시간을 뺏어서 어쩌죠? 아니에요, 다 물어보세요, 궁금한 건 뭐든.

골뱅이 주문 소리에 심장부터 벌렁거린다는 저 여인. 어디 숨어버리고 싶다고 고백하는 저 여인을 어쩌려나. 나도 그런 순간들이 있었다. 주문은 밀려드는데 스테이크는 타고 수습한다고 종종거리다가 기름에 데고 오븐 속 가지구이는 속절없이 쪼그라들고 주문은 더 밀리고 머릿속이 하얘지고 발이 딱 굳어져버리던 순간. 그런데 골뱅이라는 소리만 들어도 심장이 벌렁거린다니, 그 말이 내 심장까지 조준할밖에.

구색을 맞추느라 넣기는 했으나, 먹어만 봤지 만들어본 적 없는 골뱅이와 번데기의 절실함. 거기에 무슨 비밀 특제 소스인 양 알려주는 다시다 반 스푼이라니. 번데기라니. 골뱅이 착착착이라니. 도대체 어쩌시려고 그 길에 들어서신 겁니까. 앞으로 어쩌시려고!

주택가에 처음 식당을 열었을 때 근처 100미터 남짓의 골목에는 다섯 개의 가게가 있었다. 2년 사이 그 길에 상가로 재건축한 주택이 일곱 채, 그곳에 스무 개 남짓의 새로운 가게가 들어섰다. 미용실, 꽃집, 사진관, 맥줏집, 와인집, 디저트집, 빵집, 업종도 다양하게. 그중 한 가게는 술집이었다가 카페였다가 한동안 비어 있더니 유명 베트남 커피 체인점이 들어왔다. 스무 개 중 불과 3개월 만에 문을 닫은 가게가 세 곳. 임대 문의 플래카드를 붙여놓은 채 그냥저냥 영업을 이어가고 있는 가게가 두 곳. 계약 기간까지만 어찌 버티다가 다른 일을 도모하리라 속내를 밝힌 곳이 두 곳이다. 그리고 뭔지는 모르겠으나 새롭게 실내 공사를 하고 있는 곳이 두 곳. 어찌 보면 핫한 동네 골목의 당연한 모습이자, 그 이면의 음울한 측면이기도 하다.

자영업자 폐업률 수치를 두고 사상 최악이라느니, 입맛대로 인용하고 왜곡하는 언론이 어써니 저써니, 정부의 경제 대책 수정이 필요하다느니 근본적인 환경을 바꿔야 하느니 등의 이야기를 듣는다. 준비도 대책도 없이 무턱대고 자영업자의 길에 뛰어든 사람들 탓도 한다. 내 옆에 앉아 있던 부부는 바로 그 사람들 중 하나일지도 모른다. 특별히 음식에 소질이 있는 것도 아니고 어디서 배운 바도 없고 준비도 되지 않은 상태에서 무턱대고 가게부터 연, 얼마 지나지 않아 자영업자 폐업률에 숫자를 더할 것이 분명한, 바로 그런 사람들. 어쩌다 그들이 치킨 골뱅이 번데기 호프집을 하게 되었는지는 알 수가 없다. 편의점도 아니고 유망 프랜차이즈도 아니고 특히 잘하는 특별한 음식을 내놓는 고유한 음식점도 아닌, 적어도 이삼십 년 전부터 있어왔던 흔하고 빤한 호프집을 지금 시대에 기어이.

내게 조언과 도움을 주었던 수많은 선배들이 그랬듯이, 지금이라도 안 늦었으니 하지 말라고 끼어들고 싶었다. 뭔가 아는 척을 하고 싶었는지도 모르겠다. 하지만 사실 나는 그럴 자격이 없었다. 그래도 나는, 가게가 잘되어서 돈을 벌면 좋고 안 되어서 쫄딱 망하면 그 얘깃거리로 소설을 써서 좋으니, 어찌 되었든 꽃놀이패라, 한번 가보시라 했던 내 친구의 말처럼, 아직은 젊고 물러설 자리도 있는 데다, 그 이야기로 원고료도 받아 챙긴 자가 아닌가. 어디서 감히. 골뱅이 주문에 심장이 벌렁거리고, 번데기 통조림 요리에 전전긍긍하는 저 나이 든 여인의 선택에, 어쩌면 마지막 투자가 될지도 모를 선택에 무슨 토를 달 수 있겠는가. 다시다 반 스푼과 400원 싼 번데기 상품 정보가 더 절실한 저 여인에게.

빗속을 뚫고 가게로 가는 길. 순대 접시를 남자 쪽으로 밀어주며 조금 더 드시라 권하던, 그러면서도 뭔가 놓친 게 없는지 질문을 생각해내려 애를 쓰던 그 여인이 자꾸 눈에 밟혔다.

번데기라니, 다시다 반 스푼이라니 하다, 문득 오래전 초등학교 앞에서 팔던 번데기 맛이 떠올랐다. 고깔 모양으로 만들어놓은 신문지와, 거기에 꾹꾹 눌러 담은 번데기와, 종이가 터져 손바닥에 팔꿈치까지 흘러내리던 번데기 국물과, 그 국물 맛이 아쉬워 신문지를 쪽쪽 빨아보기도 했던, 찝찌르한 번데기의 맛. 심장이 찝찌르하다가, 찌르르 아파왔다. 이게 번데기 맛인가 싶었다.

구두장이처럼

그런 순간이 내게도 왔다. 불현듯. 걸음이 멈춰지더니 사방이 새하얘지는 순간. 모든 것이 무의미해지고 무엇에도 무기력해지는 순간. 그리고선 애초에 걷는 법을 배우지 못한 사람처럼 그 자리에 그대로 붙박이게 되는 순간. 축축한 안개 속에서, 앞으로 나아가지도 뒤로 물러서지도 못한 채, 그저 안개가 되어가는 시간. 화창한 봄날에 때 아닌 우박처럼 상습적인 미세먼지처럼 낯설고도 싫은 공격.

여느 때처럼 토마토를 갈고 새우 껍질을 깠다. 소스와 양념들을 일렬로 늘어놓고 테이블 세팅을 마치고 손님을 기다렸다. 거리에 인적이 없었다. 바람은 차고 거칠었다. 지나가는 여자의 얇은 치맛자락이 함부로 나부꼈다. 예약은 없었다. 전화도 울리지 않았다. 익숙한 음악 소리만이 빈 테이블 위로 흐르고 있었다. 평소라면 그 빈 시간을 틈타 냉장고 정리를 하거나, 새로운 메뉴를 시험해보거나, 와인 리스트를 새로 짜거나 하면서 미뤄두었던 일들을 해결했을 것이다. 그러면서 기다렸을 것이다. 약속이니까. 내가 열어놓고 있기로 한 시간. 혹시라도 뒤늦게 올지도 모를 사람들을 배반하는 일이니까. 그런데 나는 앞치마를 벗었다. 그리고 말했다.

문 닫는다. 일곱 시가 조금 넘은 시간이었다. 그래도, 그러면 안 되는 거야. 머릿속의 말을 무시했다. 물론 그래서는 안 되었다. 안다. 아는데도 그리 되었다. 문을 닫기 전, 전화벨 소리가 울렸다. 나는 여기 없는 사람. 들키지 않으려고 벽에 몸을 숨기고 숨을 참았다. 전화벨 소리가 멈춘 후 그곳을 나왔다. 범죄 현장을 빠져나가는 사람처럼 재빨리. 되돌아보지는 않았다.

식당을 나와 장례식장으로 갔다. 친구의 시부상. 따지고 보면 잠시 들러 조의만 표하고 오면 될 일이었다. 그런데 나는 한구석에 혼자 자리를 잡고 꽤 오래 앉아 있었다. 고인에 대해 장례 절차와 장례 전후의 일들에 대해 이야기를 들었고, 그동안 미처 말하지 못한 일상들에 대해 밀린 이야기를 주고받았다. 안타까움은 있지만 비통함 같은 것은 생기지 않는 일상에 가까운 애도였다. 친구가 예를 갖추러 자리를 비운 사이, 나는 떡이나 마른안주 같은 걸 습관적으로 집어 먹으며 아무 생각 없이 시간을 보냈다.

식은 우거짓국을 먹다가 문득, 먼 나라에 살았던 아픈 시인을 생각했다. 학생 기숙사 시절에 생일을 맞아 취사실에서 미역국을 끓였는데, 다른 독일 학생들이 몰려와 마늘 냄새고 뭐고 다른 이상한 음식 냄새는 참아주겠는데, 그 미역국 냄새만큼은 참아줄 수가 없으니 제발 멈춰달라 했다고, 그래서 혼자 애써 끓인 생일 미역국을 버릴 수밖에 없었다던 이야기가 휙 지나갔다. 지난 한 학생 시절이 끝나고 이젠 미역국도 마음대로 끓여 먹을 수 있고, 웬만한 채소들은 작은 텃밭에서 키워 먹을 수 있는데, 고향에서 즐겨 먹던 방아만큼은 씨앗을 구힐 수 없더리던 그에게, 돌아가면 방아씨를 구해 보내주겠다 했던 약속도 뒤따라왔고, 내가 그 약속을 지키지 않았다는 사실도 뒤늦게 깨달았다. 방아씨를 보내주기로 했었는데. 우리 집 텃밭에는 올해도 방아가 지천인데. 그게 뭐라고, 그 간단한 약속도 지키지 못했던 걸까.

그의 시를 가슴에 품고 다니던 습작 시절이 있었다. 어느 시 한 구절에 어떤 생을 통감하고, 어느 시 한 구절을 내가 가닿고 싶은 이상으로 삼고, 읽는 것만으로 맞닿아 있다는 촉감을 느꼈던 수많은 문장들. 그와 함께 보낸 먼 나라에서의 시간을 추억했다. 버스와 기차를 갈아타고 이윽고 도착한 황량한 기차역에서의 만남과, 첫 만남이었는데도 낯설지 않게 서로 손을 덥석 잡아버렸던 그 순간의 짜릿함. 함께했던 새벽 숲 산책과 거기서 들려주었던 소소한 이야기들. 자전거 전용 길을 걷고 있는 나에게 슬며시 팔짱을 끼고 제 쪽으로 끌어당겨 멀리서 오던 자전거를 피하게 만들던 그 세심한 손길 같은 것. 너무도 아득하고 지독히 생생했다. 그리고 그의 목소리가 들렸다.

운영, 문학을 너무 무겁게 지고 있지 마.

한밤중 비좁은 테라스에서였는지, 칼바도스라는 술을 연거푸 비우던 어느 바에서였는지는 기억나지 않지만, 그 말에 모든 것을 들켜버린 사람처럼 울어버렸던 것은 확실히 기억이 난다. 그 조그만 사람의 품에 안겨 울었던가. 그가 아프다는 소식을 처음 전해 들었을 때, 나는 주방 싱크대 밑에 숨어 한참을 울었다. 좁은 싱크대가 그의 품처럼 여겨졌다. 말기암 항암치료 이어오는 절망적인 말들과 가닿기에 머나먼 그곳. 그 후로 내가 할 수 있는 일이란 그를 기억해내고 그의 문장들을 소환해내는 것뿐. 내내 연락을 주고받으며 살아온 지인을 통해 그의 소식을 묻고 전해 듣는 것만이 유일한 끈이었다. 그리고 끝내 나는 그에게 방아씨를 보낼 기회를 영영 잃었다. 얼마 후 부음 소식이 날아왔고 한국에서의 추도식에도 식당 문을 여느라 가보지 못했다.

남의 장례식장에 가서, 먼 나라에서 병과 사투를 벌였던 한 시인을 떠올리는 시간, 이상하게 눈물이 나오지 않았다. 낯선 느낌이었다. 눈물이 차고 넘치는 내가, 문학이든 생활이든 삶이든 관계든 그 모든 것을 무겁게 지는 것이 습관이 된 내가, 슬픔조차 느끼지 못하게 무기력해져버린 것일까? 그가 결국 병을 이겨내고 이곳으로 돌아와 모두에게 웃으며 시를 읊어주리라는 기대와 바람 때문인지, 문학이든 인생이든 너무 무겁게 지고 있지 말라던 그의 당부 때문인지, 아니면 갑자기 내게 들이닥친 무기력과 무의미함의 안개 때문인지, 알 수가 없었다.

벌세우는 것 같아, 난 괜찮으니 이제 그만 집에 가봐, 내일 또 일할 준비해야 하잖아. 친구가 나를 일으켜 세웠다. 빈소에서 나와 장례식장 입구의 전광판을 보며 먹먹히 서 있었다. 갈 곳이 없는 사람처럼 머쓱했다. 집에 돌아왔을 때는 자정이 조금 넘은 시간이었다. 노트북을 켜자 작업 중이던 원고와 자료 화면들이 펼쳐졌다. 아무것도 이어 하고 싶지 않은 시간. 열린 창을 하나씩 닫았다. 그러다 우연인 듯 필연인 듯 경고인 듯 위안인 듯, 인용하기 위해 적어놓은 산초의 말이 눈에 들어왔다. 고맙다 산초.

"적어도 제 스스로 죽을 생각은 없습니다. 오히려 필요한 자리에 닿을 때까지 이빨로 가죽을 당기는 구두 수선공처럼 할 생각입니다. 그러니까 하늘이 정해주는 종말에 도달할 때까지 계속 먹으면서 제 삶을 끌고 갈 거라 이 말이지요. (…) 그러니 저를 믿으시고, 식사를 하신 다음에 이 초원의 초록 침대 위에서 눈을 좀 붙이세요. 그리고 나서 잠에서 깨어나면 마음이 좀 가벼워지실 겁니다."*

* 미겔 데 세르반테스, 『돈키호테 2』, 박철 옮김, 시공사, 2015, 708쪽

돈키호테의
죽음

　돈키호테는 어떻게 죽었어? 누군가 물었다. 처음이었다 그의
죽음에 대해 물어온 것은. 다들 돈키호테가 어쩌다 모험을 떠났
고 어떤 모험을 이어나갔느냐에만 관심이 있을 뿐, 그래서 그가
어떻게 모험을 마무리하고 집으로 돌아왔는지 그 끝에 대해서는
궁금해하지 않았다. 그렇지, 돈키호테의 모험에도 끝이 있었지.
그를 집으로 데려오지 못해 안달이 난 학사 카라스코의 계략에
의해. 결투에서 패배하면 기사임을 포기하고 고향으로 돌아가
거기서 1년 동안 나오지 않겠다고 약속한 탓에. 패배한 그가 도망
가지 않고 약속을 지킨 탓에. 그는 집으로 돌아와 죽음을 맞는다.

　돈키호테가 죽은 것은, 결과적으로는 우울증 때문이었어. 우
울이 극에 달해서. 말이 돼? 돈키호테가 우울증이라니. 햄릿도
아니고 돈키호테가? 미치광이로 재미나게 살아야 하는데, 그렇
게 살 수 없게 되었으니 우울할 수밖에. 그런데도 제정신으로 돌
아왔다 고해를 하고 틀어박히니 병이 들 수밖에. 그 안에서 곡기

를 끊고 죽기를 기다린 것이지. 어쨌거나 우울해서 죽은 거야. 에 잇 돈키호테가 우울증이라니, 실망이야, 말도 안 돼. 이 말을 몇 번이고 되뇌던 그는 내게 화살을 돌렸다.

그런데 넌 언제 끝낼 거냐? 이만하면 되지 않았어?

가슴이 덜컹 내려앉았다. 사람들이 내게 물어오는 것은 대부분 시작에 관한 것이었나. 어쩌다 식당을 열게 되었는지, 어찌하다 돈키호테에 빠져들었는지, 돈키호테의 식탁은 어쩌다 돈키호테의 식탁이 되었는지. 그리고 돈키호테의 모험을 기대하듯, 내 모험담을 듣고 싶어했다. 고난과 극복과 재미와 설움과 그 밖의 모든 체험에 대해. 연애 얘기도 가장 설레고 짜릿한 부분은 어떻게 시작하게 되었느냐에 있지 않은가. 말하는 사람이나 듣는 사람이나. 그 끝은 대부분 다양하게 지랄맞고 서글픈 일이어서 굳이 청해 들을 필요는 없지 않은가. 그런데 끝을 묻다니. 실은 끝을 준비하고 있다는 말은 세세히 하지 않았다. 시작보다 어려운 것이 끝을 맺는 일인지라. 제대로 끝을 맺지 못하면 다른 시작도 불가능한지라, 시작만큼 공들여 끝을 맺을 궁리를 하는 중이라고.

시작이 반이라고 했다. 아무렴. 얼마나 많은 것들이 시작도 못하고 사라지는가. 두려워서 자신이 없어서 확신이 없어서 아직 무르익지 않아서 무언가 모자라서 끝이 뻔해서 지금은 때가 아니어서. 머릿속에서 가슴에서 종이 위에서 흩어진 파일 속에서.

그림이든 글이든 사랑이든 사업이든 운동이든 여행이든. 시작하지 않은 것은 아예 존재하지 않은 것. 시작을 하는 순간 실체가 생기고 살아 움직이는 생명체가 되는 법. 그러니 시작을 했다는 것은 일단 반은 먹고 들어간다는 것. 그 반의 동력이 대단하다는 것. 그 힘으로 수레의 바퀴는 어쨌거나 굴러가게 되어 있다는 것. 그러니 어떻게든 시작을 하고 볼일.

돈키호테의 시작을 되돌아보았다. 시작은 불현듯 기사 차림을 하고 광야로 나선 형국이었지만, 그동안 전답을 팔아치워 사들인 기사도 책이 없었더라면, 그 책에 몰입해 스스로 등장인물이 되어 마땅치 않은 결말을 바꿔 써보지 않았더라면, 그가 돈키호테로 나서게 되는 일은 없었을 것이다. 그렇게 오랜 시간에 거쳐 도달한 시작. 돈키호테의 모험은 저절로 굴러가는 수레였다. 그가 오래전부터 흠모해온 이웃집 여인은 공주님이 되고, 풍차와 양 떼에 맞서고, 슬픈 몰골의 기사에서 사자의 기사로, 스스로 위대해지고 모두가 즐거워지는 모험의 연속. 나서지 않았다면 결코 맛볼 수 없는 고단하지만 달콤한 맛.

글을 쓸 때에도, 가장 어려운 것이 첫 문장이라고들 한다. 물론이다. 첫 문장을 쓰지 못한다는 것은 아직 무얼 써야 할지 모르는 상태이니까. 첫 문장을 썼다는 것은 전체의 반에 이르렀다는 것이니까. 그래서 이윽고 첫 문장이 나오는 순간, 이어서 문장이 문장을 끌고 와 이야기가 굴러가니까. 모험의 수레를 굴러가게 만든 위대한 반의 힘. 하지만 그 반의 동력으로 가는 수레는 반드시 끝의 목전에서 멈추게 되어 있다. 시작과 끝은 서로 다른 동력으로 움직인다. 다시 시작으로 돌아가 구르고 또다시 돌아가기의 무한반복. 글쓰기의 두려움은 결국 시작을 못 하는 것의 두려움이 아니라 끝을 보지 못하는 것에 대한 두려움이 아닐까. 어쨌거나 시작은 해볼 일이고 끝은 반드시 맺어야 한다.

돈키호테의 마지막 장을 덮으면서 나는 못내 아쉬웠다. 이렇게 죽게 놔두다니. 자신은 이제 라만차의 돈키호테가 아니라, 그저 착한 자 알론소 키하노라 말하며, 자신의 모든 모험을 부정하게 만들다니. 이런 허망한 끝이 어디 있는가. 제정신으로 돌아왔다니. 미친 그가 사라지고 나면 산초의 재미와 익살도 사라지게 되는 것을. 마음이 아팠다. 모험이 끝났다는 아쉬움도 컸지만, 스스로 이루어낸 모든 것을 부정해버린 돈키호테가 밉기까지 했다. 제발 그냥 계속 미쳐 있으면 안 될까요?

끝을 낸다는 것은 어찌 보면 쉬운 일이다. 자의에 의한 일단 멈춤 상태이든, 타의에 의한 중지와 절단 상태이든, 됐다 이제 안녕, 손을 탈탈 털고 나면 그걸로 끝. 그것은 끝이 아니라 결별이다. 그런 끝을 보아서는 안 된다.

미쳐 살다가 제정신으로 죽은 그는, 죽은 것일까, 죽지 않은 것일까. 그는 정말 자신의 모험을 부정한 것일까, 아닌 걸까. 죽은 그는 돈키호테일까, 알론소 키하노일까. 무엇이 죽고 무엇이 산 것일까. 살아 있다는 것은 미쳐 있다는 것이 아닐까? 나는 과연 제정신을 차려야 할까, 계속 미쳐 있어야 할까.

이 시작의 끝은 무엇일까. 이제는 돈키호테의 모험이 아니라 돈키호테의 죽음을 생각할 때. 끝의 시작을 시작할 때.

특별한 계란의
복잡한 맛

소설에서도 그렇게 뭘 먹이려 들더니 결국 식당을 차렸구나, 내 이럴 줄 알았다. 식당을 찾아온 친구가 실내를 한번 쓱 둘러보며 말했다. 말끝에 츳츳 혀 차는 소리가 붙었는데, 수긍인지 질타인지 그 심중을 알아차릴 수가 없었다. 고기 얘기가 좀 나오긴 하지. 딴청을 피우며 자리로 안내했다. 좀이 아니지, 하물며 도망자한테 닭백숙을 차려주잖아, 토종닭. 어디 그뿐이야? 그녀는 머릿속에 떠오르는 장면을 몇 개 더 읊었다. 나도 가물가물한 장면들을 참 많이도 기억해냈다.

소설은 그저 과정이었을 뿐, 결국 네가 도달하고 싶었던 곳은 바로 여기가 아니었느냐, 지금 내가 대고 있는 게 증거고 근거다, 인정하라. 결국 그녀는 메뉴판을 한쪽으로 밀치며 물었다. 그래, 뭐가 맛있어? 내가 뭐 알아야지, 네가 주는 대로 먹을게. 이상하게 추궁받는 느낌이었다.

그녀의 말대로 나는 소설 속 주인공들에게 무언가를 끊임없이 먹여왔다. 문신을 마치고 난 다음 핏물이 뚝뚝 흐르는 생고기를 먹였고, 무릎이 아픈 할멈에게는 소골탕과 내장탕을, 유산한 아내에겐 매운 돼지고기찌개를 먹였다. 첫 몽정을 한 소년의 손에는 아이스크림을 들려주었고, 빚을 떠안기고 도망가려는 애인을 위해 게살죽을 끓였다. 음식이나 요리를 서사의 중심축으로 사용한 것은 아니지만, 빠짐없이 먹는 장면이 나왔다. 왜 그랬을까. 왜 그렇게 뭔가를 먹이지 못해 안달이었을까. 그녀의 말대로 결국 식당을 차리려고 그렇게 소설 속에서 한풀이를 했던 것일까.

나도 궁금했다. 무언가를 해 먹이는 일과, 소설을 쓰는 일에 대해. 누군가를 위해 내가 차려낸 밥상과, 나에게 차려준 누군가의 밥상을 생각했다. 어떤 것은 따뜻했고, 어떤 것은 슬펐고, 어떤 것은 풍요로웠다. 그렇게 기억을 거슬러가다보니, 하나의 기억이 목구멍에 걸려 넘어가질 않았다.

미순 언니는 아버지 공장에서 3년간 일한 고학생이었다. 내게는 좀 특별한 사람이었는데, 여자 형제가 없는 나로서는 친자매처럼 좋아라 따르는 언니였고, 한편으로는 나와 대적할 수 있는 공장의 유일한 경쟁 상대이기도 했다. 공장 일이라면 여섯 살 때부터 보고 배운 바가 있어 최고의 숙련공이라고 자부하던 나조차도 입이 쩍 벌어지게 만드는 빠른 손과 정확성. 하염없이 수다나 떨며 시간만 때우려는 아줌마들과는 차원이 달랐다. 아줌마들은 종종 나와 그녀의 대결을 부추기곤 했는데, 그때마다 나는 미순 언니에게 아슬아슬하게 지곤 했다.

내가 왜 그녀를 이길 수 없었는지는 그녀의 집에 가서 알았다. 초대를 받았다기보다는 막무가내로 쫓아간 것이었다. 조금 난감해하는 것 같기도 했지만, 그 나이 때 여자아이들이 친구 집에 몰려가 노는 일은 흔했으므로, 대수롭지 않게 여겼다. 비탈길을 오르고 골목을 돌고 돌아 도착한 집. 변변한 부엌도 욕실도 없는 허름한 방 한 칸이었지만 정돈이 잘 되어 있었고, 언니들의 세계를 훔쳐보는 재미에 흠뻑 젖어 시간 가는 줄도 모르고 놀았다. 저녁 먹고 갈래? 그녀가 묻기 전까지는 배고픈 줄도 몰랐다.

그녀는 아랫목에 넣어둔 밥그릇과 찬장의 반찬들을 꺼내 상을 차렸다. 반찬들을 다 내놓고서도 허전했는지 선뜻 상을 내밀지 못하던 그녀가 쌀독에서 무언가를 조심스럽게 꺼냈다. 계란 두 개. 잠깐 망설이더니 계란 한 개는 다시 쌀독에 넣었다. 계란프라이를 마지막으로 그녀의 밥상이 완성되었다. 밥상 앞에 앉았을 때 내가 물었다. 계란을 왜 쌀독에 넣어놔? 특별할 때만 먹으려고. 그녀가 대답했다. 그런데 왜 하나만 꺼내? 나는 오늘 아침에 먹었으니 안 먹어도 돼. 계란이 비싼 음식은 아니었지만 그녀에게는 쌀독에 넣어놓고 아껴 먹는 별식이라는 것. 나의 방문이 특별한 일이라는 것. 그녀에게 내가 특별한 존재라는 것. 기분이 썩 괜찮았다. 즐겁게 계란프라이를 한 조각 떼어 입에 넣었다. 그런데 그녀가 덧붙인 말에 더 이상 씹을 수가 없었다. 너는 사장 딸이잖아.

맞는 말이었다. 공장을 운영하고 있는 사람이 내 아버지이니 아버지가 사장이고, 그 아버지의 딸이라는 건 부정할 수 없는 사실이니, 나는 사장 딸 맞다. 내가 그녀에게 특별한 것은 유일한 경쟁 상대이거나 친동생 같은 존재여서가 아니었다. 나는 사장 딸이라서 특별했고, 그래서 특별히 계란을 꺼낸 것이다. 그제야 나는 내가 그녀와 다르다는 걸 깨달았다. 함께 일을 하긴 했지만, 나는 가끔 일을 도와주고 용돈을 받는 처지였고, 그녀는 일을 하지 않으면 생계를 유지할 수 없는 처지였다. 나는 작업 능률이 좋지 않다고 고용인의 눈치 보지 않아도 되었고, 그녀는 작업 능률이 높은 훌륭한 일꾼이라는 걸 각인시켜야 했다. 나는 대결을 벌이며 즐거워했지만, 그녀는 대결을 벌이며 불안했을 것이다.

나는 어쩌면 그녀를 위협하는 존재였는지도 몰랐다. 반드시 이겨야만 하는 존재. 껄끄럽고 부담스러운 존재. 내가 그녀를 특별하게 생각하는 것과는 명백히 다른 특별함이었다. 내가 언제나 아슬아슬하게 질 수밖에 없던 비밀이 거기 있었다.

그날 내가 미순 언니 집에서 먹은 계란프라이의 맛은 좀 복잡했다. 억울하기도 하고 서글프기도 하고 부끄럽기도 하고. 거기에 뒤따라오는 이상한 우월감. 어떤 감정이 먼저고 어떤 감정이 뒤따라온 것이었는지는 잘 모르겠다.

나는 종종, 어쩌다 소설을 쓰게 되었느냐는 질문을 받을 때면, 오래전 먹었던 미순 언니의 계란프라이의 맛을 떠올리곤 한다. 그 맛을 기억하기 위해, 그 복잡한 맛의 비밀에 닿기 위해, 소설이라는 다른 도구를 선택한 것이라고. 또 어쩌다 식당을 차렸느냐는 질문을 받을 때에는, 그저 누군가에게 밥을 해 먹이고 싶다거나, 다른 근육을 만들기 위해서라고 답하곤 했다. 내 이럴 줄 알았다는 친구의 말이 왜 질타와 추궁으로 들렸는지, 뒤늦게 깨달았다. 그래서 결국 나는 선언을 했다.

여기까지.

밥은 차릴 만큼 차렸으니 되었다. 근육인지 흉터인지도 여기까지. 돌아간다, 그곳으로. 그 특별하고도 복잡한 계란프라이 맛의 비밀을 아직 풀지 못했으므로.

멜로디언을
부는 밤

차가운 바깥 공기와 함께 술 냄새를 풍기며 들어온 아버지는 자고 있는 아이들을 깨운다. 다들 일어나봐, 아빠가 선물 가져왔지, 어서 입에 물고 불어봐 후후. 얼결에 입에 문 건 멜로디언 마우스피스. 눈도 뜨지 못한 채 엉거주춤 일어나 앉아 후후 숨을 불어넣는데, 도레미파솔라시 멜로디인지 소음인지, 솔솔라라솔솔미 선물인지 봉변인지, 오빠도 나도 엄마도 멜로디언 하나씩 입에 물고 후후, 한밤중에 난데없이 가족 악단이 탄생했다. 아버지는 침을 질질 흘리며 멜로디언을 불다가 호스를 휘휘 돌리면서 악단을 지휘하기도 했다.

그런데 아버지 이 멜로디언은 다 어디서 난 건가요? 하나 둘 셋, 나오고 또 나오던 멜로디언의 정체. 그것은 아버지가 납품하던 업체에서 돈 대신 받아온 물건이었다. 멜로디언 100대. 물품 대금으로 받아온 물품. 아버지가 멜로디언을 불며 흘렸던 것이 침만은 아니었으니. 그날 이후 내 사촌들은 멜로디언 하나씩 손에 쥐게 되었고, 한동안 이웃집에서도 비슷한 음색의 멜로디언 소리가 울려 퍼졌으며, 공장 사람들과 그 사람들의 일가친척들도 그 업체의 멜로디언을 갖게 되면서, 방 한구석을 차지하고 있던 100대의 멜로디언은 차차 자취를 감추었다. 그걸로 얼마의 돈을 건졌는지, 그걸 처분하는 데 얼마나 걸렸는지는 기억나지 않고 알지도 못한다. 다만 그걸 다 처분하고 났을 즈음, 새로운 물품 대금이 도착했다는 것뿐.

이번엔 덩치가 좀 컸다. 피아노 두 대. 그것이 집으로 배달되던 날 아버지는 연주를 하지도 침을 흘리지도 않았다. 그 비싼 피아노를 사갈 사람은 주변에 아무도 없었다. 결국 한 대는 집에 두고 한 대는 피아노학원에 헐값에 넘겼다. 아버지 속이 어쨌는지는 상관없이, 나로서는 그런 횡재가 따로 없었다. 멜로디언도 아니고 피아노라니. 부잣집에만 있다는 그 피아노를 내가 갖게 되다니. 떡 본 김에 제사 지낸다고, 피아노학원도 등록했다. 어쩌면 뒤늦게 음악적 재능을 발견하게 될지도 몰라. 도레도레도레도. 연습은 집에 가서 할게요 선생님, 저희 집엔 피아노가 있거든요. 으스대며 집으로 돌아오곤 했다.

하지만 피아노 수강은 6개월을 넘지 못했다. 내게 음악적 재능이 전혀 없다는 것을 알았을 뿐더러, 아버지가 피아노 소리를 지독히 싫어했기 때문이기도 했다. 피아노 뚜껑만 열면, 곧바로 시끄럽다는 호통 소리가 들렸다. 아버지는 피아노 소리가 싫었던 게 아니라, 그 소리가 상기시키는 현실이 고통스러웠을 것이다. 물품으로 대금을 지급하던 그 업체는 얼마 후 부도를 내며 도산했고, 그나마 건진 것이 바로 그 피아노였으니, 내가 건반을 누를 때마다 울화가 도돌이표로 돌아오는 것이었다. 피아노 앞에 다 같이 모여 노래를 부르는 단란한 가족의 모습 같은 건 없었다. 그 피아노는 더 이상 연주되지도 못하고, 그렇다고 버리기도 아까운 비탄의 상징물로, 집 안에서 가장 눈에 띄는 곳에 자리 잡고 있다가, 지금은 내 조카가 물려받아 쓰고 있다.

생각해보면, 아버지가 당시에 물품 대금으로 받아온 물건들은 참으로 많았다. 밥솥이나 난로가 열 개, 스무 개씩 올 때도 있었고, 심지어 커다란 활도 있었다. 그때마다 우리는 우리가 만들어 납품했던 물건이 어디에 어떻게 박혀 있는지 그 실체를 확인할 수 있었다. 봐, 여기 이거 내가 프레스로 눌러서 모양을 잡은 계기판이야. 이 쇠로 만든 글자가 내가 봉투에 넣어 포장했던 그거야. 이렇게 들어가는 거였구나. 처음 멜로디언을 물품 대금으로 받았을 때처럼 한밤의 연주는 없었지만, 새로운 물품이 도착할 때면 언제나 서글픈 멜로디언 소리가 들렸다. 자 불어봐 후후, 침인지 눈물인지와 함께 불던 그 비탄의 소리.

문득 그 밤의 멜로디언 소리가 다시 들려온 것은, 가게 정리를 위해 중고 주방 업체에 견적을 의뢰했을 때였다. 주방을 돌며 냉장고와 오븐, 식기세척기 라벨을 확인하고 작업대, 건조대 등을 휙 둘러본 다음, 3~4분만에 견적서를 보여줬을 때의 절망감. 돈이 되는 것과 돈이 되지 않는 것, 잘 팔리는 것과 팔 수 없는 것, 쓸모 있는 것과 쓸모없는 것의 경계. 그 물건들이 그 공간에서 어떤 시간을 보냈는지는 중요치 않았다. 그래, 그런 것이지, 당연한 거지, 고개를 주억거리면서도 마음이 아렸다. 그리고 아버지가 한밤중에 입에 꽂아 넣던 멜로디언 호스와 침을 흘리며 연주하던 밤이 생각났다.

어쩔 수가 없어요, 생각해보세요. 중고를 구입하는 사람들은 신제품 가격의 50퍼센트 이하로 사길 원하잖아요. 이거 가져가면 다 세척하고 손보고 해서 물건으로 만들어야 되고, 운송비 들어가죠, 인건비 들어가죠, 쓰레기 처리해야 되죠, 그러니까 대략 20퍼센트 선에서 매입 가격을 결정할 수밖에 없는 거예요. 작업대든 테이블이든 규격으로 나온 기성 제품은 팔 수 있는데, 맞춤으로 제작한 건 그냥 쓰레기예요, 가져가는 사람이 없으니까. 이 의자는 기성 제품이니까 되고 이 테이블은 맞춘 거라 안 되고, 예쁘건 고급이건 상관없어요. 이건 저희도 안 가져갑니다, 폐기물 수거업체를 따로 부르셔야 해요. 그나마 2년 된 가게라니까 와서 견적이라도 뽑아주지, 3년 5년 된 가게들은 아예 가지도 않아요. 요즘엔 6개월 1년 된 가게들이 많이 나오니까, 거기 다니기도 바쁘죠. 3개월도 허다해요. 2년이면 많이 버티신 거예요.

견적의 내용을 상세히 설명해준 업체 사장의 말. 그는 그날 다섯 곳의 폐업 직전의 가게 견적을 내고 왔고, 한 군데 가게 시공을 해주고 오는 길이라고 했다. 몇 년 사이 정말 눈코 뜰 새 없이 일을 하고 있다고. 정리하는 사장님들 마음도 이해하겠고, 새로 시작하는 사장님들 마음도 이해하겠고, 하지만 어쩌겠는가 이것이 현실인데. 견적을 내는 동안 물건들을 그나마 함부로 대하지 않고, 참 깔끔하게 사용을 잘했다는 말도 덧붙이며, 문을 닫는 업주의 심정까지 헤아려주는 것만으로도 감사할 지경이었다. 그의 말마따나 어쩌겠나 그게 현실인걸.

멜로디언의 선율이 울려 퍼진 건 그래서였을 것이다. 납품 대금으로 받은 물건을 여기저기 중고 가격으로 팔아넘겨야만 했던 날들, 그렇게 몇 푼이라도 건져 공장을 유지해야 했던 아버지의 시간. 나에게도 피아노가 생겼다고 신나 했던 철부지 어린애는 이렇게 뒤늦게 아버지의 침과 눈물을 이해합니다요.

마지막 영업일의
2인 식사권

까맣게 잊고 있었다. 어느 날 불현듯 어떤 책을 꺼내 들기 전까지. 책갈피 사이에서 봉투 하나가 툭 떨어지기 전까지. 봉투 안에는 언제든 사용할 수 있다는 2인 식사권과 엽서 네 장, 책 표지를 인쇄한 책갈피 하나가 들어 있었다. 뒤늦게 떠올랐다. 언젠가 자신이 처음으로 펀딩이라는 데 참여했었다는 것을. 한 소설가가 돈키호테를 찾아 나선 여행에서 요리를 배우고 결국 식당을 차리기로 했다는 사연을 듣고, 그 사연에 이상하게 마음이 움직여 저도 모르게 참여 버튼을 눌렀던 적이 있었음을. 그러곤 잊었다. 잊고 있었으므로 확인도 하지 않았다. 자신이 참여했던 펀딩이 성공을 했는지, 식당이 열기는 열었는지, 어떤 음식이 나오고 있는지, 그 식당은 여전히 잘되고 있는지. 그러다 책갈피 사이에서 팔랑팔랑 떨어진 식사권을 보았고, 혹시나 싶어 전화를 걸었다. 저에게 2인 식사권이 있는데 예약이 될까요?

나도 잊고 있었다. 식당을 열기 전에 펀딩이라는 것을 했다는 사실을. 펀딩에 참여했던 사람들 대부분 식당이 개업하기를 기다려 곧바로 찾아와 가게를 둘러보고 음식 맛을 보았으므로, 폐업을 앞둔 시점에 받은 그 예약 전화는, 기일이 지난 약속 어음을 들고 나타난 빚쟁이를 마주한 듯 난데없이 느껴지기도 했다. 게다가 그가 원한 예약일은 하필 마지막 영업일. 이것은 계시인가 운명인가. 그 종이가 며칠만 늦게 발견되었다면, 전화 걸기를 조금만 지체했더라면, 마침 남는 여유 시간이 그날이 아니라 그다음 날이었다면, 그 종이는 부도난 어음 조각, 허망한 휴지 조각이 되고 말았을 것이다. 예약되고말고요, 주인은 아직 안 바뀌었습니다, 어서 오세요.

4인 가족이었다. 한 아이의 손을 잡고 또 한 아이는 품에 안은 가족. 2인 식사권을 가지고 있는데 어떻게 주문을 해야 하는지 물었고, 그냥 적당히 알아서 드리마 대답하자, 미심쩍은 표정을 지은 채 모자라면 나중에 더 시키겠다 했다. 그들을 위해 어떤 요리를 냈는지 세목은 정확히 기억나지 않는다. 다만 그날 낼 수 있는 거의 모든 음식을 냈을 것이다. 이제 더 이상 식탁을 차리지 않아도 될 터이니. 어차피 소진해야 할 재료 인심이나 쓰자 하는 마음으로. 솔직한 마음으로, 매상이 오르는 것도 아니니 적당히 최선을 다하자 싶었을지도 모른다. 모자라지 않을 정도로 적당히.

그들은 묵묵히 식사에 임했다. 맛있다거나 없다거나, 많다거나 적다거나, 이만하면 됐다거나 더 달라거나. 반응이 없으니 오히려 불안했다. 정말이지 그토록 가늠이 되지 않는 손님은 없었다. 아이들조차 여기저기 뛰어다니며 해찰을 부릴 만한 나이였음에도 불구하고, 기이할 정도로 조용히 앉아 천천히 어른스럽게 먹었다. 낼 수 있는 음식을 다 낸 뒤, 후식으로 달콤한 디저트 와인과 누군가 사다 준 케이크까지 나눠 준 뒤, 이제 2인 식사권 메뉴가 다 끝났다 알렸다. 고개만 끄덕일 뿐 별 반응이 없었다. 식사를 마친 후에도 그들은 한참 동안 자리를 뜨지 않았다.

카운터에 서서 사연을 들었다. 아이들을 키우느라 몇 년간 외출을 못 했다는 아내의 사연. 펀딩에 참여하게 된 계기와 뒤늦게 발견하고 오기까지의 과정을 들려주는 남편의 사연. 큰애가 친구들에게 스페인 음식을 먹으러 간다 자랑하고 왔다는 고백. 이제야 아이들과 함께 외출할 수 있게 되었으니 앞으로 자주 오겠다는 다짐. 그리고 큰아이도 조심스럽게 덧붙였다. 맛있게 잘 먹었다고, 그중에 조개껍데기에 들었던 우유 맛 나는 부드러운 그것이 제일 맛있었다고, 배꼽인사를 했다. 너 그 말 안 했으면 나 두고두고 미워했을 거야, 라고 응답하는 순간 눈물이 핑 돌았다.

이것이 마지막이구나. 이제 더 이상 이런 식탁은 차릴 수 없겠구나. 모르는 사람들을 위해 차리는 식탁. 겨우 음식을 차린 대가로 들을 수 있었던 거대한 감사 인사. 그와 더불어 듣게 되었던 수많은 사연들. 오늘 내가 소진한 것은 냉장고에 든 음식 재료들이 아니었구나. 어떤 기회, 어떤 위안, 어떤 고마움, 어떤 감동. 내가 닫는 것은 그저 식당 문이 아니었구나. 하나의 세상, 그 세상을 향해 열려 있던 어떤 문이었구나.

그가 2인 식사권을 건넸다. 식사권을 받아 챙기며 고백했다. 오늘이 마지막 날이라고, 하루만 늦었어도 이 식사권은 쓸 수 없었을 것이라고. 더 이상 이곳에서 식사할 수는 없을 거라고. 종종 오겠다는 그 다짐은 이제 소용이 없겠다고. 가족은 눈을 동그랗게 뜨며 물었다. 정말 문을 닫아요? 나는 속으로 되물었다. 알고 오신 거 아닌가요? 문 닫기 전에 식사권을 쓰려고 급히 예약을 한 것 아닌가요? 묻지 않았지만, 그들의 눈빛이 내게 다시 물으며 답하고 있었다. 진짜 문을 닫는다고요?

마지막 주방 정리를 끝내고 난 후, 빈 주방에 혼자 오래도록 앉아 있었다. 그동안 길을 들이느라 애를 먹었던 프라이팬들을 한쪽에 모아놓았다. 손등과 팔목에 수많은 상처와 흉터를 남겨왔던 오븐을 열었다 닫았다. 문어를 삶던 커다란 들통과 약간 찌그러진 스테인리스 그릇들을 눈으로 훑었다. 며칠 후면 중고업자들 손에 고물로 처리되어 사라질 것들이었다. 아쉬울 것은 없었다. 이미 쓸모를 다했으므로. 그것들과 함께 한 삶을 끝내고, 그것들이 없는 삶으로 돌아갈 것이므로. 하나의 삶을 중단하고 다른 삶으로 돌입할 것. 그것이 진정한 끝과 시작. 할 만큼 했다. 냉정하게 돌아섰다. 그리고 또다시 우연처럼 운명처럼 내 발 끝에 떨어져 있는 종이 한 장. 마지막 손님의 2인 식사권. 그의 책장에서 때마침 빠져나와 내 손에까지 도착한, 시작의 선언이자 끝의 통보.

뒤늦게 깨달았다. 그들에게 내가 먼저 연락을 취했어야 했다는 것을. 시작할 때 그러했듯, 마무리도 제대로 지었어야 했다는 것을. 내가 직접 쓴 엽서가 보였다. 덕분에 펀딩에 성공했으며, 모월 모일에 가게를 오픈하게 되었다, 언제든지 오셔서 식사를 해주시면 감사하겠다, 열심히 해보겠다, 그런 내용이었다. 딱 2년 전 식당을 열기 바로 직전의 내가 거기 있었다. 새로운 세상의 문을 열어젖히고 있는 자, 시작하는 자, 아무것도 모르는 자, 모든 것이 고맙고 아름답고 싱그럽게 느껴지는 자. 그것을 받아 든 지금의 나는, 끝내려는 자, 닳고 닳은 자, 빨리 문을 닫고 도망가려는 자, 많은 것이 서럽고 억울하고 아쉬운 자. 이 둘이 전혀 다른 사람 같았다. 부끄럽고 부끄러웠다.

유현준을 건축가로 만든
일요일 오후의 김치죽

이런 집을 상상해보자

시대는 1970년대. 위치는 아차산 밑 어린이회관이 있는 구이동의
주택가. 2층짜리 난녹수택으로 집의 규모나 모양새는 확실치 않
다. 다만 셔터가 달린 주차장과 마당에 작은 연못이 있는 집이라
는 정도만 염두에 두자. 그 집 1층에는 세입자가, 2층에는 한 가
족이 살고 있다. 가족의 구성은 엄마, 아빠, 할머니 그리고 두 형
제. 엄마는 음악 선생님. 아버지는 신문기자. 어느 날, 엄마는 아
이들을 키우기 위해 학교를 그만두고 차고를 개조해 피아노학원
을 시작한다. 피아노학원이 조금씩 확장되고, 1층을 비워 유치원
과 미술학원이, 마당의 연못을 없애고 주차장이, 들어선다. 피아
노 소리와 어린아이들의 왁자지껄한 소음으로 가득한 집. 미술
도구를 들고 들락거리는 아이들. 온갖 예술적 가능성을 내포한

새싹들의 온상 그 자체.

그 집에 사는 두 아들. 그중에 둘째. 그는 장차 커서 뭐가 될까? 오르락내리락 피아노와 그림을 배워온 그는 과연? 음악적 신동으로 일찌감치 이름을 날렸을까? 각종 콩쿠르에 입상하며 두각을 드러낸 피아니스트가 되었을까? 아니면 화가나 조각가 혹은 디자이너? 아니면 신문기자나 글을 쓰는 작가? 결과부터 말하자. 그는 커서 건축가가 된다. 그의 몸을 자극한 것은 귀에 들려오는 피아노 소리나 코를 자극하는 물감 냄새가 아니라, 눈앞에서 조금씩 바뀌어가는 주택의 변화였나보다. 차고가 피아노학원이 되고 1층이 미술학원이 되는 대대적인 변신 과정. 살아 꿈틀거리는 생명을 가진 집.

그는 확실히 음악적 신동은 아니었던 모양이다. 바이엘 상, 하권을 떼는 데 꼬박 6년이 걸렸다고 하니. 6개월이 아니라 6년. 매일매일 피아노 소리를 들으며 살았으니, 바이엘쯤이야 전곡을 다 외울 정도였는데. 그게 문제라면 문제. 첫 마디가 딱 시작되면 그가 아는 대로 흘러가야 하는데 다른 게 나온다. 틀리고 끊기고 반복되고. 아 이 소리가 아닌데. 이 음이 아닌데. 소리만 들어도 신경질이 난다. 그리고 악보를 보고 연주를 해야 한다는 것 자체도 마음에 안 든다. 악보에 그려진 대로. 작곡가가 하라는 대로. 왜 꼭 그래야만 하는가. 프라모델도 설명서대로 따르는 게 싫어 맘대로 만들고 하던 아이였으니. 누가 지시한 대로 따라서 해내야 하는 일이 매력적일 리가 없었을 터. 어쨌거나 그는 건축가가 되었다. 누군가 머릿속에 그린 건축물을 도면으로 본인이 직접 그려내는 일. 누군가의 설명을 듣고 그걸 자신만의 방식으로 구현해내는 일. 도시에 집을 짓는 일.

건축가가 된 그는 말한다. 사람들이 행복해지는 집을 짓고 싶다고. 소통하는 집을 짓고 싶다고. 건축을 하는 가장 큰 목표 중의 하나는 사람을 화목하게 하는 것이라고. 수많은 갈등들을 해소하는 데에 잘 디자인된 건축물이 어떤 장을 만들어줄 수도 있다고. 그러고 난 다음 좋은 건축물은 사람들이 채워지고 난 후 배경으로 사라진다고. 대신 사람들의 행복으로 채워진다고. 소통과 행복. 그리고 화목. 그가 건축에 원하는 세 가지 키워드.

다시 그 집으로 돌아가보자

이번엔 풍경이 아니라 그 집을 채운 사람들 속으로 조금 더 가까이. 아버지가 일찍 돌아가시고 홀어머니 품에서 어렵게 야간대학을 다니며 신문기자가 된 그의 아버지. 나름 정치에 뜻이 있어 청렴결백해야 한다는 강박으로 돈 버는 데는 관심이 없다. 그의 어머니가 피아노학원을 시작하고 집을 개조해 미술학원과 유치원으로 확장해간 나름의 사연이 있는 셈. 그리고 함께 사는 할머

니는 바로 그 아버지의 홀, 어머니. 일찍 남편을 잃고 아들을 남편과 같은 존재로 여기며 살았던 여자. 두 여자 사이에 아무런 문제가 없다면 그게 더 이상한 일. 아들은 일찌감치 불화의 공기를 간파한다. 엄마와 할머니 사이에 흐르는 날 선 기운. 보이지 않는 갈등. 노선을 정하지 않고 우유부단하기만 한 아버지. 그래서 더 갈피를 못 잡는 집안의 분위기. 각가의 입장과 각각의 분노. 모두가 화평한 듯 보이지만 모두가 불만족인 상태.

모두가 사랑하는 가족이다. 그런데 아들은 엄마 얘기를 들어줘야 한다. 입장을 밝히지 않는 아버지를 대신해서. 그것은 결국 남도 아닌 할머니를 욕하는 일. 그걸 참고 들어야 하는 일. 아이에게는 심리적으로 큰 상처가 된다. 다 같이 서로서로 사랑하며 살면 얼마나 좋을까. 어떻게 하면 모두가 행복해질 수 있을까. 아들은 알고 있다. 그 열쇠를 자신이 쥐고 있다는 것을. 그가 우수한 성적표를 받아오거나 그림 대회에 나가 상을 받아오거나 할 때. 모두가 한마음으로 기뻐하고 행복한 기운으로 하나가 된다는 것을. 그래서 그는 자꾸자꾸 칭찬받을 일을 만든다. 내가 잘하면 된다.

집안을 화목하게 만들기 위해 택한 그의 방안은 근본적인 욕망이면서 동시에 원동력이다. 흔들림의 순간마다 그를 계속 나아가게 만들었던 힘이기도 했다. 처음 설계사무소에 들어갔을 때, 그의 뜻대로 할 수 있는 게 거의 없었다. 소장 말도 들어야 하고 건축주 말도 들어야 하고. 그가 생각한 창작이 아니었다. 실제로 그 기간에 포기하고 다른 분야로 떠나는 사람이 많았다. 그도 한때 검사를 할까 하는 생각도 했었다. 그런데 다시 건축으로 돌아온 계기는, 자신보다 실력이 없다고 생각한 동료가 공모전에 그를 제치고 당당히 당선된 것. 자존심이 상했다. 그래서 심기일전. 다음 공모전에 나가 좋은 성적을 얻었다. 3년이면 건축사 시험을 볼 자격이 주어지는데, 7년을 버텼다. 개인 공모전에 나가 상을 받는 것으로 창작 욕구를 해소하면서. 그렇게 다시 설계로 돌아와 건축사를 따고 학교에 몸을 담아야겠다고 생각한다.

처음 학교에 직장을 잡을 때는 경제적인 이유가 컸다. 먹고는 살아야 하니까. 생계에 대한 의무감을 털어버리고 그다음에 자유롭게 창작하자. 그냥 돈 버는 건축을 하겠다 하면 상관이 없지만, 작품성 있는 걸 하면서 살아나가려면 그 방법밖에 없었다. 하지만 10년이 지난 후 생각해보니 꼭 돈 때문은 아니었던 것 같다. 그는 건축만 했으면 지금보다 더 편협한 건축가가 되었을 거라고 말한다. 말을 하면서 정리도 되고 새로운 자극도 받고. 그는 한 사람이 한 직업을 가져야 한다는 생각에 대해 반대한다. 그러면서 옛날 사냥꾼들 예를 들었다.

사냥꾼이 사냥만 했던 게 아니잖아요. 냄새도 맡아야 하고 날씨도 알아야 하고 약초도 구분할 줄 알아야 하고, 요리사도 되고 백정도 되고. 지금은 그게 다 분화가 되어 있어요. 한 가지만 할 줄 아는.

그는 사냥꾼이 되고 싶었는지도 모르겠다.

제 본능 중에 알려지고 싶은 욕망이 있는 거 같아요. 그림을 그리면 상을 받고 집에 돌아와 칭찬받는 거 좋아했어요. 본능적으로. 알아봐주는 것. 인정받는 것. 그래서 페이스북도 열심히 했나봐요. 그것이 주는 안정감이 있어요. 건축을 하면서 건축만 하면 되겠다 싶었는데, 다른 욕구가 생기는 거에요. 칼럼을 쓰기 시작했죠. 나를 표현할 다른 방법을 알게 된 거에요. 더 명확하게 전달하고, 더 많은 사람들이 보는. 피드백도 빨리 오고. 자기만족도도 커요.

그는 이제 자신을 알아봐달라고 블로그에 글을 쓰지 않아도 된다. 그가 낸 책 『도시는 무엇으로 사는가』는 이미 23쇄를 넘게 찍었다. TV 프로그램 〈알쓸신잡〉에 합류하면서 너무나 유명해졌으니까. 이전에 블로그에 쓴 글들을 전부 뒤져 정치 성향을 검증하는 열혈 독자(?)까지 생겨날 만큼 유명해졌으니까. 오래전에 무심히 쓴 글이 새로이 불려 나와 손가락질을 당했다. 그래서 조금은 호되게 신고식을 치렀다. 하지만 마냥 나쁜 것만은 아니었다. 실컷 두들겨 맞으니까 나름 뱃심도 생겼다. 그리고 무엇보다 자신을 돌아보는 계기가 되었다. 객관화하는 과정은 그래서 때때로 필요하다.

저는 소통을 중요하게 생각하거든요. 그런데 우리나라는 자꾸 벽을 세우는 거 같아요. 우리 편인가 아닌가를 검증하려고 하는 경향이 있어요. 그래서 점점 회색 지대가 없어지는 거 같아요. 보수적인 정책과 진보적인 정책을 왔다 갔다 하면서 응원할 수도 있는 거잖아요. 그런데 중간 지대가 없어요. 옛날에는 직접 만나서 얘기를 했잖아요. 서로 부딪치면서 싫다 좋다 말하고 화도 내고 그러면서 또 조정도 해가면서 생각도 바뀌고. 지금은 SNS상에서만 만나다보니까 자기랑 말이 통하는 사람끼리만 뭉쳐요. 나머지는 적이 되고.

방송 출연은 그에게 또 하나의 채널이다. 촬영을 통해 누군가에 대한 선입견이 깨졌다. 엄마와 할머니 사이에서 균형을 유지해야 했던 어린 시절 덕분에, 의도적으로 정치와 정치적인 모든 것을 기피해왔던 그였기에, 정치인에 대한 일종의 선입견이 있었던 것이 사실. 누군가에 대한 선입견이 깨지고, 누군가의 해석을 감탄하며 듣게 되고, 수용성이 높은 누군가를 지켜보게 되는 일. 경이로웠다.

서로 다른 걸 보던 사람들이, 각기 기질이 다른 사람들이, 한 자리에 모여 재미나게 이야기를 해요. 그렇게 재밌을 수가 없어요. 정말 놀랍지 않아요? 이 사회에 필요한 게 바로 그거잖아요.

여기서 나도 고백한다. 그에 대한 선입견이 있었다는 것을. 연세대와 메사추세츠공과대학과 하버드대학을 거친 그야말로 학벌 깡패. 교회 오빠 분위기의 친절한 외모에, 시련이란 건 근접도 못했을 듯한 밝은 미소. 그 유명한 소망교회의 신자이며, 자신의 이름을 내건 건축사 사무실을 가진 제법 성공한 건축가이자 대학 교수이면서, 방송 출연으로 유명해지기까지 한 중년의 남자. 그 몇 가지의 정보로 연상되는 것이 무엇인지는 고백하지 않겠다.

오후 두 시의 김치죽과 해물죽

다시 그 집으로 돌아가보자. 피아노 소리가 멈춘, 아이들도 오지 않는, 적막한 일요일 오후다. 오랜만에 맞는 고요. 오랜만의 단출함. 아침 일찍 교회에 다녀온 가족들이 상 하나에 모여 앉았다. 상 위에는 커다란 냄비 하나가 놓여 있다. 김치와 콩나물과 쌀 등을 넣고 끓인 김치죽. 아버지가 냄비에서 죽을 퍼 한 그릇씩 식구들에게 나눠 준다. 할머니에게 엄마에게 형에게 동생에게. 다른 반찬은 필요 없다. 모두가 같은 음식을 먹고 있다. 김이 모락모락 오르는 김치죽 한 가지. 후후 식혀가면서 숟가락질을 한다. 어쩐지 통합된 느낌. 어쩐지 행복한 기운. 오후 두 시. 햇살처럼 따사로운 풍경. 그 한가운데 김치죽이 있다. 누가 상을 받아온 것도 아닌데, 축하할 일이 있는 것도 아닌데, 말없이, 그 한 그릇의 죽만으로도 행복하다 여겨지는. 일요일 오후 두 시의 충만한 햇살.

그를 위해 준비한 음식은 '아로스 칼도소'다. 쌀을 넣고 자작하게 끓인 일종의 스페인식 해물죽. 남부 발렌시아 지방에서는 장어나 대구 등을 넣은 생선 해물죽을, 북부 갈리시아 지방에서는 문어나 해물을 넣은 해물죽을 주로 먹는다. 매운 파프리키 가루를 사용해 칼칼하면서도 진득한 국물 맛을 낸다. 스페인의 가장 유명한 음식 파에야의 국물 버전 정도로 생각하면 될 것 같다. 추운 겨울 감기 기운이 있을 때 찾아 먹던 음식이다.

처음엔 유현준 건축가에게 이베리코 흑돼지 모듬구이를 내놓을 생각이었다. 항정살과 꽃갈비살, 살치살 부위별로. 거기에 구운 과일과 각종 채소들을 곁들일 생각이었다. 나름 조형적으로. 그러다 갑자기 해물죽으로 생각이 바뀌었다. 이유는 없었다. 그냥 그러고 싶어졌다.

해물죽을 보고, 저 죽 좋아해요, 라고 그가 말했을 때. 친절한 교회 오빠의 뻔한 반응인 줄 알았다. 죽을 좋아한다는 사람은 별

로 만나본 적이 없었으니까. 그런데 인터뷰를 마칠 즈음 영혼의 음식이랄 만한 게 있느냐 물었더니, 그는 별 고민 없이 김치죽이라 말했다. 일요일 오후 두 시. 햇살 가득한 집에서 식구들이 다 같이 앉아 먹던 김치죽. 무릎을 쳤다. 옳다구나. 잘했구나. 김치죽과 해물죽. 소 뒷걸음치다 쥐 잡은 격이지만, 어쩐지 내가 신기라도 있는 사람인 듯 좀 우쭐해졌다. 그리고 우리가 식탁에 마주 앉아 해물죽을 먹고 있을 때는, 우연히도 두어 시간 빛이 들어오는 딱 그 시간이었다. 빛과 죽. 그 조화가 이렇게 평화로운지 예전엔 미처 몰랐다.

배우 문소리는
무얼 먹고 사는가

와인 혹은 파프리카

막연히, 배우 문소리는 와인 같다고, 생각했다. 와인을 잘 아는 것도 아니고, 문소리라는 사람에 대해서는 더욱 그러한데, 그녀가 지금까지 스크린을 통해 보여준 것만으로 그렇게 단정했다. 다양한 색깔이나 오묘한 향, 맛과 풍미 같은 와인 자체의 존재감 때문일까? 아니면 어떤 음식과 조합하느냐에 따라 변화하고 상승하기도 하는 식탁에서의 역할 때문일까? 모르겠다. 어떤 와인이냐 하면, 그것 역시 특정 지을 수가 없다. 진한 루비빛의 묵직한 와인이거나, 말갛게 숙성된 올드 빈티지 와인이거나, 어쩌면 달콤함이 묻어나는 포트와인일 수도 있겠다. 그녀가 무슨 맛을 내는가는 전적으로 그녀에게 달려 있다. 어쨌거나 와인이다. 우리는 황금빛이 도는 화이트와인을 마셨다.

그리고 막연히 와인을 베이스로 한 음식을 먹여주고 싶었다. 어떤 식재료에 와인을 스며들게 만든 음식. 있는 듯 없는 듯. 그러나 분명 와인으로부터 나온 어떤 맛. 내가 해낼 수 있는 음식들을 생각했다. 닭다리를 무화과와 함께 와인에 졸여서 만들고, 돼지는 와인에 담갔다가 껍질째 굽고, 배를 와인에 담가 디저트를 만들고, 그러던 중 연락이 왔다. 고기는 안 먹는다고. 헛다리도 이런 헛다리가 없다. 그렇다면 셰리주를 넣고 조개찜을 할 수도 있겠고, 또 뭐가 있을까, 하다가 불현듯 파프리카를 떠올렸다. 이 역시 막연한 떠올림이었다. 와인을 버리고 파프리카를 취했다. 우리는 두 가지의 파프리카 요리와 훈제 파프리카 가루를 뿌린 문어와 감자 요리를 먹었다.

같은 이름의 두 가지 파프리카 요리. '피미엔토스 레예노스'. 하나는 구운 파프리카에 가리비 크림을 채워 파프리카 소스에 졸인 것이고, 또 하나는 생파프리카에 밥과 견과류를 넣은 다음 오븐에 구운 것이다. 채우고 굽느냐, 굽고 채우느냐. 같은 파프리카로 전혀 다른 맛이 나온다. 그리고 스페인의 고춧가루 격인 파프리카 가루. 고기 냄새를 잡는 데도 쓰이지만 어떤 재료에 듬뿍 뿌려 그 자체의 맛을 즐기기도 한다. 그러니까 나는 배우 문소리를 그렇게 이해해왔던 것이다. 와인이 아니라면 파프리카. 혹은 와인과 파프리카. 채우고 스며들고 변화하며 전혀 다른 맛이 나는 사람.

우리가 식탁에 마주 앉기 전, 그녀의 손이 내 팔뚝에 살짝 감겼다가 사라졌다. 의례적인 인사였다. 그런데 곧바로 경계 신호가 왔다. 나는 이런 손에 약하다. 여기서 내가 강해야 할 필요도 이유도 없지만, 때때로 이런 손에 나는 다양한 방식으로 무너진다. 사랑에 빠지거나 보호본능을 자극받거나. 그 손을 잡고 어디론가 달아나거나, 그 손을 끌고 가 무언가를 먹이거나. 선이 고운, 투명하게 흰, 가녀리게 보드라운, 보호받고 가꾸어진 손. 아름답고 위험한 손. 나는 얼른 내 거친 손을 주머니 속으로 숨겼다. 어차피 상은 이미 차려놨고, 이제 먹는 일만 남았으니, 위험하고 자시고 할 것이 없었다. 그녀는 먹고, 나는 바라보았다. 음식을 잘라 입으로 가져가는 그녀의 손을 다시 차차히 바라보면서, 여배우의 손이구나, 라고 생각을 바꿔 먹었다. 너무나 당연한 일이 아닌가. 여배우의 손이 여배우의 손이지. 마음이 조금 느슨해졌다.

여배우. 문소리라는 배우는 어쩌면, 여배우답지 않으리라는 선입견을 가장 많이 풍기는 여배우일지도 모르겠다. 그가 맡아왔던 역할들 때문일 수도 있고, 정치적 태도 때문일 수도 있다. 특별히 베일에 싸여 있지도 않고, 결혼을 해서 아이를 낳아 기르는, 데뷔 18년 차의 여배우라서 그럴 수도. 게다가 본인 스스로 〈여배우는 오늘도〉라는 영화를 통해 일반인 문소리의 민낯을 까놓기까지 했으니 말이다. 그런데 지금 나는, 문소리는 여배우다, 라고 계속 읊조리고 있는 것이다. 단지 손 때문에? 물론 아니다.

무대 혹은 관객

문소리는 사랑하고 있는 중인 것 같았다. 어쩐지 환한 기운. 어딘지 야릇한 긴장감 같은 것. 사랑을 듬뿍 받고 있는 사람만이 가질 수 있는 달뜬 색조. 사랑에 첨벙 빠졌다가 나온 사람만이 가진 그 찬란한 빛. 무엇이 그녀에게 빛을 가져다주었는가.

그녀는 프랑스에서 한 달여의 무대생활을 하고 막 돌아온 참이다. 김영하의 『빛의 제국』을 프랑스 오를레앙 국립연극센터와 공동 제작으로 무대에 올렸는데, 2016년 3월 한국 공연과 5월 오를레앙 공연 이후, 프랑스 현지 프로듀서들의 제안으로 브르타뉴와 파리로 이어지는 투어를 하게 된 것, 그 한 달 동안 그녀는 아주 단순한 삶을 살았다. 아침에 일어나면 인근의 공원으로 산책을 가거나 조깅을 하고, 숙소에 돌아와 간단하게 요거트나 과일로 아침 식사를 한 다음, 책을 보거나 하며 느슨한 오전을 보낸다. 그러고는 연극을 위한 시간. 극장에 가서 배우들과 밥을 먹고 공연 준비를 하고 분장을 하고, 그리고 공연. 이 단순한 생활이 주는 안정감. 그 오롯한 충만감.

돌아왔더니. 누가 저더러 연애했니? 그러더라고요. 사랑받았죠. 맞아요. 사랑받았어요. 무대가 그런 역할을 해요. 회복이나 치료. 인간에 대한 온도가 높아지는 것 같고, 치료받은 것 같고, 그래서 회복한 것 같고.

단지 무대 때문만은 아닌 것 같다. 무대에서 감지되는 관객들의 반응. 무대가 끝나고 난 다음 쏟아지는 응원과 찬사. 배우들은 바로 그것을 먹고 살아가는 사람이 아니겠는가. 같은 작품이었지만, 한국 관객과 프랑스 관객의 반응이 달랐다.

분단, 간첩, 소통의 문제는 우리에겐 너무나 익숙한 이야기잖아요? 그런데 형식은 낯설고. 그래서 한국에서는 반응이 썩 좋지 않았어요. 그런데 그곳에서는 완전히 다른 거예요. 심지어 눈물을 흘리면서 연극을 보고. 연극이 끝나고 나면 연출자를 비롯해 다들 완벽해, 아름다워, 찬사와 응원을 마음껏 몸짓으로 표현하는데, 사랑받았죠, 정말.

관객들의 반응에 따라 연기가 달라질까? 변화가 오는 게 아니라 확신이 생긴다고 했다. 작품에 대한 확신이. 작품에 대한 이해나 확신이 점점 더 깊어지면서 자신의 연기에 대한 확신으로 이어지는 상호작용. 그렇지 배우는 사랑을 먹고 살지. 무대의 사랑, 관객의 사랑, 연출의 사랑, 자기 자신을 향한 사랑.

참 신기한 경험이긴 했어요. 마치 〈빛의 제국〉으로 연극 데뷔를 한 기분이에요. 연극이 이런 거구나 뒤늦게 알게 된 느낌. 무대에 선다는 게 뭔지 깨닫게 되었다고 할까? 옛날에 연극할 때는 그저 잘하고 싶은 마음만 가득한 상태였단 말이죠. 지금보다 훨씬 솔직하고 더 도전적이고, 세상에 없던 어떤 걸 내놓을 수도 있을 것만 같고.

피아노 혹은 바이올린

어려서부터 심하게 낯을 가리는 아이였대요. 집에 뭐가 고장이 나도 고치러 오지도 못해요. 내가 너무 울어대니까. 유치원 가서도 애늘하고 세 달 동안 말을 안 했어요. 말 못 하는 아이인 줄 알았대. 새 학기가 시작되는 3월에는 언제나 몸이 먼저 앓아요. 체육 시간에 조금만 뛰면 모세혈관이 다 터지고. 자주 아프니까 약을 달고 살았어요. 눈 뜨면 약. 온갖 영양제. 몸에 좋다는 건 다 받아먹었어요. 아빠는 45킬로그램만 넘으면 원하는 건 뭐든 사주겠다고 했어요. 엄마는 보약을 달여서 독서실로 가져다주셨죠. 입원이라도 하면 녹두로 죽을 끓여서 가지고 오고. 녹두 껍데기를 직접 손으로 일일이 다 벗겨서.

자주 아프고 낯을 심하게 가리는 아이니, 친구들을 쉽게 사귀지 못했을 것이다. 그래서 반에서는 소문만 무성했을 것이다. 쌀집을 한다더라, 수영장이 있다더라, 부모님이 누구라더라. 공부도 잘하고 선생님한테 예쁨받고, 긴 머리칼에 손가락이 고운 연약한 여자아이. 늘 합창반에서 벙긋벙긋 노래만 하고 사라지는 아이. 혼자 비밀스러운 학급의 여배우 같은 아이.

악기에 의존했죠. 혼자서 가곡책 펼쳐놓고 가곡을 익히는 거예요. 악보를 보고 노래를 알고 피아노로 혼자 연습하고. 그게 다였어요. 피아노를 두고 부산 떠나오던 날이 기억나요. 어떤 이유로 용달차 하나에 간단한 짐들을 챙겨 도망치다시피 서울로 이사를 가고 있어요. 그런데 풍경이 점점 달라지는 거예요. 부산은 봄날이었는데, 눈이 보이는가 싶더니, 서울은 완전히 한겨울. 아, 나는 지금 겨울로 가고 있구나. 봄은 오지 않겠구나. 피아노도 없이 살아야 하는구나.

우울에 빠진 그녀를 걱정해서, 지인의 지인을 동원해 바이올린 교습을 하게 해주었다. 그리고 그의 아버지는, 한 달치 월급을 그대로 들여 바이올린을 선물한다.

악기 중에서는 그나마 제일 싼 거였는데 그걸로 계속 썼어요. 다른 거 안 사고. 줄만 바꿔가면서. 음악을 전공할 생각이 왜 없었겠어요. 선생님이 저한테 바이올린에 타고난 손가락이라고 그랬거든요? 바이올린은 굉장히 예민한 악기예요. 그리고 가는 현을 예리하게 짚어내기에 적합한 손이 있어요. 제 손이 그랬어요. 선생님이 부러워할 정도로. 그런데 어느 날 그걸로 대학 갈 생각은 하지 말라는 거예요. 한국에서 음악은 실력으로 승부할 수 있는 게 아니라면서. 부모님과 얘기도 이미 다 끝난 거죠. 나는 반항을 해본 적이 없었어요. 아니다, 싫다, 그런 말한 적이 없어요. 그래서 접었죠. 그런데 억울한 거야. 타고난 손인데. 처음으로 반항심이 생긴 거예요. 하지 말라는 짓을 한번 해봐야겠다. 그래서 그때 한 게, 라디오를 들었어요. 부모님이 라디오 듣지 못하게 했거든요? 이불 속에 갖고 들어와서. 처음으로 켜본 거예요. 그때 마침 나온 음악이 김광석의 〈기다려줘〉.

처음 해본 반항이 기껏 라디오 청취라니. 결국 그녀는 부모님의 뜻에 따라 사범대에 간다. 교생 실습까지 마치고, 졸업을 하면 선생님으로 살아갈 것이었다. 그래서 잠깐 반항 아닌 외도를 하려던 것이 연극이었다. 극단에서 우편 작업이나 하고 있던 막내가 무대에 설 수 있었던 것은 바로 그 바이올린 덕분이었다. 그때 〈교실이데아〉라는 창작극에서 계급 차이가 나는 음악 실기 시험 장면이 필요했다. 가난한 배우들이 다룰 수 있다고 말한 악기들이 아코디언, 피리 이런 것. 바이올린을 연주할 수 있는 사람은 그녀가 유일했다. 부잣집 딸 역할로 바로 캐스팅. 바이올린 덕분에 올라간 무대. 하지만 그 바이올린은 연극 무대를 떠나게 된 계기가 되기도 했다.

대학로 무대에서 몇 번 하고, 지방 공연을 갔어요. 대구에서 2회 연속 공연을 했는데, 1회 공연 끝나고 들어와보니 바이올린이 바닥에 뒹굴고 있는 거예요. 망가졌죠. 청테이프로 감고 2회 공연에 들어갔는데, 줄도 끊어지고 그래서, 파가니니 곡 대신 가곡으로 대충 마무리하고. 공연 끝나고 다들 뒤풀이하러 가는데, 저는 그냥 방으로 들어갔어요. 바이올린을 끌어안고 울었잖아요. 누가 부쉈는지도 모른 채. 그 오래된 악기를. 그대로 안고 집으로 돌아갔어요. 지금도 집에 있어요, 그 바이올린. 청테이프 붙인 그대로. 끝이었죠. 그런데 그게 무슨 시작 같기도 했어요.

지금도 엄마 밥을 먹고, 그거 없이 못 사는데

〈바람난 가족〉 시사회가 끝나고 난 후, 시사회에 참석했던 그녀의 어머니는 눈물바다였다. 민소매도 안 입혀보고 키웠는데, 하면서. 왜 아니겠는가. 전작 〈오아시스〉에서는 뇌성마비 역할로 부모 심장에 못을 박는 걸로도 모자라 바람난 가족이라니. 그대로 자리를 뜬 엄마는 연락이 되지 않았다. 자정 넘어 술 마신 엄마의 전화. '생각해보니까 영화 괜찮은 거 같애. 놀라긴 했는데. 영화가 나쁘지 않아.' 그리고 다음 날 아버지의 전화. 아버지는 아직 영화를 보지 못한 상태. '어제 느이 엄마 술 많이 먹었다. 얘기 들었다. 들어보고 생각을 해봤는데, 내가 너한테 유산을 물려줄 것도 아니고, 줄 거 아무것도 없다고 생각하는데, 굉장한 자존심은 너한테 물려준 거 같다. 부끄러워하지 말고. 괜찮으니까 당당하게 해라.' 무너졌을 것이다. 아무리 그 당시의 문소리였어도. 그리고 자유로워졌을 것이다. 앞으로 무슨 험한 역할을 하든 다 괜찮은 상태가 되었을 것이다.

아버지에게는 자존감이라기보다는 감수성을 물려받은 거 같아요. 감정이입도 잘 하시고 예민하시고. 그래도 엄마가 섞여서 다행인 거 같아요. 아버지는 겁이 많으세요. 저보다도. 문소리가 겁이 많다고요? 많은 편이죠. 사실 세상만사가 다 겁이 났어요. 영화 시작하고 매니저도 없었고. 마음에 방어 도끼를 품고 살았죠. 그래서 공격적이고. 사교적이지 않고. 심지어 좋아하는 감독에게도 그냥 뚱하게 앉아서 말도 안 하고. 무서워서 그랬던 거 같아요. 요즘엔 많이 좋아졌어요. 덜 부

끄러워지고. 결혼하고 더 좋아진 거 같아요. 덜 겁나고.

어릴 적 녹두죽을 끓여 입원실로 나르던 엄마는 지금도 여전히 그녀의 밥상을 책임진다. 매일 아침 새로운 나물을 무쳐서 상을 차리고 그녀를 위한 도시락을 싼다. 물론 손녀의 밥상까지도. 때때로 딸아이를 위해서 토르티야나 미니 비기 같은 걸 그녀가 직접 만들어주기도 하지만, 일상의 음식을 책임지는 건 그녀의 엄마다.

지금도 엄마 밥을 먹고 살고, 그거 없이 못 사는데. 그래도 친구들하고 여행 가고 그러면 요리는 제가 다 해요. 아무래도 혼자 사는 애들이 하는 거보다, 늘 엄마 밥 먹고 사는 내가 뭘 해도 더 잘하지 않겠어요? 밤늦게 남편이랑 안주 만들어서 소주 반 병 정도 먹고 자는 거 좋아하는데, 안주는 내가 다 만들어요. 설거지는 전적으로 남편이. 여배우 손에 물 묻히면 안 된다면서.

남편 장준환 감독의 얘기가 나오자, 눈빛이 달라졌다. 미안하면서도 부듯하면서도 쑥스러우면서도, 어쩐지 몸이 배배 꼬이는 소녀애 같았다. 어머나 결혼한 지 11년인데, 아직도 사랑하시나봐요? 그녀는 그저 웃고 만다. 그냥 지금이 무척 행복한 상태라고만 덧붙인다. 〈여배우는 오늘도〉를 만드는 동안 옆에서 조용히 응원해주던 남편이, 개봉 후 평들을 보고 소리 높여 개탄을 하더라는 일화를 들려주는 그녀의 얼굴은 더없이 행복해 보였다.

남편 영화도 곧 개봉하는데, 이번에는 특히나 동료로서 우리는 좋은 파트너구나 하는 생각을 했어요. 남편 작업에도 내 작업에도 서로 도움이 되는구나. 평화롭고 행복한 상태? 이제야 뭔가 재밌게 할 수 있을 거 같은 느낌. 그게 뭐든. 연출도 해봤고, 연극도 느껴봤고. 뭐든 재밌게 살 수 있는 방법을 알아낸 것 같아요. 감당하기 어려운 숙제, 못할까봐 두렵고 상처받을까봐 힘들고 그런 거 사라지고, 앞으로 죽을 때까지 이것저것 하면서 살아야지, 그런 생각.

슈거·카페인·리퀴드·클라우드
편도·햄버거·뮤지션·이이언

그가 첫 솔로 앨범 〈GUILT-FREE〉를 들고 나타났을 때, 꼭 지옥에서 빠져나온 사람처럼 보였다. 아니면 죽기 직전에 가까스로 살아 돌아온 사람이거나. 앨범을 받아 들기가 두려웠다. 손을 대는 순간, 베이거나 데이거나 녹아버리거나 얼어붙을 것 같았다. CD를 넣고 음악을 듣고 나서야, 그 연유를 알 것 같았다. 그야말로 살과 뼈를 녹이고 태워서 만들어낸 것이 분명한 음악들. 차가운 듯 뜨겁고, 날이 선 듯 부드럽고, 들숨인가 하면 날숨인. 사이보그의 짜고 뜨거운 눈물 같은 음악.

그리고 몇 달 후 첫 단독 공연 무대도 기억한다. 삼면을 바리케이드처럼 둘러싼 테이블, 테이블 위 세 대의 컴퓨터와 생수, 퇴로를 막고 있는 영상 막. 공연 내내 그는 처음 위치한 그 자리에서 벗어나지 않았다. 음악이 없었다면 정지화면이라 우겨도 될 것 같았다. 노래를 부르고 컴퓨터를 조작하고 밴드와 시선을 맞추는 때를 제외하고는, 최소한의 움직임과 최소한의 언어로, 무대 위에 가만히 존재했다. 나는 무대 아래 편안한 좌석에 앉아 있었음에도 불구하고, 그지 앉아 듣고 보고 있었을 뿐이었는데도, 심장이 떨렸다. 자주 호흡을 멈추고 눈을 감았다. 꼴깍 침 넘어가는 소리가 천둥소리 같았다. 누군가는 그를 보고 예민한 완벽주의자라고 칭한다. 동의한다. 자신의 살과 뼈와 피를 동력으로, 수만 개의 예민한 촉수를 움직여, 원하는 곳에 가닿는, 최초의 생명체 혹은 미지의 생명체.

못Mot의 열렬한 팬이었다가, 트위터에서 우연히 서로의 팬이었다며 인사를 나눈 것을 계기로 다른 두 누나와 더불어 친해지게 된 후, 또 다른 예술가들과 의기투합하여 남극과 칠레를 다녀오고, 지금은 그의 두 반려견 호드와 앰범이를 가끔 봐주는 사이가 되는 동안, 나는 그를 보면 늘 언제나, 무언가 먹이고 싶어진다. 뭐라도 먹여야만 마음이 놓인다. 어여 먹으란 말이야, 내 눈앞에서. 이걸 다 먹지 않으면 안 보내줄 테다, 묶어놓고 사육이라도 하고 싶은 마음이다.

그를 위해서는 고기가 필요하다. 제 살을 태워 살고 있는 사람이니, 미안하지만 다른 살 도움을 받자꾸나. 그의 외양을 보아서는, 풀이나 과일, 이슬로 이루어진 초식동물의 식탁을 차려야 될 것 같지만. 그는 사실 고기를 아주 좋아한다. 어린이처럼 좋아한다. 그래서 그를 위해 오랜만에 안심스테이크를 준비했다. 소스는 필요 없다. 약간의 소금만 있으면 될 일. 그리고 스페인식 돈 가스를 넣은 버거. 어린애처럼 감동할 모습이 눈에 선했다.

슈거 카페인 리퀴드, 편의점 도시락

솔로 앨범 나올 즈음에 말야. 저러다 죽는 거 아닌가 싶었어. 앨범 준다고 만났을 때는 차마 눈 뜨고 못 보겠더라. 마음 아파서. 죽다 살아온 사람 같더라? 너 없이 누나들끼리 만나면 저러다 이언 죽겠다, 걱정들을 얼마나 했는지. 앨범 완성하기까지 얼마나 걸렸지?

6년. 마지막 1년은 암흑이었지. 그때 정말 힘들었어. 한계를 봤거든. 아무것도 남지 않는 가장 밑바닥. 앨범 내고 정상 상태로 돌아오기까지 한 1년은 더 걸린 것 같아. 공연도 앨범 작업의 연장선이었잖아. 공연에 사용될 라이브 영상을 코딩해서 만들었는데, 노래 연습, 합주 연습 와중에 밤새워 프로그래밍을 해야 되는 거야. 공연을 앞두고 보름 정도가 남았는데, 이걸 다 못 할 거 같은 기분이 드니까 손이 부들부들 떨리고, 패닉 상태까지 왔었어. 약으로 버텼지. 지금 생각하면 그렇게까지 하면서 세상에 보여줄 가치가 있는 게 뭔가 싶어. 아무리 좋은 품질의 물건이 있다 해도, 아동들 노동착취해서 만들 가치는 없는 거잖아. 어떤 아티스트를 그렇게까지 혹사시켜서 만들어야만 할 게 뭔가. 옳지 않아. 그때 깨달았어. 나는 내 삶을 존중하지 않고 있었구나. 예술이라는 예술지상주의에 사로잡혀서.

어쨌거나 그래서 나는 이언을 더 존경하게 되어버린걸? 이런 완벽주의자가 있을까. 특히 그 노래, 〈슈거 카페인 리퀴드 클라우드〉. 와 정말, 미치게 좋았거든. 본인은 힘들었겠지만 듣는 사람으로서는 고마웠어. 단순한 팬심을 넘어서 창작자로서 존경심이 깊어졌지.

완벽주의. 그 말에 수긍했던 적도 있었는데, 지금은 성격적 결함이었다는 생각이 들어. 미화될 일은 아냐. 그렇게 작업을 해서는 안 되는 거야. 내일은 없어, 오늘 만들다 죽어도 좋아, 완벽해질 때까지, 불나방처럼. 세상은 더 완벽할 때까지 기다리다가는 아무것도 안 돼. 완벽주의자들은 머릿속으로 완벽한 계획이 나올 때까지 기다리다가 결국 아무것도 못 이루거든. 불완전한 대로 실행에 옮기고 해가면서 또 고치고, 세상은 그런 사람들에 의해 돌아가는 거야.

그때 뭐 먹고 살았어? 먹기는 했어? 설탕, 커피와 술, 구름과자?

편도. 편의점 도시락.

하루 세끼를?

아니 하루에 하나, 건너뛸 때도 있고. 먹는 데 시간을 쓸 수가 없어서. 알약이 있다면 그걸 먹었을 거야. 씻지도 않고 외출도 안 하고, 심각한 상태에 이르러서야 먹고 씻고 그랬거든. 한 손으로 입에 넣으면서 한 손으로 작업하면서. 딱 죽지 않을 정도로만 먹었어. 맛도 모르겠고. 뭘 먹고 싶은지도 모르겠고. 뇌가 고장 난 상태였던 것 같아. 작업이 끝나면 나한테 이런 보상을 해줘야겠다, 달콤한 기대감 같은 게 있어야 하잖아. 그런데 뭘 생각해봐도 날 즐겁게 해줄 만한 것들이 떠오르지 않는 거야. 아무것도. 그때 내가 본 거는 지옥의 한 조각이었던 것 같아. 들여다봐서는 안 되는. 지금 생각해봐도 소름이 돋아. 사람이 얼마나 영혼이 텅 비면 그렇게 아무 욕망이 없을 수 있을까?

먹구름을 향해 달려가는 차 안에서

어쩌다 음악을 하게 된 거야? 전파공학을 전공했잖아.

원래 컴퓨터를 좋아했고. 프로그래밍에는 재주가 있었어. 음악보다는 재능이 있었다고 생각해. 컴퓨터로 이것저것 해보는 와중에, 음악을 만들 수 있는 프로그램이 나온 거야. 신세계였어. 듣기만 하던 걸 만들 수도 있다니. 용돈 받으면 작곡책 사서 공부하고. 하이텔 음악 동호회 활동도 하고, 공모전에 출품해서 입상도 했었어. 게임 음악 알바도 하고.

고등학교 때? 우와 능력자잖아?

아니야, 사실 난 남들이랑 똑같이 노력했을 때 결과는 평균 이하야. 남들만큼 하려면 남들의 120퍼센트 해야 해. 열심히 해서 겨우 남들만큼만 하니까 억울하잖아. 자존심도 상하고. 그럴 바에는 더더더 열심히 해서 남들보다 잘하는 수준까지 가자. 그런 태도가 습관이 된 것 같아. 내 고통과 노력으로 뭔가와 교환하는 게 익숙해진 거지. 내가 조금 고생을 하면 더 나은 것을 받아오니까, 내 몸을 갈아 넣으면 뭐든 얻어낼 수 있다고 자신만만해하면서. 내가 고통을 견디는 건 소질이 있거든.

우리 남극 갔을 때 기억난다. 썰매 타러 간 적 있었잖아. 산꼭 대기로 올라가서 비닐 같은 거 타고 내려오던. 거기까지 가려 면 비탈을 꽤 기어 올라가야 했는데, 나는 한 번 하고는 다시 못 가겠더라고. 힘들어서. 그런데 이언은 세 번을 탔어. 어찌 나 즐거워하던지. 그날 기지로 돌아와서 앓았을걸, 아마?

아, 그랬던 거 같다. 내가 스키 타는 걸 좋아하더라고. 대학교 계절학기에 스키 수업이 있어서 학점 때울 겸 놀 겸 신청했는 데, 다른 애들은 스키 캠프 가서 젯밥에 관심이 더 많은데, 나 는 스키만 탔잖아. 야간 스키, 새벽 스키.

예전에 운동중독도 있었지 않아?

승부를 내는 스포츠는 안 좋아해. 내가 이기기가 쉽지 않거 든. 그래서 승부는 피하고 혼자 할 수 있는, 자기 한계를 넘어 서는 운동을 하지. 웨이트는 고통을 숭배하는 거잖아. 원리 자 체가 근육에 무리를 줘서 상처가 날 정도로 혹사시킨 다음에 회복하면서 강하게 자라게 만드는 원리거든.

고통 숭배자 같다. 하지만 120퍼센트 노력해야 보통 수준이 된다는 말엔 동감하지 않아. 난 이언이 좀 천재라고 생각했거든. 남극에서 나와 칠레 여행했을 때 기억나지? 차 렌트해서 가는데, 먹구름을 통과한 적 있잖아. 그때 다섯 명의 예술가가 함께했는데, 그 묘한 경험을 그 어느 누구도 작품으로 만든 사람이 없어. 음악으로 만든 이언이 유일해. 〈먹구름을 향해 가는 차 안에서〉 그날의 영감으로 만들어진 거 맞지? 음악 듣는데, 그때 그곳으로 돌아간 거 같더라. 아, 이게 이언의 몸을 통과한 그 시간이구나. 어떤 찰나가 이렇게 예술 작품으로 현현하는구나. 정말 짜릿했어.

그랬구나. 어쨌거나 그런 순간들을 더 많이 만나야 할 것 같아. 무식하게 나를 재료로 갈아 넣어서 나를 인신공양하는 작품이 아니라. 밑에서부터 차올라 저절로 툭 던져진 작품.

오늘의 실패한 날씨는 성공이다

못 1, 2집을 처음 접했을 때는 이언 목소리만 들렸어. 이토록 우울하고 감미로운 목소리라니. 그다음엔 가사가 들어왔는데, 이 사람 시인이구나 그랬어. 가사 쓰는 데 제일 애를 먹였던 곡은 뭐야?

가사만을 따지면, 〈오늘의 날씨는 실패다〉. 멜로디를 먼저 만들고 가사를 붙이려는데 멜로디에 어떤 가사를 넣어도 안 어울려. 곡이 약간 동요 같은 느낌이어서 서정적인 느낌을 받아들일 멜로디가 아닌 거야. 생각해서 구체화시키면 우스워지고. 그런데 어느 날 강아지 산책시키러 나갔는데, 막상 산책하기에 좋은 날씨가 아니더라고. 그래서 오늘 날씨는 실패다, 돌아가자, 라고 개들에게 말하는데, 그 순간 풀렸어. 논리적이고 완전한 문장을 쓰려고 하니까 안 되더니, 말이 안 되는 가사를 중얼중얼 생각의 흐름 그대로 두니까 되더라고.

강아지와의 산책이 도움을 줬네? 산책은 자주 해?

매일. 비 오거나 완전 폭염일 때 아니면 최대한 매일 하려고 해. 강아지들은 그것만 기다리고 있잖아. 책임을 다하고 싶었어. 좋은 삶을 누리게 해주고 싶고. 생명을 기르면서 예전엔 몰랐던 걸 알게 돼. 우리는 왜 사는 걸까. 삶의 비밀 같은 거. 우화처럼 말야. 애들이 정말 사랑스럽게 느껴질 때가 있는데, 그때 갑자기 두려워지는 거야. 이 세계가 사라지면 어쩌지? 하고. 한 생명의 소중함을 사무치게 느낄 때 동시에 슬픔이 따라오는 거지. 그래서 질문을 던지게 되는 거야. 삶이란 게 뭘까. 무슨 의미가 있어서 삶은 계속되는 걸까. 내가 잠정적으로 내린 결론은 이거야. 반짝이는 순간들이 너무 예뻐서 그걸 보려고 이어지는 거라고. 반짝이는 어떤 순간들 때문에. 반짝여 보려고. 반짝임을 시도해보려고. 반짝이는 기억을 되돌려보려고.

조카랑 이언 공연을 함께 봤는데 조카애가 묻더라? 음악을 하는 사람들은 늙지 않나봐요, 어떻게 저래요?

사실 내가 나이 드는 일이 자각이 안 돼. 나두 늙겠지? 지금도 늙고 있는 중이고. 그런데 실감은 안 나. 일생을 하루 시간표 짜듯 그려봤어. 아침 아홉 시에 기상해서 밤 열두 시에 잔다 치고, 지금 나이면 하루 중 몇 시인가. 오후 네 시 반 정도 됐더라고. 아침 점심을 지나 아직 반짝이는 햇빛이 있는, 하루가 꽤 지났지만, 또 생각해보면 제법 많이 남아 있는. 저녁에 재미있는 일도 많잖아. 밤에만 즐거운 일들도 있을 수 있고. 혹시 운이 좋으면 한두 시까지 놀다 잘 수도 있고. 그런 생각을 하면 더 신나지는 거야.

햄버거에 대한 명상

아무래도 육체만 안 늙는 게 아니라, 정신도 안 늙는 거 같아 이언은. 아, 입맛도. 초딩 입맛의 대가잖아.

그렇지. 그런데 미식가 초딩이라고 해줘. 맛을 좀 아는 초딩.

오늘은 뭐 먹었어?

빵, 스크램블에그, 베이컨, 소시지.

아메리칸 브랙퍼스트네? 집에서 요리를 하기도 해?

햇반이랑 스팸, 계란 해서 차리기도 하고, 알리오올리오도 만들어 먹어. 훌륭한 요리사는 못 되지만. 좋아하는 건 나도 만들어 먹는다고. 치아바타샌드위치 같은 거. 어제는 맥모닝 시켜 먹었어. 그건 언제 먹어도 맛있어.

역시 초딩 입맛이군. 우리 전에 이언 집에서 집들이 비슷한 거 했을 때 기억나? 맥도날드 시그니처 버거 2종에 꽤 유명한 수제버거집 버거 2종을 먹었지. 피자도 시킨 것 같고.

난 늙어서도 입맛은 비슷할 거 같아. 어릴 때 좋아했던 건 아직도 좋아. 덜 좋아지는 게 없어. 추이가 일정하게 갈 거 같아. 햄비거는 어릴 때부터 지금까지 정말 좋아하는 음식이야. 건강한 맛? 햄버거가 건강한 맛이면 왜 먹어. 죄책감을 느끼게 만드는 맛, 그게 진정한 버거지. 아, 햄버거 하니까 기억나는 게 있는데, 어릴 때 생일 파티를 하겠다고 엄마한테 생일상 차려달라고 한 적이 있어. 스무 명 정도. 메뉴에는 반드시 햄버거가 들어가야 한다고. 철딱서니 없는 애기였지. 그땐 변변한 햄버거집도 없던 때잖아. 그런데 나는 엄마가 가정 선생님이어서 햄버거를 직접 만들어주곤 했거든.

손수 패티 만들어서?

응. 그걸 먹어보고 너무 맛있었는데, 친구들은 못 먹어봤겠지 싶은 거야. 엄마가 만든 햄버거를 먹게 해주고 으스대고 싶었던 거지.

그래서 햄버거 생일상을 차려주셨어? 그 많은 애들한테?

응. 두고두고 기억에 남는 만찬이었어. 으쓱으쓱했지. 엄마가 경양식집 데려가서 양식 먹는 예법 같은 걸 가르쳐준 기억도

나. 포크 쓰는 법이랑 수프 먹는 법이랑, 밥은 숟가락이 아니라 포크로 먹으라는 것까지. 그런 기억이 굉장히 좋게 남아 있어.

다들 이언을 채식주의자일 거라고 생각해.

맞아, 다들 비건이냐고 물어봐. 그런데 난 고기를 더 좋아해. 고기라면 다 좋아. 고기를 먹기 위해 가축들이 열악한 환경에서 사육되는 거 보면, 안 먹어야 되나, 그런 생각도 들지만, 아직까지는 미식의 즐거움을 버리지 못해서. 다른 방향으로 응원하고 후원하기로 했어.

전에 어떤 해외 뮤지션 내한공연 때 이언 노래를 불렀잖아? 그 뮤지션 이름이…….

존 카메론 미첼. 내한했을 때 못의 〈날개〉를 불렀었어. 헤드윅 콘서트 때.

아, 맞다. 그런데 그 노래는 어떻게 알았대?

자기 말로는 인터넷에서 검색해보고 좋아서 불렀다는데. 그 노래를 얼마나 맘에 들어했는지 우리를 자기 공연에 초대해서

백스테이지까지 불렀었어. 그때 그 사람이 감독했던 영화 〈숏버스〉가 개봉 중이어서 극장 무대 인사를 하러 다녔는데, 그 자리에서 아무도 시키지 않았는데, 날개를 그렇게 부르고 다녔다네? 한복 입고.

정말 마음에 들었나보다. 한복 입었다고 하니 생각났어. 중전인지 기생인지 가체까지 머리에 올렸었지. 최근에는 '언니네 이발관' 기타리스트 이능룡하고 같이 작업을 했잖아?

이능룡 기타의 멜로함이 좋았어. 음악적 이유도 중요했지만, 사람이 마음에 들었던 것 같아. 예민함이 비슷하기두 했고. 함께 작업을 하려면 서로 조심스럽고 존중하고 상처받지 않도록 배려해야 하는데, 이 사람 참, 나도 어디 가서 착한 걸로 빠지지 않는 사람인데, 나를 악당으로 만들어버리는 부분이 있더란 말이지. 작업은 더할 나위 없이 만족스러웠어. 이전에 못 작업은 개성적인 고유의 색에 초점을 맞추는 실험적인 작업이었다면, 나이트 오프 작업은 내 고유함과 다른 고유함이 합쳐져 미묘한 색을 만드는 조화로운 작업이었다고 할까? 조금 겸허해진 것 같아. 예전에는 내가 다 통제하고 완벽해지려고만 했는데, 이제 일정 부분 남한테 맡겨도 된다는 걸 배웠어. 어찌 보면 성장이지.

성장한 이언의 모습을 보는 건 참 마음이 놓이는 일이다. 하지만 나이 들지는 않았다. 그는 조금씩 성장하면서 영원히 늙지 않을 것이다. 팔십이 되어서도 어린이 입맛을 유지하면서 새로운 음악을 만들 것이다. 아마도 그럴 것이다. 그가 팔십이 된 생일에, 햄버거 패티를 만들어, 생일 파티를 해주는 일을 상상해본다. 그의 늙은 친구들을 모두 불러 모아 〈닐개〉니 〈나의 기념일〉 같은 노래를 부르면서 햄버거를. 그때까지 나도 늙지 말아야지. 서로 반짝이면서.

멸치식초절임과
승효상의 알리오올리오

토마토와 멸치

나는 그를 인터뷰라는 명목으로 총 세 번 만났다. 처음 만남은 10여 년 전 한 잡지사에서 청탁을 받아 이루어졌는데, 이로재에서 그와 대면한 첫 순간부터 후회를 예감했다. 글을 쓰는 동안에도, 글이 지면으로 나온 후에도, 그 불안한 예감은 만회되지 않았다. 세월이 한참 흘러 그를 다시 만났을 때, 그날 이후 내내 불편한 마음이었다는 말을 전했다. 그러자 그가 작정한 듯 말했다. 그때 그는 소설가 천운영과 얘기할 만반의 준비를 하고 갔었노라고, 그런데 내가 그에게 이상하리만치 관심이 없더라고. 질책하는 목소리라기보다는 사실을 말하는 담백한 목소리였다. 관심이 없던 것이 아니라 틈이 없어 도망간 것이었다고, 그날의 솔직한 심정을 고백했다. 내 앞의 그는 호구와 호면 도복을 완벽하게 갖취 입고 정자세로 고요히 상대를 기다리고 있는 무사처럼 보였다. 건축가도 검도인도 아닌 무사. 벼린 칼의 바람 소리가 들리는 것 같았다. 그래서 나는 처음부터 도망칠 궁리만 했다.

그래서 청했다. 상을 차려 다시 자리를 마련할 터이니 인터뷰에 응해달라고. 그동안 힘이 붙어서 그런 건 아니었다. 그저 다시 마주 앉아보자 싶었다. 도복을 벗고 편한 모습의 그를 만나보자 싶었다. 그가 흔쾌히 그러마 했다. 돌아오면 그리합시다. 1년 전 그가 비엔나로 떠나기 직전의 약속이었다. 그리고 결국 다시 만났다. 1년, 아니 10여 년 만에 이루어진 두 번째 인터뷰. 이날을 위해 스페인에서 일찌감치 베가 시칠리아 와인을 사다놓았고, 그와도 가깝고 나와도 가까운 지인을 응원군으로 불렀다.

그를 위한 메뉴.

가장 먼저 떠오른 것은 멸치와 토마토였다. '빈자의 미학'의 시원, 부산 피난민촌 판잣집 시절을 생각하자, 자연스럽게 기장 멸치가 따라왔고, 멸치를 식초에 절인 화이트앤초비로 이어졌다. 토마토는 차가우면서도 뜨거운 녹슨 철로부터 연상된 채소였고, 그것으로 가스파초의 일종인 '살모레호'를 준비했다. 두 가지만으로는 너무 빈약했다. 부랴부랴 수산시장에 가서 도미와 아귀와 각종 해물들을 산 다음, 사프란을 듬뿍 넣어 '부야베스'를 끓였다. 공동체의 음식이라 여기면서 한 솥 푸짐하게.

다음 날 아침, 나는 또다시 좌절했고 후회했다. 그의 갑옷을 벗기고자 술잔을 너무 자주 부딪친 탓에, 그나마 입고 있던 내 빈궁한 일상복이 먼저 너덜너덜해졌던 것이다. 그의 건축 철학이나 지식인의 윤리 같은 이야기보다, 사적인 영역의 이야기를 더 많이 듣고 싶었던 까닭에, 꼭 물어보아야만 했던 것들은 다 지나쳐버렸다. 먼저 술이 취해버린 나는 그를 기어이 주방으로 끌고 들어가 알리오올리오를 만들게 했으며, 기껏 만들어준 알리오올리오를 한 숟가락 입에 넣었다가 그 속에 든 페페론치노 반 톨에 사레가 들려 10여 분간 지랄맞게 기침을 해대기도 했다. 사레 들림이 아니었더라면 그에게 양파수프까지 만들어달라고 떼를 썼을지도 모른다. 초대를 해놓고서는, 실례도 이런 실례가 없었다. 나는 여전히 대결을 할 준비는커녕 복장조차 갖추지도 못한, 응서받이 어린애였다.

다음 날 저녁 무렵 그에게서 문자가 왔다. '어제 인터뷰 새로 합시다. 시답잖은 말을 쏟아낸 듯하니. 역시 낮술은 금물이라는 걸 다시 알았어요.' 감사했으나 무서웠다. 다시 검도복을 갖춰 입은 건축가 승효상의 문자. 긴장의 끈을 놓지 않는, 아주 사소한 흐트러짐도 용납이 되지 않는, 생활 자체가 도를 향한 여정 같은 사람. 무사도랄지 청교도 정신이랄지 기사도랄지, 그 어떤 이상적 정신으로 무장된 사람. 비워서 채우고 나눔으로 더하고 가짐보다 쓰임을 중요시 여기는 사람. 고독과 침묵으로 본질을 꿰뚫고자 하는 사람.

사흘 후 우리는 세 번째 만남을 가졌다. 햇살 좋은 오후였다. 그는 먼저 책 두 권에 사인을 해서 내게 주었다. 『빈자의 미학』과 『보이지 않는 건축 움직이는 도시』. 박노해 시인은 빈자의 미학을 '삶의 혁명' 선언이라고 칭했다. 좋은 삶을 세움으로 구조 악을 타파하겠다는 입立을 통한 파破의 선언. 건축가 민현식도 '빈자의 미학'을 이 시대가 필연적으로 갖추어야 할 덕목이 무엇인가 보여주는 선언이라 말했다. 스스로 빈자이고자 하는 자의 실천적 미학. 그들의 말대로 그는 선언을 살고 있는 사람이다. 수련하고 억제하고 속박하면서, 자유롭게. 내가 몇 가지를 더 묻고 대답하는 동안, 그는 에스프레소를 두 번에 나눠 마셨다.

후에 그가 살았던 집들의 모습을 기억에서 꺼내 스케치한 평면도를 보내주었다. 수졸당 스케치를 보았을 때의 섬뜩하게 아름다운 감동까지는 아니었지만, 고대의 양피지 같은 것을 손에 쥔 듯 떨림이 찾아왔다. 단순한 선으로 이루어진 대략의 스케치였다. 그중에 빈 공간을 사이에 둔 여덟 개의 사각형만 보고도 그가 살았던 부산의 피난민촌 판잣집임을 알았다. 그러자 어린 여자애가 더 어린 아이를 업고 마당을 왔다 갔다 걷고 있는 모습이 오래된 영상처럼 눈앞에 펼쳐졌다. 그 마당에 내려앉는 빛이 얼마나 환하고 따스했을지. 가끔 아이의 엉덩이를 추어올리며 걷는 여자애의 흥얼거림은 또 얼마나 고요했을지. 괜스레 눈물이 날 것 같았다. 그것은 마당의 힘, 이야기의 힘이었다.

나는 다시 후회했다. 수행과도 같은 실천 속에서 나온 그의 언어들에 내 말을 덧붙이는 건 기이한 사족이 될 터였다. 또 한 번의 실패를 앞두고 있는 나는 오래전 그의 충고를 떠올리고 종묘로 향했다. 스스로의 정체성에 의문이 들 때, 이른 아침 종묘정전의 비움 속에 자신을 던져보라, 그러면 그 의미를 알게 될 것이다. 그가 권한 세운상가 쪽 종묘로 들어가서 창경궁으로 나오는 코스는 불가능했지만, 종묘정전이 주는 긴장과 고요가 나를 진공의 상태로 만들어주었다. 나는 앞으로도 후회를 할 것이다. 그와의 인터뷰가 그렇고, 내 글쓰기 또한 그러할 것이다. 그래도 또 쓰게 될 것이다. 쓰면서 비우게 될 것이다. 뒤늦게 찾은 종묘에서 나는 고개를 숙였다.

그가 남기고 간 두 권의 책은, 내게 던져진 화두 같았다. 그가 떠나고 난 후, 그가 없는 빈자리와 대면하고 앉자, 비로소 그의 얘기가 들렸다.

두 개의 바늘과 빈자의 미학

부모님은 평북 정주가 고향이에요. 개화가 가장 빨리 된 곳이죠. 오산학교가 거기서 만들어졌어요. 민족사관의 태동지죠. 승씨 집성촌이 있어서 모여 살았는데, 아버지는 방랑 기질이 좀 많아서 만주로 어디로 돌아다니시다. 해방 후 서울로 내려왔어요. 그러다 전쟁이 나서 아버지는 군대에 끌려가고, 어머니는 누나 데리고 제주까지 피난을 갔어요. 만날 기약도 없이. 어느 날 어머니가 길가에 이렇게 앉아 있는데, 패잔병 같은 허름한 행색의 사람이 지나가더래. 가만 살펴보니 아버지야. 얼마나 놀랍고 반가웠겠어. 그 섬에서. 그날 내가 만들어진 거지. 태어난 곳은 부산 대신동의 피난민촌이에요. 마당을 사이에 두고 네 집씩 여덟 가구가 살았어요. 마당 한가운데 우물이 있고, 아웅다웅하며 사는 사람들이며, 변소 쟁탈전 하던 일들이 생생해요. 지금도 기억나는 감촉이 있는데, 이웃집 누나가 나를 업고 마당을 이리저리 왔다 갔다, 참 포근하고 따뜻했어요. 누나라고 해도 겨우 여덟 살이나 되었을까. 어린애가 조금 더 어린애를 업은 거지. 기억을 생생하게 만드는 것은 그때의 공간에 펼쳐졌던 여러 이야기들 때문일 거예요. 이야기가 가능했던 것은 마당이 있었기 때문이고. 그땐 행복과 희망을 공유했죠. 헤어진 가족들 다시 만날 거라는 희망. 삶이 조금 더 나아질 거라는 기대.

아버지는 재주가 좋으신 분이었어요. 가구를 만들기도 했고. 통조림 식품의 원조랄까, 쇠고기 통조림, 과일 통조림 창조적으로 만들어서 특허도 받고 그랬는데, 사업적으로 성공할 생각이 없는 거야. 만드는 데만 만족하다가, 남이 빼앗아가고, 망하고, 도망가고. 파란만장했지. 딱 한 번 기와집에서 가족들이 다 모여 산 적이 있었는데, 그것도 잠시, 가족이 쫓겨 간 곳이 자갈치시장 옆 빈민촌이었어요. 방 한 칸에 네 식구가 들어가 자는데, 참 무서웠어요. 그곳이 시장 옆에 쓰레기 버리던 곳이 었거든. 그런 곳에 비집고 들어간 판자촌이니 황량하고 더럽기가 이를 데가 없지. 어머니가 참 고생이 많으셨어. 바느질해서 먹여 살렸죠. 한복 주문받아서 만들어 보내고. 지금 아흔 다섯인데, 아직도 손자 옷을 만들어줘요. 직접 재단하고 바느질해서. 내가 아무래도 어머니 손 솜씨를 물려받은 거 같아.

어머니 음식은 평안도식이에요. 그래서 단순한 음식이 좋아요. 이것저것 섞은 것보다는 재료 한 가지만으로 맛을 낸 음식. 재료 본연의 맛이 그대로 느껴지는 음식. 김치도 젓갈 없이 담백하고 시원하죠. 중국에 있을 때 북한 식당에 갔는데, 딱 어머니 음식 맛이 나. 아주 담백하고 맛있어요. 어머니 모시고 한번 가야지 했는데, 여태 못 갔네.

학교에서 월사금 못 내면 수업하다 이름 불러서 책가방 싸서 나가라고 그랬어요. 그럼 공부하다 중간에 나와야 하는 거야. 나와서 갈 데가 있나. 집에 가면 엄마가 또 얼마나 슬퍼하겠어. 그러니 집에도 못 가고 송도 바닷가에 가서 한참 앉아 있다가 학교 마칠 시간에 가는 거야. 그때 생각이 자꾸 나요. 아프게. 어느 날 도서 선생님이 수업 못 들어가면 바닷가 가지 말고 도서관 지켜라, 하시는 거야. 그래서 그다음부터는 도서관으로 갔죠. 도서관 지키면서 책이란 책은 닥치는 대로 읽기 시작했어요. 그것이 내 독서의 시작이었죠. 대단한 자양분이죠.

어머니도 그렇고 아내도 그렇고 매일 아침 나를 위해 기도를 하러 교회에 가요. 지금까지 하루도 안 빠지고. 아내한테 미안한 게 참 많죠. 김수근 선생 돌아가시고 '공간' 대표이사를 했는데, 모든 책임이 나에게 왔죠. 함께 일했던 형이 밀린 월급 달라고 고소를 하고, 은행에서 각서를 쓰라 하고, 사채업자들이 기다리고, 저녁엔 또 술 접대하고. 말이 아니었어요. 어느 날 술에 취해서 집에 들어갔는데, 다음 날 차를 어디다 뒀는지 모르겠어. 지갑도 없고. 사무실은 어찌 가나 막막해. 그래서 아내에게 물어봤죠. 돈 좀 있냐고. 그랬더니 이 사람이 정말 어이없다는 눈으로 쳐다보는 거야. 그 눈을 잊지를 못해. 아, 뒤늦게 알았지, 돈을 집에 가져다준 지가 얼마나 오래되었는지. 아, 정말.

그날 서초동 집에서 나와 공간 사무실까지 걸었어요. 아침에 아홉 시 즈음 나왔는데, 한강에 도착하니 열두 시 정도 돼. 제3한강교를 지나는데 그렇게 눈물이 나. 부끄러워서 살 수가 없는 거야. 건축이 아니라 인간으로서 기본적인 태도도 갖추지 못하고, 내 자신에 대해 너무 슬픈 거야. 갓 태어난 아들 딸, 신경도 안 쓰고 살았던 거지. 그저 건축만 하면서. 이렇게는 안 되겠다 싶어서, 사무실 도착해서 그만두겠다고 했죠. 그리고 내 사무실을 열었어요. 그때 내가 선언한 게 있어요. 월급이 하루 밀리는 날 사무실 문 닫겠다. 기적적으로 지금까지 한 번도 밀린 적이 없었어요. 아내는 조각보를 만들어요. 전시도 하고 그랬는데, 이 조각보라고 하는 게 한 땀 한 땀 인고의 작업이잖아요. 내 방종스러운 태도와도 연관이 되어 있겠죠. 아내는 참 이런 얘기 하는 것도 싫어하는데. 왜냐고요? 너무 아프잖아요. 심장을 찌르는 바늘처럼, 아파요.

그즈음에 『빈자의 미학』을 내놨는데, 빈자의 미학은 뭘 알아서 만들어낸 게 아니라, 난 이렇게 살겠다, 라고 내 울타리를 쳐놓은 거예요. 그 밖으로 나가면 길을 잃을까 불안하니까. 그 길 안에서 자유롭게 가겠다. 그 선언 이후는 내가 한 말이 거짓말이 아니라는 것을 증명하기 위한 시간이었죠.

개별적인 건축도 마찬가지예요. 우선 개념을 잡아줘야 해요. 이 건축은 이렇게 하겠다. 문장을 완성하고. 일단 개념이 잡히면 그다음부터는 오래 건축을 해왔으니 실행하는 법은 잘 알잖아요. 다만 이게 매너리즘이 아닐까 언제나 고민을 하죠. 건축을 하면 항상 맨 처음과 같지 않아요. 짓기 시작하면 뿌듯한데, 모양이 생기기 시작하면 애초와 달라져 있어요. 슬픈 몰골만 남기도 하죠. 개념과 실재가 안 맞을 때 참 괴롭죠. 결국 준공식 때도 잘 안 가. 상을 준다고 오라고 해도 도망가고.

다음번에는 실수 안 한다고 다짐하지만 항상 마찬가지였어. 그래도 계속할 수밖에 없는 게 한 번이라도 완벽하게 하고 싶어서 반복하는 거예요. 돌아가고 전진하고. 다시 처음으로 돌아가고. 그 모든 작업 중에 수졸당은 반드시 기억을 해야 해요. 그래야 내가 어디까지 와 있는지를 알 수 있잖아요.

요즘엔 그림이 잘 그려서요. 개념이 잘 잡힌다는 거지. 위대한 건축가들의 걸작들이 만들어질 때가 대부분 육십 대 후반, 지금 내 나이예요. 그래서 갑자기 내가 눈을 떴나 생각이 들기도 하는데 이게 또 얼마나 위험한가도 잘 알아요. 이제는 말할 때가 아니라 그릴 때라고 생각했는데, 국가가 나를 또 낚아채갔지. 또 2년을 유보해야 되게 생겼어요. 그런데 어쩔 수 없어요. 건축가로서의 윤리가 있으니까. 형편없는 판을 극복하자면 나라도 나서야죠. 건축가인데 건축가의 직능 이전에 지식인으로서 해야 할 도리가 있잖아요. 미학보다는 사회적 윤리가 우선이에요. 내가 윤리적인 사람은 아니겠지만. 윤리가 망가진 세대라서, 예쁘고 멋진 건 남이 해도 되니까.

궁극적인 집이 뭐냐고요? 한 사람의 소망과 진실함과 아름다움을 발견할 수 있는 집이죠. 내 개인이 소유하는 집이란 있을 수가 없어요. 레위기에 토지를 사서 영원히 가지려고 하는 자는 망할지어다라고 했어요. 토지 공공성에 관한 이야기지요. 아도르노는 기억이 없는 아름다움이란 존재할 수 없다

고 했어요. 지금 백사마을 개발에 관여하고 있는데 좋은 예가
될 겁니다. 기억을 보존하는 거예요. 가파르고 좁고 구불구불
한 모든 골목길을 그대로. 달동네 길들은 통행만이 아니고 모
이고 헤어지고 평상 펴고 놀기도 하는 공동체 공공영역이었잖
아요. 필지를 보존하면 그 기억을 보존하는 거예요. 다 밀어버
리고 고층아파트를 짓지 않아도 가능해요. 그럼요, 가능하죠.
가능합니다.

빈자의 미학은 언제나 내 건축의 밑바탕입니다. 그 바탕에서
지문을 고민하죠. 지문. 터에 새긴 무늬. 땅의 문자. 땅은 고유
해요. 모든 해답을 가지고 있지요. 땅이 하는 말만 잘 들을 수
있고, 땅의 요구를 들어주면 돼요. 땅에 맞는 건축 지문의 건
축은 상황에 충실한 건축이고, 세상에 단 하나밖에 없는 건축
이죠.

노라노와 함께한
매혹의 식탁

비 오는 일요일 오후였다. 경쾌한 웃음소리와 함께 그녀가 도착했다. 빗방울이 연잎 위를 굴러가듯, 또르르. 91세의 나이라 믿겨지지 않는 자태였다. 촬영을 하기 전 화장을 고치는 그녀를 훔쳐보았다. 얇은 입술을 스윽 슥 지나가는 립스틱과, 다 쓴 립스틱과 브러시를 담는 오래된 가죽 케이스를, 기다란 속눈썹을 비추는 작은 손거울과, 그녀가 움직일 때마다 찰랑 소리를 내는 기다란 목걸이를. 찰칵찰칵. 셔터 소리에 맞춰 그녀가 능숙하게 자세를 바꿀 때마다, 내 몸이 이상하게 꼬였다. 먼 곳에서 도착한 신문물을 바라보듯, 그 속에 숨겨진 귀한 골동품을 바라보듯, 그녀를 바라보았다. 나는 어쩌면 그녀의 세월을 탐하고 있는지도 몰랐다.

그러니까 그게 몇 년 전이냐, 열아홉이니까 육십몇 년 전에, 미국에 진출한 게 오십 대 초반이니까 삼십몇 년 전에. 기억은 내가 태어나기도 전, 내 어머니와 내 할머니가 태어나기도 전으로 종횡무진. 꼭 먼 나라에서 돌아온 큰언니의 이야기를 듣는 것 같았다. 아름드리나무 아래 돗자리를 펴고 앉아, 수박이나 참외 같은 걸 까먹으면서, 큰언니가 본 영화나 소설의 한 장면 속으로 빨려들어가는 듯한 기분.

솔직히 말하자면, 나는 이 여인에게 반했다. 반했다는 말로밖에 달리 설명이 되지 않는다. 그러지 않고서야 시골 소년처럼 자꾸 구석으로 숨어들어가 그녀를 훔쳐보기를 반복할 리가. 식사를 마치고 손이나 한번 잡아볼까 기회를 보다가, 그녀가 먼저, 우리 한번 안아보자, 라고 말했을 때, 덥석 오래오래 그녀의 품에 안겨 있었을 리가. 다음 날 무슨 빌미로 전화나 한번 해볼까 궁리를 하는 나는 영락없이 사랑에 빠진 풋내기 소년이었다. 그리고 그날, 텔레파시처럼, 그녀에게서 전화가 걸려왔을 때, 나는 연서를 받은 것처럼 황홀했더랬다. 우리 친구해요. 그 말에 가슴이 뛰었더랬다.

두고두고 생각해보았다. 나를 시골 풋내기 소년으로 만들어버린 한 여인에 대해. 그녀가 살아온 시간의 딱 절반을 살아온 나를 홀딱 빠지게 만든, 91세 여인의 아름다움에 대해. 평생 백수 건달 고급 건달로 살아왔다고 말하는 우리나라 최초의 디자이너이자 최장수 현직 디자이너의 시간에 대해. 그녀의 마지막 말이 두고두고 뇌리에 남았다.

잘 살았다고 생각해요. 사랑받고 살았으니까.

알 것 같았다. 나를 매혹시킨 이 여인의 정체에 대해. 사랑스러움. 사랑스러움을 나이테로 간직한 아름드리나무. 그 그늘에 잠시 머문 나조차 사랑스럽다 믿고 싶게 만드는 이상한 매혹.

그래서 우리는 다시 만나기로 했다.

서로 사랑스럽기 위해서.

초리조와 파에야 그리고 장미꽃

어머나. 파에야잖아. 오래 살다보니까 이런 일도 다 있어. 인터뷰하면서 이런 대접도 받고. 우리도 집에서 파에야 많이 해 먹었는데. 스페인에서는 거의 매일 먹었어. 이건 스페인 소시지 맞죠? 초리조? 아까부터 이걸 하나 집어 먹고 싶던 걸 얼마나 참았는지. 스페인에 온 것 같다. 정말. 파리에서 기차 타고 스페인으로 가고 있는데. 앞에 앉은 애가 소시지를 잘라서 빵에 얹어 먹고 있어. 그런데 그때 내가 먹고 싶은 표정이었나보지? 한 조각 잘라서 나한테 줘. 그래서 먹어봤는데 얼마나 맛있던지. 고춧가루 맛이 매콤하게. 딱 우리 입맛이더라고.

파에야는 그렇다 치고 초리조 한 조각에 이토록 격렬한 반응이라니. 감동할 준비가 되어 있는 사람. 그래서 누군가를 덩달아 감동시키는 사람. 기차 안에서 초리조를 건네던 스페인 소녀를 생각했다. 소녀는 그녀가 어디에서 왔는지 무얼 하는 사람인지 알 수 없었을 것이다. 그저 검은 머리칼과 반짝이는 눈동자를 보고, 자기가 먹던 초리조 한 조각을 무심히 건넸을 것이다. 국경에 처음 나타난 동양 여자를 보기 위해 하던 일을 멈추고 모두 밖으로 나와 구경을 하던 은행 직원들처럼. 마드리드 플라멩코 레스토랑 앞에서 장미꽃 두 송이를 사서 건네주던 프랭크 시나트라처럼.

첫 스페인 여행은 잊히지가 않아. 다음에도 여러 번 갔지만, 그때 기억하고는 비교할 수도 없지. 마드리드에서 바르셀로나로 가서 배 타고 마요르카까지 갔거든. 마드리드에서 어느 유명한 식당에 갔는데, 무대가 있어서 스패니시 춤을 추는 곳이야. 앉아서 이렇게 보니까, 옆에 프랭크 시나트라가 있는 거야. 그때 에바 가드너하고 한참 연애할 적인데, 촬영이 있어서 온 모양이더라고. 쳐다보면 촌년처럼 보일까봐 슬쩍 보고 말았어요. 촌년처럼 노는 거 싫잖아 우리. 공연 끝나고 나오는데, 막 시끄러워. 프랭크 시나트라가 팁을 뿌리면서 나오고 사람들은 꺅꺅 소리를 지르고. 또 촌년처럼 보이기 싫어서 쳐다도 안 봤지. 그런데 그 사람이 내 앞에 꽃을 들고 온 거야. 그런 데는 보통 꽃 파는 여자들이 있거든. 거기서 장미꽃을 두 송이

를 사서 온 거지. 그러곤 물어. 어디서 왔냐고. where are you from? 그래서 내가 다시 물었지. original? or region?(태생? 아니면 지역?) 그러니까 웃더라고. 나는 한국 사람이고, 지금은 파리에서 여행 왔다, 말해줬지.

동행했던 유학생이 소금만 눈치가 있고 염치가 있는 사람이었더라면, 그날 노라노의 인생에 다른 무늬가 새겨질 수도 있었을까? 꽃을 받은 사람이 나인 것처럼 달콤한 상상을 하며 흐뭇 속으로 웃고 있는데, 그녀가 말한다. 안 되겠다, 다음엔 내가 점심을 대접할게요. 어머님이랑 같이 와요. 어머니 뭐 좋아해요? 파에야를 다 먹기도 전에, 누군가에게 베풀 밥상을 생각하는 이 여자의 사랑스러운 프로세스.

일요일 저녁의 스키야키

그녀는 어릴 적 외할머니 손에 컸다. 할아버지가 돌아가셨을 때 할머니 나이가 서른일곱. 할머니는 할아버지 입맛을 똑 닮은 그녀를 유독 사랑했다. 치즈며 커피며 서양 맛을 알던 멋쟁이 할아버지. 미식가인 데다 음식에 까다로웠던 터라, 그 비위를 맞추느라 할머니 음식 솜씨가 좋았다. 간장떡볶이, 탕평채, 가지장아찌,

두부전골. 그녀는 아직도 그 맛을 기억한다.

가지를 살짝 데쳐서 간장으로 장아찌를 만드는데 아주 맛있어. 그리고 두부전골, 우리 집이 두부전골로 아주 유명했어. 두부를 잘라서 고기 다진 걸 넣고 샌드위치처럼 만들어서 부쳐. 두부부침에다 은행이랑 채소랑 다 넣고 신선로를 끓여. 얼마나 예뻐. 손님 올 때면 꼭 두부전골. 시집가기 전에 신랑한테도 그거 해줬어.

아버지는 고아였는데, 어느 일본 사람이 양자 삼아 키웠어. 만주에서 큰 여관을 하던 사람이었다지. 거기 일하러 들어갔다가, 애가 성실하고 그러니까 양자 삼아 학교 두 보내주고 그런 거야. 그때 만주 학교에 한국 사람이라고는 우리 엄마랑 아버지랑만 있었는데, 그때 아버지가 생각했대. 출세해서 저 여자랑 결혼해야지라고. 그런데 정말 출세해서 결혼했잖아. 아버지는 자상하시고, 요리도 잘하시고, 이성적이시고. 우리 딸들이 아버지 놀리고 그랬어. 아버지 일본 유학할 때, 이따바 했어? 라고.

이따바? 주방장, 요리사. 그만큼 요리를 잘하셨다는 얘기지. 일요일이면 아버지가 데파토 식품점 가서 음식 골라 사오시거나, 중국집 같은 데 데려가서 요리를 사 먹었어. 아니면 새벽같이 장을 봐서 직접 음식을 해줘. 스키야키 같은 거. 그때 집

옥상에 테라스가 있었는데, 등나무 아래 식탁을 차려. 우리는 주르륵 앉아 있고. 아버지가 입들 벌려. 그러면 아 하고 벌리고, 아버지가 하나씩 입에 넣어주고. 얼마나 재밌어. 어릴 때부터 그렇게 재밌게 살았어. 우린 시집가면 다 그렇게 사는 줄 알았잖아. 우리처럼 재미나게.

하이쿠와 냉면 그리고 이달의 점심

아주 미남자였어. 만나기 전에 사진으로 봤는데, 얼굴에 반했지. 얼굴에 반하고 하이쿠에 반하고. 편지 말미에 하이쿠를 적었더라고. 그거 받고 웃었잖아. 이 정도야, 하면서 나도 답신으로 하이쿠를 적어 보냈지. 하이쿠에는 하이쿠로. 그걸 들고 온 동네 자랑을 하고 다녔대. 그거 아니더라도 일급 색싯감이었잖아, 내가. 그때 열일곱 살. 몇 년 전이야. 다 옛날 얘기다. 그때 계속 같이 살았으면 지금의 노라노는 없었겠지?

내가 어디 강의 같은 데 가서 말해요. 인생에서 가장 잘한 게 뭐냐. 두 가지야. 첫 번째 이혼한 거. 두 번째 미국에 진출한 거. 미국 가서 히트 치니까 모든 스트레스가 해소되더라고. GNI 50불에서 3만 불까지 세월을 살아왔으니 뭘 안 겪었겠어. 그때 누가 패션을 알아줘. 손발을 묶어놓고 디자인을 하는 거야. 미국에 가니까 손발이 자유로워. 성공했지. 내가 가진 모든 걸 걸고 한다는 생각으로. 뉴욕에 쇼룸을 열고. 잘한다 하니까 신이 나서 더 잘하지. 그것들이 지금의 부와 명예와 모든 걸 갖다준 거야. 그때가 오십 대 초반? 제일 무르익었을 때였지.

제일 잘한 건, 그래 이혼한 거야. 그 사람, 몇 번 우리 집에 와서 사정을 하고 그랬지. 그래도 마지막에, 자신이 해줄 수 있는 건 오로지 이혼해주는 것밖에 없다고, 해줬어. 착한 사람이야. 내가 이혼하겠다면 난리가 날 테니, 당신 집에서 하는 걸로 해라 부탁했더니, 결국 이혼을 하겠다고 찾아왔어. 할머니는 멱살을 잡고 때리고 엄마는 울고불고. 아버지는 딱 중립을 지키고 천장만 보고 계시는 거야. 그 당시에는 이혼이 어마어마한 일이니까. 지금 맘이 약해지면 안 된다. 난 아무 소리안 하고 기다렸지. 할머니 엄마 가라앉고 나서, 아버지가 성인이니 본인의 뜻대로 하는 게 원칙이다. 딱 마무리를 하신 거지. 이혼 수속 마치고 냉면 먹고 헤어졌어. 냉면.

나이 들고 되돌아보니까. 내가 잘못한 거 생각이 많이 나더라고. 마음을 많이 아프게 했어, 그 사람한테는. 그렇게까지 안해도 되는데 너무 야박하게. 나는 강한 사람인데, 그는 약한 사람이거든. 내가 조금이라도 틈을 보이면 무너질까봐. 그래서 무섭게 냉정하게 했는데, 너무 심하게 했나 싶기도 해. 그래

도 마지막까지 참 특별한 관계였어. 지금? 죽었지. 꽤 됐네. 그
사람 죽기 전에 한 2년 동안 한 달에 한 번씩 꼭 만나서 점심
먹고 헤어졌는데, 점심은 꼭 내가 사. 맨날 돈이 없어, 그 사람
은. 자긴 얻어먹어도 된대. 자기가 이혼을 해줬으니까 내가 내
일을 할 수 있었고 이만큼 성공할 수 있었다는 거지. 그 말도
맞잖아?

이혼하고 이화여대에 가서 문학을 공부할까 하다가 방향을
틀었어. 동창 중에 하나가 미군정청에 취직한 애가 있었는데,
타이프를 친다는 거야. 영어를 하고 타이프를 치면 된다는데,
좋아 보이더라고. 그때 타이프가 어디 있어. 미군 부대에서 하
룻밤 빌려와서 그걸 실물대로 그리고 돌려줬지. 거기다 연습
하고 영어회화책 하나 사서 공부를 했어. 절박했지. 절박하니
까 되는 거지. 캡틴이 영어로 면접을 보는데, 하나도 못 알아
듣겠어. 그래서 솔직히 말했지. 못 알아듣겠다고. 그랬더니
웃어. 미국 사람도 못 알아듣는 슬랭 영어라고. 솔직함을 시
험해본 거야. 그래서 취직을 했어.

나는 곧 100세, 당신에게 할 말이 있어요

그런데 다시 연애 같은 거 하고 싶지 않으셨어요? 정말 많은

남자들이 구애를 해왔을 텐데요.

아이, 무슨. 조용히 내 몸 관리하는 것만으로도 100퍼센트 바빠요. 미국서도 데이트를 하면 3개월 이상을 안 했어요. 그러면 관계가 깊어지거든. 깊어지면 속이 시끄러워. 요새 생각해보면, 연애도 허상이다 이거야. 사랑한다는 게 중요한 게 아니라, 사람을 알게 되는 게 중요하지. 남자 여자 가리지 않고. 인생에서 자기하고 맘이 통하는 사람 만나는 게 진짜 아름다운 거 같아. 드물어. 그런 사람 만나는 게.

내가 어제 비도 오고 해서, 가만 누워 생각해봤어. 인생이 뭐냐. 아무것도 남는 게 없어. 그저 사람과 사람, 서로 마음이 통하던 사람만 기억에 남고 그게 귀중해. 서로 살면서 주고받았던 마음씨 같은 거. 지금까지 나를 기쁘게 해준 것들. 못되게 한 건 다 잊어버려. 여태까지 누구 탓하거나 싸운 적이 없어요. 나한테 못되게 군 사람들도 있는데, 다 가버렸어. 산에 가 드러누워 있단 말이지. 구십이 돼서 생각나는 사람은 나한테 잘한 사람이야. 그러니까 사람들한테 잘해야 해요. 누구든지.

패션 디자이너가 아니었다면 문학을 하셨을 거 같아요.

아마 그랬을 거예요. 내가 본래 문학에 소질이 있었어. 언젠가

박경리 선생이 그러더라고. 노여사가 문학을 했으면 크게 됐을 거야, 나는 패션을 하면 그리 됐을 거고. 알아보셨던 거지. 난 사실 욕심이 없어. 욕심이란 건 목적의식이 있는 거거든. 최고가 되겠다. 세계적으로 성공하겠다. 그런데 나는 결과도 상관없고, 그냥 새로운 거 도전해서 힘든 일을 하는 게 재밌어. 천생 건달이야 고급 건달. 고급 건달이 되려면 이렇게 해야 해? 일 열심히 해서 돈도 열심히 벌어야지. 어려운 일이면 더 좋아하고. 돈이 있다고 되는 게 아니야. 돈도 필요하지만, 돈은 한계가 있는 거고, 안목이 있어야 하는 거예요.

저도 건달로 살고 싶어요.

이미 건달이야. 작가가 식당이라니. 이런 건달이 어디 있어? 건달은 건달을 알아본다니까? 그런데 중요한 게 있어. 나는 87세에 죽을 줄 알았거든. 사주를 봤는데, 그게 죽을 해라는 거야. 그래서 내가 그때까지만 계획했어. 85세에 다 그만두려고 정리를 했잖아. 그런데 지금 91세야. 앞으로도 더 살 거 같아. 100살까지는 끄떡없어. 하늘이 준 보너스지. 내 플랜은 85세에 끝났잖아. 그런데 또 줘. 더 많은 일을 하라는 거지. 늙어서 할 일이 없으면 어떻게 해. 그게 바로 죽은 거지. 더 많은 일을 해야 해. 지금 사람들은 120살을 살 수도 있어요. 그러니까 오래 살 플랜을 세워놔야 해요. 일할 계획. 그거 굉장히 중요해요. 그러려면 체력과 능력의 한계를 넘지 말아야 해요. 10퍼센트를 남겨두세요. 뛰지 말고 걸으세요. 오래 살면서 오래 일할 플랜을 세우는 거. 이거 굉장히 중요해요. 꼭 기억하세요.

수십 년을 같이 살다시피 한 친구가 있었는데 마지막 세월은 매주 주말 나랑 같이 보냈어요. 토요일 저녁 먹고 다음 날 아침 점심 먹고 음식도 싸 가지고 가고. 2년 전에 죽었거든. 그런데 죽기 몇 년 전에 갑자기 정식으로 나한테 절을 하는 거야. 맘먹고 하는 거래요. 정신이 말짱할 동안에 인사 한번 하려고 했대. 자기가 올드미스로 따분한 인생을 살 뻔했는데, 날 만나서 참 재미난 인생을 살았다고. 고맙다고. 내 마음도 그랬어요. 그러니까 아무튼 우리 또 만나요. 사람을 만난다는 건 정말 중요하니까. 알았지요?

그녀의 말대로, 우리는 곧 다시 만날 것이다.

정지영이라는
캐릭터 혹은 브랜드

'쏘맥'의 추억

간략한 설명과 함께 인터뷰를 청했을 때, 그는 지체 없이 답을 주었다. 음식에 대해서는 내가 아는 바가 전혀 없어. 백지야. 그러니까 백지인 사람으로 치고 그다음 얘기를 하자고. 요즘에 이런 사람도 있다, 하고. 깔끔한 승낙. 나는 그의 이런 대화 방식이 참 좋다. 좋아하는 음식이나 꺼리는 음식이 있는지를 확인했을 때에도 비슷한 반응이었다. 주는 대로 다 먹어, 그러니 마음대로 하라고. 그럼 그날 저녁에 보자고 오케이? 상황 정리 끝. 그는 마치 음식이라는 건 생을 유지하기 위한 최소한의 영양 공급의 의미일 뿐, 그 이상도 그 이하도 아니니, 덧붙일 말이 뭐가 더 필요하냐고 반문하는 것 같았다.

생각해보니, 그와 제법 오래 알고 지내온 사이임에도 불구하고, 무언가를 함께 먹었다는 기억이 없다. 그와는 대부분 술자리를 같이 했다. 특별할 것 없는 약간의 술안주를 곁들여서. 하지만 일단 그가 세조한 '쏘맥'을 맛보면, 안주 따위는 소품에 불과하다는 걸 알게 된다. 그가 만들어준 쏘맥은 지금까지 내가 맛본 모든 쏘맥 중에 단연 최고다. 그의 쏘맥은 단순 경쾌하다. 위압적이거나 장식적이지도 않다. 불이나 젓가락, 냅킨 같은 걸로 눈길을 잡아끌지도 않는다. 회오리는커녕 솟는 거품조차 미미하다. 그저 맥주잔에 적당량의 소주와 맥주를 차례로 부어 건넬 뿐인데도 입에 쩍쩍 붙는다. 강요하는 법도 없다. 그래서 이쪽에서 먼저 청하게 된다. 한 잔 더 주세요, 한 잔 더요. 입 벌린 참새 새끼처럼 짹짹거리면, 그는 그저 당연한 반응이라는 듯 씩 웃고 말을 이어간다. 이 얘기 좀 들어봐, 아주 재밌어, 이런 걸 영화로 해보려 해, 이런 걸 써보지 그래? 맛있는 이야기들이 잔을 채우고 넘쳐흐른다.

사실 내가 썼던 장편소설 『생강』도 그의 이야기로부터 시작되었다. 여느 날처럼 그의 쏘맥을 마시던 중이었을 것이다. 그가 고문 기술자 이근안의 다락방 이야기를 시작했고, 그 이야기가 끝나갈 무렵, 나는 끌린 듯 그거 내가 쓸래요, 침을 발라버렸다. 그는 흔쾌히 허락했고 응원을 보냈다. 소설이 완성된 것은 그 후로부터 수년이 지난 후였지만, 어쨌거나 쓰겠다는 다짐과 약속은 지켰다. 나중에 그는 〈남영동1985〉라는 영화를 만들었다. 내 소설과 그의 영화는 아무 상관이 없다. 결도 다르다. 그의 표현대로 그와 나는 그야말로 캐릭터가 다른지라. 하지만 우리는 서로 알고 있었다. 피해자들의 고통에 감히 범접할 수는 없지만, 그 이야기를 손에 쥔 것만으로도 얼마나 고통스러운 일이었는지. 그가 〈남영동1985〉 편집을 마치고 난 후 만난 자리에서 나를 보자마자 한 말. 천 작가는 그걸 어떻게 견뎠어? 위안을 넘어 보상까지 받는 느낌이었다. 그는 촬영 내내 술을 마시시 않고 버딜 수 없었으며, 끊었던 담배를 다시 피우게 되었다고 했다. 퀭한 눈과 시커먼 낯빛만으로도 그 시간이 보였다.

그를 위한 식탁에 제일 먼저 떠올린 것은 꼬리찜이었다. '라보 데 토로'. 투우장이 있는 도시라면 유명한 맛집 하나 꼭 있는 황소꼬리찜. 스페인 전통인지 동물 학대인지 투우 논의는 뒤로하고. 그를 생각하면 우선 투우가 생각난다. 그의 역할이 투우 소인지 투우사인지는 모르겠지만 아무튼 투우. 용감하고 아름다운 경기를 보여준 투우사에게 내리는 상이 있다. 죽은 소의 귀 하나, 그다음은 귀 둘, 가장 위대한 자에게는 꼬리. 꼬리를 거머쥔 투우사는 그리 많지 않다. 투우사에게 투우 소의 꼬리는 궁극의 전리품. 소위 블랙리스트 빨갱이로 찍힌 정지영에게는 그만한 음식이 없겠다 싶었다. 하지만 몇 가지 불가피한 이유로 꼬리찜 대신 갈비찜을 준비했다. 전날 부산영화제에서 과음을 하고 돌아온 그에게는 너무나 부담스러운 메뉴였지만, 주는 대로 다 먹는다던 말대로 묵묵히 갈빗살을 뜯었다 .

음식에 관해서는 아는 바도 없고 아는 척도 안 한다는 그였지만, 새우 카르파치오를 앞으로 내밀었을 때는 반응을 보였다. 이건 어떻게 한 건데? 되게 맛있네? 어떻게 만든 거야? 공을 많이 들인 거 같아. 이것이 정지영이다. 음식을 만든 사람의 공과 노를 먼저 살피는 사람. 가장 나중까지 기다렸다가 펄떡펄떡 뛰는 산 새우를 사온 보람이 있었다 느끼게 만드는 사람. 같이 있으면 격려와 보상이 되는 사람. 후식으로는 화전을 지졌다. 영화 〈남부군〉에서 진달래꽃을 뜯어 먹던 장면이 생각나서 꼭 꽃을 먹여주고 싶었다. 봄은 멀어 가까운 가을꽃 감국으로 대신했다. 꽃을 얹다보니 그가 꽃인 듯했다. 환하게 핀 가을꽃. 아직 철이 덜 들어, 들 철이 여전히 남아 있는, 지금의 제철인 가을꽃. 꽃을 좋아하는 투우 소인지도. 꽃을 입에 문 투우사인가? 어쩌면 그 모든 꽃.

날계란의 맛

내가 문제가 있다고 생각하는 게, 문화예술 쪽 사람들이 보통은 미식가거든? 그런데 난 그냥 아무거나 잘 먹어. 특별히 좋아하는 것도 가리는 것도 없고, 자주 가는 음식점도 없고. 그러니까 여자들이 싫어하지. 여자들은 맛있는 걸 사주는 남자를 좋아하잖아. 그런데도 여자들이 좋아하지 않느냐고? 특

이하니까. 이 사람 대체 뭐야, 그러면서 좋아하는 거지. 그러다 금세 재미없어지지. 우리 어릴 때? 이해할지 모르겠지만 그땐 날계란에 밥 비벼 먹었다고. 계란이 귀하고 비쌌어. 어느날 밥상에 날계란이 올라왔다 그러면 너무 신나는 거야. 뜨거운 밥에 깨뜨려서 간장 조금 넣어서 비벼 먹으면 그렇게 맛있을 수가 없어. 어머니 음식도 넉넉받은 적이 없는 게, 장사를 하셨거든. 포목점을 하셨다고. 아침에 나가 저녁에 들어오니 음식이 뭐 그렇지. 전쟁 직후에 한복 바느질로 시작했는데, 청주에 있는 기생들은 다 우리 어머니한테 와서 한복을 맞춰 갔다는 거야. 실력이 좋았지. 한복 맞추는 시대가 지나고 포목점을 하게 된 건데. 아버지가 집안을 거의 돌보지 않았거든. 필요한 것만 갖다주고, 엄마가 버는 거야. 젊어서부터 그렇게 일을 하셨기 때문인지 돌아가시기 전까지 돈을 안 벌면 못 견뎌. 팔십 노인네가 됐는데도 시골에 가서 고추를 사와서 그걸 친척들에게 팔아. 돌아가실 때까지 그러더라고.

난 엄마보다 아버지 기질을 닮은 거 같아. 이기주의자. 돌이켜 보면 지금까지 내 이기적 충족을 위해 주위 사람을 많이 희생시킨 것 같아. 졸업하자마자 결혼을 했어. 가장이 된다는 게 뭔지도 잘 모른 채. 결혼하고 나서야 돈을 벌기는 해야 되는구나 생각했지. 할 수 없이 취직 시험을 봤는데 떨어지고. 그래서 부모님 찾아가서 말했지. 아무래도 저 영화계로 들어가야

겠습니다. 돈은 못 법니다. 3년만 기다려주세요. 그렇게 철없
는 제안을 하고 허락을 받았어. 아내는 집에 맡겨놓고, 나는
돈을 안 빌어도 되는 사람이 된 거지.

〈부러진 화살〉 성공하고 경제적으로 꽤 여유가 생겼잖느냐고?
그렇지. 처음으로 집도 샀고. 그런데 아내가 쓰러졌잖아. 돈
벌어서 한참 신나는 찰나에. 수술하고 지금 몸의 반을 못 써.
그런데 회복하려는 의지가 없어. 뇌경색 뇌출혈 전문병원에 있
는데, 재활치료도 하고 운동도 하고 그러려고 거기 있는 거잖
아? 그런데 간병인들한테만 의지하고 꼼짝을 안 해. 그래서
다음 주에 퇴원하고 집으로 오기로 했어. 집에서 운동하는 걸
전제로. 나도 매일 운동하거든. 하루는 걷고 하루는 근력 운
동. 식사 조절도 해. 특별히 식이요법 같은 건 아니고, 아무거
나 다 먹으면서 소식을 하지. 배 나오는 거 싫어서.

그런데 재밌는 건 인간은 자기가 본 시각에서 그 사람을 평가
하게 되잖아? 내가 아침마다 아침밥 싸들고 병원에 가서 먹거
든. 사과, 계란, 바나나 이렇게. 휠체어 태워서 화장실도 가고
목욕도 시키고 그러는데, 거기 간호사들이랑 간병인들이 그런
다는 거야. 세상에 저런 남편이 어디 있냐고. 그 사람들이 볼
때는 내가 대단한 남편인 거야. 애처가란 말이지. 그런데 사실
안 그렇잖아. 아내가 그렇게 된 데에는 내 잘못도 있어. 내가
베트남 가 있는 동안 그랬거든. 밤에 쓰러졌다는데, 빨리 발견

했으면 괜찮았을 텐데, 시간이 너무 지난 거지. 병원에 있다고 해서 가보니까 몸도 못 움직이고 말도 버벅버벅. 그때 처음으로 와이프 때문에 눈물을 흘렸잖아. 아 정말. 내가 진짜 나쁜 놈이구나. 나는 보통 사람보다 20년쯤 철이 늦게 드는 거 같아. 그러니까 지금 내 정신연령은 50인 거지.

정지영이라는 브랜드

아버지는 공무원이셨는데, 공무원 하면서 책방을 했어. 사촌형님이 서라벌예대 문창과를 졸업했거든. 졸업해서 취직은 못 하고 소설만 쓰고 있는 거지. 그래서 아버지가 와서 책이나 팔면서 네가 하고 싶은 거 하라며 책방을 내준 거야. 그 혜택을 내가 받았지. 일찌감치 본격문학을 접한 거야. 그때 신구문화사에서 열세 권짜리 전후문학 전집이 나왔어. 한국편, 일본편, 북유럽편, 미주편, 나라별로 해서. 마지막 권은 희곡, 시나리오. 거기에 재미를 붙인 거지. 그게 나한테 상당한 자극을 주는 바람에, 그때부터 문학소년이 됐다고. 고등학교 가서는 도서관엘 매일 다녔어. 도서관에는 매달 잡지를 갖다놓잖아. 〈사상계〉, 〈문학춘추〉, 〈현대문학〉 이런 것들. 그거 보는 재미로 공부는 못 하고.

소설가? 당연히 생각했지. 중3 땐가 소설도 쓰고 그랬어. 소설가가 되는 걸 포기한 적은 없었지. 영화감독으로 바꾸고 나서도 소설은 쓰겠다고 했어. 시나리오 쓰기 전에 소설로 먼저 만들어봐야겠다, 하고 써봤는데 안 되더라고. 안타깝게도 포기했어. 어쨌거나 영화 만드는 데 상당히 도움을 주긴 했어. 데뷔작은 〈안개는 여자처럼 속삭인다〉인데, 원작이 프랑스 소설이야. 새롭고 모던하게 찍었어. 그땐 나도 모더니스트였다고. 전후문학 전집을 통달한 사람이니 근본이 리얼리스트였지만, 그 당시에는 리얼리즘 영화를 찍을 수 없던 사회란 말야. 검열이 혹독하게 진행되는 시기니까. 1987년 이후에 용기를 내서 〈남부군〉을 만든 거야. 그때부터 정지영을 인정해주더라고. 그 당시 서울서 38만 명 들었다면 그야말로 대박이거든? 다른 영화 제작비의 다섯 배를 썼어. 영화사상 최고의 제작비였고. 그걸 나중에 〈하얀 전쟁〉이 다시 깼지. 그다음 〈헐리우드키드의 생애〉까지. 그때가 정지영의 전성기였지. 그다음 〈부러진 화살〉〈남영동1985〉로 완전히 리얼리스트로 굳어진 거야. 정지영이라는 브랜드가 생겨버렸어. 좀 억울해. 나도 다양하게 하고 싶은데.

한동안 못 만들었지. 블랙리스트가 얼마나 무서웠는지 나중에야 알았어. 그때 〈탄실〉을 준비하고 있었는데, 시대물이고 멜로고 그러니까 지장이 없으리라 생각했거든? 그런데 투자

가 안 되는 거야. 그래서 사람들이 나를 꼰대 취급하나? 그런 생각이 들었는데, 〈직지코드〉라는 다큐의 제작 총괄을 하고 알았어. 어찌어찌해서 겨우 충주시하고 충청북도에서 지원을 받아 한 영화였는데, 그때 담당했던 공무원이 나중에 그러더라고, 나 때문에 잘릴 뻔했다고. 내가 순진했지. 그땐 정지영이라는 이름이 들어가면 무조건 안 되는 거였어. 멜로든 역사든 뭐든. 그것도 모르고, 왜 이렇게 안 될까 고민하면서 애를 쓴 거야.

내가 어쩌다 영화계 주동자가 됐냐고? 미국 영화 직배 반대 투쟁 때부터였나? 아, 제일 처음 시작한 게 1987년, 전두환이 직선제 한다 그랬다가 다시 간선제로 돌아간다고 선언을 했어. 그때 문화예술인들이 다 서명을 하는데 영화인들만 가만 있는 거야. 그땐 내가 뭐 대표 감독도 아닌데, 영화인들이 좀 창피하다는 생각이 들었어. 그래서 다른 감독들이랑 술 먹고 있다가, 야 이거 영화인들 너무한 거 아냐? 우리도 해야 하는 거 아냐? 그러고선 다음 날 사무실 하나 차지하고 전화를 쫙 돌렸지. 170여 명 모아서 서명하고 신문사에 넣었다고. 그게 말하자면 주동자가 되어버린 거야. 다들 마음은 있었지만 나서지 못하는 걸 내가 나섰을 뿐인데. 그때부터 충무로에서 유명해진 거야. 무슨 문제가 생기면 어떻게 생각하세요, 좀 나서주세요, 한단 말이지. 그러면서 어느새 영화운동 하면, 정지영이 리더가 된 거야. 검열 철폐, 스크린쿼터, 영화 직배, 대장으로 만들어버렸어. 지금도 뭐 하라는 게 많아.

리더 기질이 어디서 왔느냐? 동국내 연극영화과 1학년 때였어. 어느 날 선배들이 군기 잡는다고 분장실로 1학년들을 집합시킨 거야. 죽 앉혀놓고는 맞아야 한대. 맞을 짓이 뭐냐 그랬더니 선배들을 우습게 안다는 거야. 실은 콤플렉스 때문이었어. 졸업 작품 하는데 1학년 애들이 정말 열심히 했거든? 그러니까 저절로 2학년이 소외되고. 그래서 패겠다는 건데, 말이 돼? 대학생이 되어서 자기들 콤플렉스를 견딜 수 없어 후배들을 팬다? 있을 수 없는 일인 거야. 내가 얼마나 논리적으로 따지는 사람인데. 그래서 그런 이유라면 맞을 수 없다, 하고 버텼지. 나중에 후배들에게 정식으로 사과하라고 총회까지 열었잖아. 일대 사건이었지. 하극상으로. 졸업한 선배들까지 오고. 그때 알았어. 내가 부드러운 리더는 못 되지만 옳고 그름을 따져서 대드는 일은 잘하는 놈이구나.

철이 들어서 이만큼

그와 쏘맥을 먹은 지 한참 되었다. 서로 바쁘기도 했고, 서로 좀 소원하기도 했다. 가끔 그의 쏘맥을 넙죽넙죽 받아먹던 시절이 그리웠다. 그때의 나는 지금보다 훨씬 뜨거운 사람이어서, 그의 쏘맥을 곁들인 이야기들로 온도를 식히곤 했었다. 나의 뜨거움이 그리운 건지, 그의 쏘맥이 그리운 건지는 확실치 않다. 문제는 캐릭터라고, 캐릭터를 이해하면 된다고. 그에게서 가장 많이 들은 말이다. 캐릭터. 그는 자신을 철이 덜 든, 이제 철이 좀 들기 시작한, 이기적 리얼리스트 캐릭터로 이해하는 것 같다. 내가 생각하는 그의 캐릭터는 리얼리스트 로맨티스트다. 그의 말대로라면 캐릭터는 웬만해서는 변하지 않는다던데. 철이야 들든 말든 그 캐릭터가 어디 가겠는가.

그의 쏘맥을 먹지 못하고 헤어지는 것이 좀 아쉬웠다.

언제쯤 쏘맥을 먹을 수 있겠냐 묻자 언제든지라는 정지영식 답변이 돌아왔다. 술 마실 상태가 되면 연락하자고. 그것이 언제인지는 몰라도 그는 무심히 쏘맥을 말고 나는 한잔 더 달라 외칠 것이다. 다음 영화 계획을 묻자, 다음, 그다음, 그 다음다음의 계획이 줄을 잇는다. 삼례 슈퍼 3인조 살인사건이니, 조선희 원작의 『세 여자』니, 지금은 공개할 수 없다는 정치적인 영화까지. 여전했다. 그에게는 기획 중이거나 진행 중이거나 누군가 한번 해보면 좋을 이야기가 넘쳐 흐르고 있었다. 그는 여느 때처럼 마지막 궁극의 조언을 날렸다.

결혼은 안 해도 연애는 꼭 하라고. 그게 에너지를 만든다고.

연애는 끊지 마.

물론이죠, 감독님. 그런데 다음 영화에 로맨스는 없어요?

없어. 그냥 썸만 타고 말아.

소설가 김훈을
이루는 맛

서울의 맛

지난여름 그의 밥상에는 반찬 세 가지만 올랐다. 오이지, 짠지, 새우젓. 그의 말대로 삼엄한 밥상, 정갈한 밥상이다. 물에 만 밥을 한 숟가락 떠 그 위에 오이지나 새우젓 하나를 얹어 먹는다. 딱 하나씩만. 그렇게 먹으면 배 속이 맑아진다고 했다. 밥을 먹었는데도 배가 고프다는 느낌을 유지할 수 있는 정도. 안 먹어도 먹은 느낌. 먹었는데도 안 먹은 느낌. 그 상태여야 사물이 맑게 보인다고, 잡것이 없는 상태가 된다고 했다. 그 간결한 상태를 유지하며 여름을 났다. 언제나의 여름처럼.

오이지, 조개젓, 된장찌개. 음식을 해서 먹으며 인터뷰를 하자 청했을 때, 그가 제시한 메뉴였다. 그냥 된장찌개 자박자박하게 끓여서 개다리소반에 놓고 먹자고. 거기에 오이지나 조개젓 같은 게 있으면 더 좋고. 새우젓 넣고 끓인 두부젓국이어도 되고. 소박하지만 난감했다. 된장찌개. 손맛이고 기술이고를 다 떠나서, 그야말로 내 어머니가 끓여주신 맛을 넘어서기 어려운, 가장 근본적인 요리가 아닌가.

눈앞이 까매졌다.

시험을 치르는 기분이었다.

그는 서울 사람이다. 현재 어디에 살고 있는가는 중요치 않다. 사대문 안 북촌에서 태어나, 어린 시절 밥상을 책임진 어머니가 서울 사람. 부산으로 피난을 갔을 때를 제외하고 줄곧 서울 사람. 그는 뼛속까지 서울 사람이다. 그리고 나는 서울에서 나고 인천에서 자랐지만, 부모님이 모두 전라도 사람이라 전라도 음식을 먹고 살았으니, 전라도 사람. 서울 음식이라는 건 그저 풍문으로만 들어온 희미한 안개 같은 것이었으니.

처음부터 낙제가 분명한 시험이었다.

처음 생각한 요리는 홍어였다. 살짝 삭힌 홍어회와 돼지수육, 홍어전, 홍어애탕으로 이어지는 코스 요리를 생각했더랬다. 내가 잘할 수 있는 요리니까. 그래서 명자 씨를 연안부두에 보내 제일 좋은 홍어 한 마리 구해오라고 부탁하기도 했다. 묻지도 않고 계획대로 상을 냈으면 어떠했을까 생각하면 아찔하다. 다행히 그날 명자 씨는 홍어 대신 새우젓과 명란젓, 조개젓을 사가지고 왔다. 조개젓은 어떨지 몰라 덜 삭은 조개젓과 곰삭은 조개젓 두 가지를 준비했다. 결국 된장찌개 대신 두부젓국을, 이모에게서 공수해온 오이지로 냉국을, 덜 삭은 조개젓과 명란젓 무침을 상에 올렸다. 그리고 민어전과 소고기버섯말이를 준비했다. 민어전은 내가 생각하는 가장 고급한 서울 음식이었고, 소고기버섯말이는 밥상에 고기 한 점은 있어야 되지 않겠느냐는 생각에서였다. 낙지숙회무침도 곁들였다. 불안하니 메뉴가 지꾸 늘어났다.

가짓수만 많았지 잔뜩 주눅이 든 밥상이었다.

그는 처음으로 오이지를 집어 들었다. 어디서 사왔느냐 물었다. 이모에게서 얻어왔다 고백했다. 그는 가만히 고개를 끄덕였다. 아직 덜 된 오이지라고 평했다. 그러곤 곧바로 원래 오이지는 성공률이 낮다고 위로했다. 오이지가 보기보다는 기술이 필요한 음식이라고. 시간이 만들어주는 음식이라고. 조금 더 시간을 보냈어야 제대로 된 오이지가 된다고. 그렇게 완성된 오이지는 앙상한 섬유질만 남아 결을 그대로 보여준다고.

그는 사람이 아니라 시간이 숙성시켜주는 맛에 대해 이야기했다.

새우젓은 서울 맛의 베이스다. 새우젓은 맑고 투명한 맛이 난다. 먹이 피라미드의 맨 아래에 사는 것들에게서만 나오는 밑바닥의 맛. 거기서 발생하는 먹기 미안할 정도로 맑고 투명한 맛. 그런 새우젓으로 모든 간을 한다. 국이든 찌개든 김치든. 묵중한 돼지고기와 날카로운 새우젓의 조화는 당연하다. 여름에는 살이

쌀알처럼 통통하게 오른 분홍빛의 새우젓 하나에 밥 한 숟가락. 겨울부터 봄까지는 새우젓으로 담근 김치로 김치찌개, 김치만두, 김치전으로 난다. 두부와 새우젓만 넣고 끓인 두부젓국은 칼칼하고 개운한 맛이다. 다른 지역에 비슷한 게 있다면 재첩국이다. 먹기가 미안할 정도의 순결한 비린 맛. 거기에 부추를 넣으면 새벽안개처럼 파랗게 풀어져 어른거리는 맛. 그는 그것을 가장 아래의 맛이라고 말했다. 조개젓에 초를 가미해 먹는다는 것도 그를 통해 처음 알았다. 젓갈에 식초를 넣으면 맛이 살아난다고, 깊은 것이 우러나는 건 아니지만 반짝하고 표면화되는 맛에 대해 얘기했다. 여름에는 특히 식초를 많이 써서 미역냉국, 오이냉국을 해 먹는다.

이 모두 쌈빡하게 시원한 새침데기 서울내기의 맛.

우리 집은 멸치젓을 베이스로 삼는다. 멸치젓은 새우젓과는 반대의 계통이다. 두껍고 무겁고 육중하다. 그 맛을 기본으로 알고 살았다. 채소를 무칠 때도 국간장 대신으로도 멸치액젓을 쓴다. 해마다 할머니는 멸치젓국 내리는 일을 장 담그는 것보다 더 큰 일로 삼는다. 그걸 늘 먹고 자라왔으니 올해는 다니 짜니 잘 되었으니 아니니 하며 맛을 가늠할 수도 있다. 하지만 그저 두부와 새우젓만 넣고 끓이면 된다는 두부젓국을 만들면서도, 이 맛이 진짜 맛인지 이 간이 적당한 간인지, 계속 숟가락을 넣었다 뺐다 반복하며 고개를 저을 수밖에.

두부젓국을 먹어본 그는 두부가 참 맛있네, 라고 말했다.

의미심장하게 민어전을 내밀었다. 민어는 내 머릿속에 선명히 박힌 서울 음식이었다. 어릴 적 명자 씨와 함께 종로 광장시장에 갔을 때, 생선 가게 앞에 멈춰 서서 했던 말을 기억한다. 서울 사람들은 민어를 최고로 친다더라? 이상하게 부듯한 음색이었다. 그리고는 민어 한 근을 달라 했다. 그땐 민어가 워낙 큰 데다 엄청나게 비싼 생선이라, 쇠고기처럼 근 단위로 사다 먹었다. 그날 종이에 담긴 민어 한 근과 '서울 사람들은'이라고 운을 떼던 엄마의 음색은 두고두고 뇌리에 남았다. 그리고 언젠가 그와 함께 여럿이 민어로 복달임을 했던 것도 기억났다. 그러니 민어전은 절대로 실패할 음식이 아니었다

그는 조심스럽게 민어전을 하나 집어 들었다.

어머니의 맛

여름에 민어 먹었지. 옛날부터. 그런데 사대부들만 먹었어. 하층민들은 여름에 개고기를 먹어. 누구나 먹을 수 있는 음식이 아니었어. 한 마리씩 못 사먹으니까 조금씩 잘라 팔았지. 아무나 못 먹었어. 민어 대신 조기 말려서 먹고. 그땐 조기가 참 쌌는데. 집집마다 100마리씩 사다가 매달아서 말리고. 그럼 학

교 가다가 한 마리씩 빼서 먹고 그랬거든. 민어는 맛이 너무 귀족적이야. 그런데 백성 민 자를 써서 민어라고 한 건 정말 이상해. 아이러니하지. 비싸니까 뼈까지 고아 먹었어. 버리는 게 하나도 없지.

여름이면 그의 어머니는 커다란 민어를 한 마리 사나가 어름 보양식으로 국을 끓였다. 다른 정갈한 국과는 달리 각종 채소도 넣고 두부도 넣고 해서 가마솥으로 한 솥. 뼈에서 뽀얀 국물이 우러날 때까지 오래오래 끓여 동네 사람들에게 한 그릇씩 퍼주곤 했다. 그에게 진정한 민어의 맛은 그것이었다. 비싸지만 너그러운 맛. 잘난 척하지 않는 맛. 푸근한 맛. 뽀얀 국물의 맛. 우쭐한 민어전의 맛이 아니었다. 그는 어머니가 끓인 굴비 대가리 찌개에 대해서도 얘기했다. 굴비 대가리만 모아두었다가, 조그만 냄비에 물을 조금만 넣고 자박자박 끓이면 뽀얀 국물이 만들어진다. 그 국물의 양이 워낙 적으니 거의 언제나 아버지의 차지.

그의 어머니가 궁금했다. 그의 표현을 빌리자면 그녀는 문화재급 서울 사람이다. 말씨가 예쁜 서울 사람. 과장되거나 하는 법이 없는 단정한 서울 사람. 야단칠 때도 큰소리 내지 않고 다만 "좋지 않다"라고 말하는 사람. "좋지 않다" 그 말을 들으면 크게 야단을 맞는다 싶어 눈물이 뚝뚝 흘렀다. 제헌절을 최고의 명절로 치는 사람. 헌법을 만든 날이므로. 공화국의 근본을 만든 날이므로. 그래서 추석이나 설이 아니라 제헌절에 새 옷을 사줬다. 그리고 그녀는 도량형을 신봉하는 사람. 되, 말, 자와 같은 것들. 그래서 누군가 쌀 됫박 속이고 대강 흔들어서 담고 그러면 불매 운동을 해서 장사를 못 하게 할 정도였다.

삼엄한 밥상의 근원, 어머니.

문화재급 서울 사람의 밥상을 받고 자랐던 그가 대구 여자와 살림을 차렸을 때, 밥상에 변화가 있었을까?

대구 안동은 간장이 뛰어나거든. 간장을 가보처럼 갖고 있다고. 정말 맛있지. 동양 선비의 맛이 딱 나와. 지저분한 게 없고. 새우젓 같은 건 육질의 냄새가 어쨌든 비슷이. 그런데 안동 간장은 깨끗하고 심플해. 그게 훨씬 위지. 그리고 남자가 마누라 해준 대로 먹어야지. 입맛 가리고 따지고 할 게 어디 있어.

아침에 누워 있으면 아내가 부엌에서 아침 준비를 하고 있잖아. 칼질 소리만 들어도 알아. 저 음식이 맛있겠구나 없겠구나. 칼이 탁탁 큰 소리가 나잖아? 그건 안 좋은 거야. 도를 아는 사람은 사물에다 무리한 힘을 가하지 않지. 음식도 그렇게 해야지. 제대로 하면 탁탁 때리는 소리가 날 리가 없어. 진짜 칼질 소리가 나지. 냄새만 맡아도 내가 알아. 아 이거 짜다 싱겁다. 저렇게 하면 안 되는데. 말은 못 하지. 그냥 또 잘못되었구나 그런 생각을 하지.

그와 나는 한동안 칼의 느낌에 대해 이야기했다. 채소를 썰 때
와 고기를 썰 때의 차이에 대해. 칼끝과 칼 중심의 목표에 대해.
나는 주로 고기를 썰 때에 대해 얘기했다. 칼이 살을 가를 때와
뼈에 닿았을 때 질감의 차이에 대해. 그러면 그는 질깃실깃 서항
하는 느낌이랄까, 폭력과 살육의 느낌이랄까, 하며 그 질감에 대
해 덧붙였다. 직접 칼을 잡고 요리를 해보지는 않았으나 너무나
적확한 표현들이었다. 놀라웠다. 평생 칼을 잡고 요리를 한 사람
같았다. 그는 정말 소설가였다.

된장찌개를 끓이지 않은 이유를 고백했다. 그가 당연하다는
듯이 웃었다. 찌개가 가장 어려운 음식이라고.

찌개는 어려워. 종합적인 요리잖아. 여러 재료가 들어가는데,
그 각각의 재료가 개별성을 잃으면 안 돼. 그게 다 살아 있으
면서 국물은 종합을 이뤄야 하고. 그 종합이라는 게 그냥 플
러스의 결과가 아니야. 독자적인 새로운 결과지. 그러니 어려
울 수밖에. 된장찌개는 된장하고 소금으로 간을 해. 소고기는
극소량으로. 다이아몬드 넣듯이. 마지막에 풋고추를 약간, 던
지듯이. 그럼 매운맛이 살짝 퍼지지. 된장은 융화력이 좋아.
고추장보다는 된장이 힘이 있지. 근원적인 힘이야. 심층부를

굵는 첼로의 음색 같은 것. 들떠서 날아가는 게 아니라 융합하는 맛.

음식은 상상력으로 하는 거야. 경험을 바탕으로 이것과 저것을 섞으면 어떤 맛이 나올 것이라고. 시행착오를 거듭해서 만드는 것. 우리 엄마들은 자기 생애를 통과해온 자기의 고유한 맛을 내잖아. 그건 계량화될 수가 없어. 파를 어슷어슷 썰어서, 뭉근한 불에다 자박자박 끓여라, 기름을 솔솔 뿌려서, 이건 기름을 부으라는 얘기가 아니라 겉에서부터 두르라는 얘기잖아. 어머니들의 음식이 그렇지. 생애를 통과한 요리. 우리 음식이 그래서 좀 어른스럽지. 산전수전을 겪은 사람이 알 수 있는 맛, 나는 나물 좋아하거든? 청량감이 있는 음식, 서양에는 그런 거 없잖아. 산에 들에 똑같이 날 텐데. 한국에만 있어.

내가 나물이 어렵다고 말하자, 그는 더 늙어야 한다고 말했다. 간장이 좋아야 하고 늙어야 하고. 같은 말이었다. 나물 맛을 알려면 더 늙어야 했다.

늙어야만 알 수 있는 생의 맛

그는 노인이다. 생물학적으로 노인의 나이다. 하지만 나는 그가

처음부터 노인이었다는 느낌을 받았다. 20여 년 전『빗살무늬 토기의 추억』을 읽었을 때에도, 그를 처음 대면하게 되었을 때에도, 그는 노인이었다. 꼰대라거나 늙어빠진 사람이라는 얘기가 아니다. 소년 같은 노인. 노인 같은 소년. 그의 울 것 같은 눈망울에 속은 것은 아니다. 그냥 진짜 노인이라는 생각이 들었다. 그가 내게 보여준 태도는 '존중'이었다. 간섭하거나 훈계하거나 지도하려 들지 않았다. 꼰대와 노인의 차이. 그도 수긍했다.

중학교 때 국민소득이 80달러였어. 지금 3만 달러잖아. 그 간격의 무늬가 나이테처럼 그려져 있어. 기억에 다 저장이 되어 있는 거야. 100달러 때의 삶의 질감이 어떤지, 1만 달러 때의 삶의 질감이 어떤지. 이렇게 저장되어 있는 것 때문에 잘못하면 꼰대가 되는 거야. 잘난 척하고 간섭하려고 하고. 젊은이들보다 우월적인 지도력이 있다고 믿고 야단치고. 그게 꼰대지 뭐가 꼰대야. 젊음에 대해 부러움은 없어. 늙으니까 편해. 늙은이에겐 늙은이의 자리가 필요하지. 자기만의 자리. 저기 구석진 곳에 편안한 자리. 제대 말년이 다가온 것 같아. 끝나는 거지.

초등학교 입학식 때 엄마들이 애들 데리고 오잖아. 애들도 예쁜데 1학년 엄마들은 더 예뻐. 재재재재. 그냥 벤치에 앉아서 보고 듣지. 나는 낄 수가 없잖아. 요즘에는 안 가. 그냥 오며 가며 고등학교 담장 너머를 보지. 철조망으로 되어 있어서 안 들어가도 볼 수가 있어. 남자애들은 축구하고 있잖아. 어린 사슴 같아. 아주 예쁘지. 여자애들은 나무 그늘에서 립스틱 바르고 있어. 다 똑같아 색이. 새빨간 걸로. 그 나이엔 새빨간 걸 동경하는 거 같아. 까르르르 웃고. 뭐가 그리 좋은지.

그 말을 하는 그의 목소리에서 축구공 튀어 오르는 소리가 났다. 나무 그늘에 앉아 가만히 눈을 감고 봄날의 새소리를 듣는 소년 같았다. 노인인 그에게 두려운 것은 없을까? 노인이 되면 죽음이 두려워질까? 그는 물론 죽는 것이 두렵다고 했다. 하지만 누구나 다 죽는다. 누구나 다 죽지만 체험할 수는 없는 것. 죽을 수는 있지만 그 체험을 기록할 수는 없는 것. 그는 그것을 자연스럽게 받아들였다. 준비를 하고 있었다. 자신이 없는 세상을. 다만 남은 계획이 있다.

남은 시간 쓰고 싶은 것을 제대로 똑바로 써놓고 가겠다는 다짐. 시간이 얼마나 남았는지는 모르지만 한없이 쓸 수는 없는 것이니까. 나는 뭘 써야 할지 모르겠는 현재의 두려움을 고백했다. 그는 정색을 하고 말했다.

아니야, 너도 확실히 갖고 있어, 쓰고 싶은 게. 있는데 뿌옇고 불투명하고 안 보이는 거지. 선명하게 드러나면 그때 쓰는 거잖아. 곁다리가 정리되고 그림이 보이기 시작할 때. 그냥 기다려. 나는 좀 시간이 없네. 이러다가 그냥 자연사할 수도 있고. 그래도 써야지. 한없이 써야지. 아직 앞날이 머니까.

나도 그처럼 노인이 되고 싶었다. 빨리 늙고 싶었다.

말이 나온 김에 물었다. 처음에 인터뷰 요청을 했을 때, 식당에서가 아니라 집에서 하자고 했던 이유를. 제가 식당 하는 거 싫으셔서 그런 거죠? 그거 보기 싫어서. 그는 맞다 틀리다 대답하지 않았다. 다만 기본 태도를 가져야 된다고, 밥 벌어 먹고사는 것의 중요함을 알아야 한다고 말했다. 그러곤 실패하지 말라는 말을 다시 강조했다.

실패하면 안 돼. 돌파해야지. 산전수전 다 겪어야지. 더 겪어야 해. 사회 시스템을 제대로 알아야지. 그래야 노인이 되지. 다만 너무 오래 하지는 마. 글을 초조하게 쓰려고도 하지 말고. 억지로 되는 것도 아니고. 지칠 때까지만 버텨.

그 말을 들으며 속으로 눈물이 났다. 뭔가 알아준 것도 같고 질타를 받은 것도 같았다. 그 둘 다였는지도 모르겠다. 뭐가 제일 맛있었냐고 묻자 새우젓이 제일 맛있었다고 했다. 내가 만든 게 아니었다. 새우와 소금과 시간이 만든 맛이었다. 그 안에 바다가 있었다. 그리고 초당 두부가 맛있었다고 했다. 초당 두부. 오늘 내가 그에게 차려준 밥상은 낙제였다. 나중에 급히 만들어낸 계란찜은 아버지가 키운 토종닭이 낳은 계란으로 만들었지만, 간도 제대로 못 맞춘 먹을 수 없는 음식이었다. 하지만 완전히 망한 건 아니었다. 김훈이라는 시험을 통과한 후, 나는 조금 더 노인에 가까워진 것 같으니까.